D1352625

KNAUR

Über die Autorin:

Mechtild Borrmann wurde 1960 geboren und lebt heute in Biele-
feld. Ihre Kindheit und Jugend verbrachte sie am Niederrhein. Bevor sie sich dem Schreiben von Kriminalromanen widmete, war sie
u. a. Tanz- und Theaterpädagogin, Groß- und Außenhändlerin und
als Gastronomin tätig. Seit 2011 ist Mechtild Borrmann freie
Schriftstellerin. 2012 wurde ihr Roman »Wer das Schweigen bricht«
mit dem *Deutschen Krimi Preis 2012* ausgezeichnet.
Weitere Informationen über die Autorin und ihre Romane unter
www.mechtild-borrmann.de.

MECHTILD BORRMANN

DER GEIGER

Roman

Für Irmgard,
Victoria und
Audrey!
Herzlichst
Marianne

Januar 2018

Besuchen Sie uns im Internet:
www.knaur.de

Vollständige Taschenbuchausgabe 2013
© 2011 by Mechtild Borrmann
© 2012 by Droemer Verlag.
Ein Imprint der Verlagsgruppe
Droemer Knaur GmbH & Co. KG, München
Alle Rechte vorbehalten. Das Werk darf – auch teilweise –
nur mit Genehmigung des Verlags wiedergegeben werden.
Redaktion: Maria Hochsieder
Umschlaggestaltung: ZERO Werbeagentur, München
Umschlagabbildung: Trevillion Images / © Irene Lamprakou
Druck und Bindung: CPI books GmbH, Leck
ISBN 978-3-426-51038-4

10 11 9

Für Christine, Valentine und Anganeta H.

»Nie habe ich eine Geige mit einem solchen Klang besessen. Es ist, als folge meine Seele den Tönen in tiefste Schatten und hellstes Licht.«

In die Gewehre rennen
Mein tiefstes Herz heißt Tod
Wenn das die Mörder wüssten
wären sie es müde

Christa Reinig

KAPITEL I

Mai 1948, Moskau

Der Schlussakkord von Tschaikowskys Violinkonzert in D-Dur schwebte über die Köpfe der Menschen im Parkett, hinauf zu den Rängen, dehnte sich aus zu den Gästen auf den Balkonen und löste sich endlich in der hohen Kuppel des Konzertsaales auf. Sekundenlang verharrte das Publikum still, dann brauste tosender Applaus auf. Ilja ließ seine Geige sinken und verbeugte sich zusammen mit dem Dirigenten tief vor den jubelnden Menschen. Die Orchestermusiker erhoben sich von ihren Stühlen und verneigten sich ebenfalls.

Sechs Wochen lang hatte Ilja Wassiljewitsch Grenko in den Konzertsälen Europas gespielt, war auch dort gefeiert worden, aber hier, am Tschaikowsky-Konservatorium, wo er gelernt hatte und seine Lehrer in den ersten Reihen saßen und ihm applaudierten, erfüllte ihn die Anerkennung des Publikums mit besonderem Stolz. Eine letzte Verbeugung, ein letztes Mal zog er sein Taschentuch aus der Hosentasche und wischte sich über die Stirn. Dann verließ er den Konzertsaal.

Der Geigenkoffer stand unmittelbar neben dem Bühneneingang. Er trug sein Instrument nie ungeschützt durch Gänge und Flure. Seine Kollegen belächelten diese Vorsicht, nannten sie eine Marotte, aber Ilja Grenko liebte seine Geige. Die unbedarfte Bewegung eines Kollegen, ein unvorsichtiger Bühnenarbeiter, überall lauerten Gefahren. Er verband seinen Erfolg unmittelbar mit dieser Stradivari, die seit vier Generationen im Familienbesitz der Grenkos war. Sein Ururgroßvater, der Geiger Stanislaw Sergejewitsch Grenko, hatte sie 1862 von Zar Alexander II. geschenkt bekommen. Die Geschichte um dieses Geschenk war bis zur Revolution voller Stolz weitergegeben worden. Stanislaw Sergejewitsch war des Zaren Lieblingsgeiger gewesen, und zwischen den beiden Männern hatte sich eine Freundschaft entwickelt. Der Zar hatte die Familie sogar zum Urlaub in seine Sommerresidenz eingeladen.

Alexander II. hatte die Stradivari von einer Italienreise mitgebracht und seinem Freund zum Geschenk gemacht. Stanislaw Sergejewitsch, so war es überliefert, schrieb dem Zaren später in einem Brief: »Nie habe ich eine Geige mit einem solchen Klang besessen. Es ist, als folge meine Seele den Tönen in tiefste Schatten und hellstes Licht.«

Nach seinem Tod hegten und pflegten seine Erben das Geschenk, und die Geschichte der Violine wurde gerne zum Besten gegeben. Das änderte sich mit der Revolution 1917. Die Umstände, wie die Geige in den Besitz der Grenkos gelangt war, wurde zu einem Familiengeheimnis und nur im engsten Kreis hinter vorgehaltener Hand erzählt. Man fürchtete, dass die neuen Machthaber sie beschlagnahmen oder gar – als Symbol der Zarenherrschaft – zerstören würden.

Keiner von Stanislaw Sergejewitschs Nachkommen war ein großer Musiker geworden, keiner hatte das Instrument mit jener Fertigkeit gespielt, mit der er ihm die Töne entlockt hatte. Erst Ilja war es, vier Generationen später, gelungen, die Violine wieder mit jener Leichtigkeit zu spielen, die dem Ururgroßvater zu eigen gewesen war.

Als er verschwitzt und mit dem Geigenkoffer in der Hand seine Garderobe betrat, erwarteten ihn zwei Männer in billigen Straßenanzügen. Der eine saß vor der Spiegelkommode, lässig in den alten Drehstuhl gelehnt, den linken Fuß auf das rechte Knie gelegt. Der andere, auf dem schmalen Diwan an der hinteren Wand, saß vorgebeugt, die Ellbogen auf die Oberschenkel gestützt. Er erhob sich behäbig, nahm Iljas Sommermantel, der an einem Haken neben dem Diwan hing, und sagte knapp: »Ilja Wassiljewitsch Grenko, Sie müssen uns begleiten.«

Ilja blieb reglos stehen, seine Gedanken überschlugen sich. »Das muss ein Missverständnis sein«, brachte er mit rauher Stimme hervor.

Jetzt erst bemerkte er, dass die Schubladen der Kommode offen standen und der Mann, der vor dem Spiegel gesessen hatte und nun dicht vor ihn trat, die Tasche mit den Partituren unter dem Arm hielt.

»Wenn das ein Missverständnis sein sollte«, sagte der Mann gelangweilt, »dann sind Sie ja bald wieder zurück.« Er schob Ilja Grenko auf den schmalen Flur und weiter in Richtung Hinterausgang.

Ilja brach der Schweiß aus. »Meine Frau«, stammelte er, während die Männer ihn eilig den Gang entlangdrängten, »meine Frau war im Publikum. Bitte! Kann ich ihr bitte kurz Bescheid sagen?«

Die Männer schoben ihn weiter. »Machen Sie keine Schwierigkeiten, Grenko, kommen Sie einfach mit.«

Ilja ging an verschlossenen Garderobentüren vorbei und fragte sich, warum ausgerechnet heute der Flur menschenleer war. Einer der Bühnenarbeiter kam ihnen entgegen. Spontan rief Ilja ihm zu: »Bitte informieren Sie meine Frau, dass ich verhaftet wurde.« Sofort wurde er grob weitergestoßen. Der Arbeiter hielt einen Augenblick inne, sah erst ihn und dann die beiden Männer erstaunt an. Dann senkte er den Kopf und ging eilig weiter.

Am Ende des Ganges, unmittelbar vor dem Personaleingang, befand sich die Pförtnerloge. Wassili Iwanowitsch Jarosch saß in seiner abgetragenen Pförtneruniform in dem kleinen Glaskasten und blickte erschrocken von seiner Zeitung auf.

»Man hat mich verhaftet, Wassili Iwanowitsch. Bitte geben Sie meiner Frau Bescheid«, rief Ilja, als sie die Loge passierten. Einer der Männer öffnete die Tür zur Seitenstraße und stieß ihn hinaus.

Ilja drehte sich noch einmal um, sah, wie Wassili sich erhob und ihnen nachsah.

Unsanft bugsierte man ihn auf die Rückbank eines schwarzen Autos. Erst jetzt nahm er wahr, dass er immer noch seinen Geigenkoffer mit sich trug.

»Meine Geige.« Angst machte seine Stimme spröde und leise. »Bitte, kann ich meine Geige beim Pförtner abgeben.«

Der Mann, der im Fond des Wagens Platz genommen hatte, wandte sich ihm zu.

»Was ist denn los, Ilja Wassiljewitsch?«, fragte er lächelnd. »Wenn das alles ein Missverständnis ist, bist du mitsamt deinem Geigenkasten in ein paar Stunden wieder zu Hause.« Er beugte sich zu Ilja, dem ein säuerlicher Atem entgegenschlug. »Oder hast du Grund, daran zu zweifeln?«

Ilja drehte den Kopf zur Seite, starrte zum Seitenfenster hinaus. Die Lichter Moskaus eilten vorbei, Menschen, die auf den Straßen den lauen Abend genossen. Das gleiche Bild hätte er mit seiner Frau auf dem Weg nach Hause gesehen, und doch wäre es ein anderes gewesen. Er hätte es mit anderen Augen betrachtet, er wäre Teil dieses Bildes gewesen. Wahrscheinlich hätte er es nicht einmal bewusst wahrgenommen. Nicht die Leichtigkeit der Schritte, nicht die Umarmung eines Liebespaares unter einer Laterne.

Er wusste, dass die Fahrt zur Lubjanka ging.

Er dachte daran, dass sein Lehrer Professor Meschenow noch vor wenigen Stunden beim Mittagessen zu Gast in seinem Haus gewesen war. Meschenow, der ihm in seiner Zeit als Student am Konservatorium Mentor und Vaterfigur gewesen war, hatte ihn morgens angerufen und sich mehr oder weniger selbst eingeladen. Das Gespräch während des Essens war seltsam oberflächlich gewesen, und immer wenn Ilja versucht hatte, ihm von seinen Reisen zu erzählen, von seinen Begegnungen mit anderen international bekannten Musikern, hatte Meschenow abgeblockt. Später hatte der Alte ihn gedrängt, ihm den Garten zu zeigen. »Iljuscha, ich freue mich sehr über deinen Erfolg, aber deine ständigen Reisen ins Ausland ... du tust dir keinen Gefallen, verstehst du?«

Er hatte lächelnd geantwortet: »Ehrenwerter Meschenow, Sie wissen, wie unpolitisch ich bin. Mein Leben gehört der Musik und meiner kleinen Familie.«

Der Alte strich sich über den ergrauten Backenbart und wich Iljas Blick aus. »Versprich mir, in den nächsten Monaten hierzubleiben. Sag deine Reisen ab«, flüsterte er eindringlich, und dabei wanderten seine kleinen braunen Augen unruhig über die Fenster des Hauses. »Alexei Rybaltschenko ist in Zürich. Es wird behauptet, er ist im Ausland geblieben, weil er bei seiner Rückkehr eine Verhaftung gefürchtet habe. Es gibt Gerüchte, dass man Musikern, die sich häufig im Ausland aufhalten, Feindkontakte oder antisowjetische Agitation unterstellt.«

Er sprach leise, fast ein bisschen beschwörend. Ilja war schockiert. Natürlich war auch er in Paris und London auf angebliche Verhaftungswellen in seinem Land angesprochen worden. Er hatte Gespräche, die in diese Richtung gingen, immer sofort beendet. Das war feindliche Propaganda, das wusste man doch.

Er hatte es Meschenow gegenüber vorsichtig formuliert, hatte einige der ausländischen Kollegen aufgezählt, die ihn darauf angesprochen hatten, und gesagt, dass man doch wisse, dass das alles nicht stimme.

Meschenow hatte lange geschwiegen und dann gesagt: »Du warst doch in Europa. Wo spielen sie? In Paris? In London? In Amsterdam? Du wirst doch von ihnen gehört haben, von ihren Konzerten und Erfolgen? Hattest du Kontakt zu ihnen?«

Der Alte hatte ihn mit fragend hochgezogenen Augenbrauen direkt angesehen. Ilja war zusammengezuckt. Fragte Meschenow ihn tatsächlich, ob er Kontakt zu Verrätern hatte? Oder wollte er ihn auf etwas hinweisen?

Tatsächlich war er diesen russischen Kollegen weder begegnet, noch hatte er von ihnen gehört oder gelesen. Er schob den Gedanken beiseite, dachte an seine Einladung nach Wien und seinen Antrag, auf diese Reise die Familie mitzunehmen. Galina, seine Frau, wusste nichts davon. Wenn die Reiseerlaubnis kam, würde er sie damit überraschen.

Auf Meschenows Frage hatte er nicht geantwortet.

Als sie zum Haus zurückgingen, sagte der Alte noch einmal eindringlich: »Iljuscha, ich bitte dich, die Wienreise abzusagen.«

Kurze Zeit später, Meschenow hatte sich verabschiedet, war er zurück ins Wohnzimmer gegangen. Galina saß, den einjährigen Ossip auf dem Arm, in einem Sessel, und sein dreijähriger Sohn Pawel spielte ganz vertieft mit seinen Bauklötzen auf dem Teppich.

Er strich Pawel über den Blondschopf und entschied, sich in Wien vorsichtig nach den Musikern im Exil zu erkundigen.

Sie umfuhren den menschenleeren Platz vor der Lubjanka. Hier flanierte niemand. Hier hielt man sich nicht auf. »Vorplatz zur Hölle« wurde er hinter vorgehaltener Hand genannt. Schwer und monumental lag das ockerfarbene Gebäude da. Der Haupteingang war im Verhältnis geradezu klein und unscheinbar. In etlichen Fenstern brannte Licht, obwohl es bereits auf Mitternacht zuging. Er atmete tief durch. Es würde sich aufklären. Was immer man ihm vorwarf, er würde es richtigstellen und dann nach Hause gehen.

Der Wagen fuhr an die Westseite des Gebäudes. Eine Schranke öffnete sich. Wenige Meter dahinter passierten sie ein Tor und hielten in einem Hof. Ilja fühlte sich augenblicklich völlig isoliert, es war ihm kaum begreiflich, dass er sich immer noch mitten in Moskau befand. Er umschlang seinen Geigenkoffer mit den Armen und presste ihn schützend an sich wie ein Kind.

Sie zogen ihn aus dem Wagen. Er wurde einige Stufen hinunter und dann durch einen spärlich beleuchteten Gang geführt. Hinter einer Art Tresen erhob sich ein Uniformierter. Er stellte einen Pappkarton auf die Theke und forderte ihn auf, seinen Geigenkasten, den Mantel, die Fliege, den Gürtel und seine Schnürsenkel abzugeben. Im Rücken des Beamten zogen sich Holzregale ins Dunkel, randvoll mit identischen Kartons.

»Aber …«, Ilja rang nach Luft. »Das ist ein Irrtum. Bringen Sie mich zuerst zu jemandem, der mir sagt, was man mir vorwirft. Sie können mich doch nicht, ohne mich vorher angehört zu haben …« Seine Empörung ließ ihn laut werden.

Einer der Männer, die ihn hergebracht hatten, griff mit einer Hand nach dem Violinkoffer und riss ihm dann mit der anderen die Fliege vom Hals. »Der Mantel, den Gürtel, die Uhr und die Schnürsenkel«, schnauzte er.

Ilja konnte das Zittern in seinen Händen kaum unterdrücken, während er seinen Gürtel abnahm und die Schnürsenkel aus den Schuhen zog.

Zuletzt kontrollierten sie seine Hosentaschen und legten auch das Taschentuch auf den Tresen. Er war jetzt gezwungen, seine Hose festzuhalten, um zu verhindern, dass sie ihm von der Hüfte rutschte. Sie packten ihn zu beiden Seiten an den Oberarmen und führten ihn durch eine schwere Eisentür. Er stolperte drei Stufen hinunter, und eine weitere Tür wurde geöffnet. Der pelzige Geruch feuchter Mauern, vermischt mit beißendem Uringestank und säuerlichem Schweiß, schlug ihm entgegen. Er rang nach Luft. Er hörte Stöhnen und Wimmern. Sein Herz raste, und für einen Moment glaubte er zu ersticken. Links von ihm wurde ein Riegel mit metallischem Quietschen geöffnet, eine Tür aus groben Holzbohlen schwang auf. Ilja spürte Hände in seinem Rücken, stolperte vor und fiel. Wieder das metallische Quietschen.

Er fand sich auf dem Zementboden einer Zelle wieder. Der Raum war klein und ohne Fenster, der Boden und die Wände fleckig. Über ihm hing hinter einer Gitterabdeckung eine nackte Glühbirne. In einer Ecke stand ein Eimer, der, nur notdürftig gereinigt, nach Exkrementen stank. Daneben lag eine filzige graue Decke. Kein Bett, kein Stuhl. Sollte er hier die ganze Nacht verbringen?

Automatisch sah er auf sein linkes, nacktes Handgelenk. Er dachte, dass sie seine Sachen in diesen Karton gelegt hatten und er keine Quittung besaß. Wie spät mochte es sein. Mitternacht? Vielleicht halb eins. Keine Quittung für seine Geige. Er nahm die Decke, wagte nicht, sie auseinanderzufalten, legte sie an die hintere Wand auf den Boden und setzte sich darauf. Er versuchte, gleichmäßig durch den Mund zu atmen, kämpfte gegen die Übelkeit. Wenn es ihm nicht gelang und der Gestank ihm in die Nase zog, spürte er einen Brechreiz.

Wie ein Mantra wiederholte er im Geiste: ein Irrtum. In ein paar Stunden ist der Spuk vorbei. Aber es lauerten auch andere Gedanken, schoben sich bedrohlich vor. Er hörte Meschenow sagen: »Wo spielen sie? In

Paris? In London? In Amsterdam? Du wirst doch sicher von ihnen gehört haben.«

Sein Magen zog sich zusammen. Er schluckte dagegen an, wollte auf keinen Fall zu dem stinkenden Eimer. Schließlich rutschte er auf den Knien vor. Bemüht, den Behälter nicht zu berühren, stützte er sich mit den Händen an der Wand ab und erbrach sich. Minutenlang schüttelte ihn ein immer neues Würgen, bis die Magensäure in seiner Kehle brannte und nichts mehr in ihm war. Er kroch zur Decke zurück, lehnte sich an die Wand. Nein, nein, das konnte nicht sein. Tränen liefen ihm über das Gesicht.

Langsam beruhigte er sich, fanden seine Gedanken wieder in geordnete Bahnen.

Der Bühnenarbeiter oder der Pförtner hatten bestimmt Galina informiert? Sie war sicher schon auf der Suche nach ihm. Im Konservatorium war nach dem Konzert ein kleiner Umtrunk geplant gewesen, man würde ihn auf jeden Fall inzwischen vermissen. Wahrscheinlich wurden schon jetzt Telefongespräche geführt. Jeden Moment mochte die Tür aufgehen. Man würde sich wortreich entschuldigen, ihm seine Sachen aushändigen und ihn nach Hause fahren.

Er rieb den Betonstaub von den Knien und den Ärmeln seiner Smokingjacke. Den Anzug würde er gleich morgen in die Reinigung bringen. Gleich nachdem sich das Missverständnis aufgeklärt und man sich offiziell bei ihm entschuldigt hatte.

KAPITEL 2

Montag, 7. Juli 2008

Sascha Grenko stand an der Fensterfront seines großzügigen Büros im achten Stock.

Es war früher Abend. Unter ihm schoben sich Autokolonnen stadtauswärts in den Feierabend, andere, von der Deutzer Brücke kommend, drängte es in Richtung Altstadt zu den Restaurants und Cafés, wo man den warmen Abend draußen genießen konnte. Hier oben war es still. Es gefiel ihm, dem Pulsieren der Stadt zuzusehen wie in einem Stummfilm, aber heute schenkte er den Bildern wenig Beachtung.

Seit drei Jahren arbeitete er für Reger, der sich mit seinem Securityunternehmen auf Personenschutz und die Beschaffung von Wirtschaftsinformationen spezialisiert hatte. Die Klienten waren Unternehmen, Rechtsanwaltskanzleien und Personen, die sich Regers Preise leisten konnten. Manchmal fragte auch die eine oder andere Staatsanwaltschaft an, allerdings nie offiziell, sondern stets über die Hintertreppe.

Reger hatte Sascha von der Straße geholt, genau genommen aus seiner Souterrainwohnung, in der er zwischen Computern, Tastaturen, Bildschirmen und einer Hantelbank gehaust hatte. Er hatte damals mehr schlecht als recht von kleinen Computerrecherchen für Journalisten gelebt, die sein Talent, auch an nichtöffentliche Informationen zu kommen, zu schätzen wussten.

Reger hatte eines Tages in der Tür gestanden und einfach gesagt: »Kommen Sie mit, ich brauche Sie.« Sie waren hierhergefahren, in diesen schicken Büroturm mit Blick auf den Rhein, und Reger hatte ihm einen festen Arbeitsplatz angeboten. Aber das war nicht das Wichtigste gewesen. Beim Anblick der technischen Ausrüstung hatte Saschas Herz einen Sprung gemacht. »Sollte etwas fehlen, besorgen Sie es sich«, hatte Reger gesagt, und damit war die Entscheidung gefallen.

Inzwischen bewohnte er eine geräumige Dreizimmerwohnung mit Dachterrasse mitten in der Altstadt von Köln, trug immer noch Jeans und T-Shirt, aber nicht mehr von der Stange. Seine Lederjacke war aus edel gealtertem Büffelleder, und die Firma stellte ihm einen BMW als Dienstwagen zur Verfügung. Ein neues Leben, fernab seiner Vergangenheit.

Der Notizzettel in Saschas linker Hand war schon ganz zerdrückt. Er zog ihn glatt. Auf dem Zettel stand »Viktoria Freimann, Pension Laiber, Hubertusgasse, München«.

Vor gut vier Stunden hatte sie angerufen. »Hier ist Viktoria Freimann«, hatte sie gesagt. »Spreche ich mit Sascha Grenko?« Er hatte sofort gewusst, wer sie war, und hatte sogar den Eindruck gehabt, er habe sie an ihrer Stimme erkannt.

Er setzte sich an seinen Schreibtisch, schaltete die beiden überdimensionalen Flachbildschirme und das Notebook aus und schob zwei Tastaturen beiseite.

Was wusste er noch von der Zeit in Kasachstan, von den Eltern und von der Reise in dieses Land, dessen Name zu Hause so ehrfürchtig und zuversichtlich ausgesprochen worden war. Die Bundesrepublik Deutschland. An Babuschka Galina erinnerte er sich gut, an ihre große, gebeugte Gestalt und die langen grauen Haare, die sie zu einem Knoten zusammengesteckt trug. Sie saß immer bescheiden am Rand, selbst auf den Fotos, die er später zusammen mit den Eltern und seiner Schwester Viktoria ansah, so als sei sie zufällig mit auf das Bild geraten. Wenn sie ihr zahnloses Lächeln zeigte, sprangen Tausende von Fältchen in ihrem gegerbten Gesicht auseinander, und die großen braunen Augen blitzten auf. Im Winter saß sie in dem grauen weiten Rock, der ihr bis zu den Knöcheln reichte, am Ofen. Sie schälte Kartoffeln, schnitt Rüben klein oder knetete in der rostgefleckten Emailleschüssel geschickt den Brotteig. Im Sommer trugen sein Vater und sein Onkel sie mit dem Stuhl hinaus in die mit Wein bewachsene Laube hinter das kleine Haus, das aus nur drei Zimmern bestand.

»Ungefähr sechzig Quadratmeter für sieben Menschen«, sagte Vater, wenn sie zusammen die Bilder betrachteten und er der Meinung war, der Sohn habe die Enge vielleicht schon vergessen. Von diesen Fotos gab es nicht viele, aber die wenigen abgegriffenen Schwarzweißaufnahmen hatte Saschas Mutter Maria, kaum dass sie im Übergangslager in Deutschland angekommen waren, sorgfältig mit Fotoecken auf Kartonseiten geklebt und in ein Ringbuch geheftet. Dieses Buch wurde immer wieder hervorgezogen und war Ausgangspunkt all der Geschichten, die das Heimweh mildern sollten.

An einen dieser Abende erinnerte er sich genau. Sie hatten im Übergangswohnheim auf ihren Stockbetten gesessen. Viktoria, die von allen nur Vika genannt wurde, lag im oberen Bett. Ihr Kopf baumelte über den Rand des Etagenbettes, und sie betrachtete die Bilder aus der Vogelperspektive, flüsterte schläfrig »Babuschka« oder »Tjotja Alja«, während er zwischen seinen Eltern auf dem unteren Bett saß und das Album auf den Knien hielt. Sie sprachen leise miteinander, denn die Halle, in der sie vorübergehend wohnten, teilten sie mit acht anderen Familien, die darauf warteten, dass man ihnen eine Wohnung zuteilte.

Der Vater strich über ein Bild, das ihn zusammen mit Djadja Pawel vor dem Haus zeigte. Babuschka Galina saß auf diesem alten Holzstuhl mit dem nachträglich angebrachten Weidengeflecht an den Seiten. Die Dorfstraße war nichts als ein gestampfter Lehmweg, auf dem große Pfützen standen. Zum ersten Mal wurde ihm bewusst, dass er die Großmutter nur auf dem Matratzenlager liegend kannte und auf diesem Stuhl. Er entsann sich ihres herben Schweißgeruchs und ihrer Wärme, in die sie ihn und Vika in kalten Winternächten mit den von der Gicht verkrüppelten Händen hineinzog, wie eine Katze, die die Jungen mit der Pfote in ihren Schutz rollt.

»Warum konnte Babuschka nicht laufen?«, fragte er.

Der Vater strich ihm über den Kopf und flüsterte: »Das erzähle ich dir, wenn du alt genug bist.«

Er nahm das Album und klappte es zu. »Schlafenszeit«, sagte er, und dann fügte er hinzu: »Du musst wissen, dass der Name Grenko in Russland lange Zeit ein großer Name war.«

Wie aufgeregt er an jenem Abend in seinem Bett gelegen hatte, ganz damit beschäftigt, sich mit kindlicher Phantasie diese geheimnisvolle Andeutung auszumalen. An Könige und große Krieger hatte er gedacht, an geheime, vergrabene Schätze.

Sascha sah auf die erloschenen Bildschirme, wanderte in Gedanken weiter zurück.

Auch an den Tag, an dem die Ausreiseerlaubnis kam, konnte er sich erinnern.

Es war ein warmer Maitag, und als er aus der Schule kam, lag ein Brief auf dem Küchentisch. Die Eltern hatten in der Vergangenheit immer wieder Ausreiseanträge gestellt, und wenn die Ablehnungen eingetroffen waren, war die Stimmung über Tage gedrückt gewesen. Babuschka Galina sagte: »Der ist viel dicker als die, die bisher gekommen sind«, und er hatte sehnsüchtig darauf gewartet, dass die Eltern von der Arbeit heimkehrten und ihn öffneten.

In der Schule riefen sie ihm »Faschist« hinterher, weil seine Mutter eine Wolgadeutsche war. Auch einige der Lehrer nannten ihn so. Er wusste nicht, was genau damit gemeint war, nur dass es ein Schimpfwort war, aber er hörte immer auch eine Spur von Neid, wenn sie es sagten, weil es diese Möglichkeit in sich barg. Diese Möglichkeit auszuwandern. Schon in der ersten Klasse hatte er erklärt, dass er nicht lange bleiben würde, dass seine Familie bald nach Deutschland ginge, aber in der zweiten Klasse glaubte ihm das niemand mehr.

Der Vater kam an jenem Tag als Erster heim, wog den schweren Umschlag in seiner Hand, ging damit hinaus in die Laube und öffnete ihn vorsichtig mit einem Messer. Selbst das zischende Geräusch, als das Messer durch das Papier schnitt, meinte Sascha nach all den Jahren deutlich zu hören. Das Knistern der vielen Blätter, als der Vater sie auseinanderfaltete, das Poltern des fallenden Stuhls, als er aufsprang und ihn, Sascha, hochhob und herumwirbelte.

Schon eine Stunde später war es eng im Haus und in der Laube geworden. Djadja Pawel besaß ein Auto, und er war losgefahren, besorgte Wodka und Brot. Mutter und Tjotja Alja öffneten Gläser mit eingelegten Paprika, Gurken und Tomaten, schnitten Wurst in dicke Scheiben, und er selbst lief zwischen den Nachbarn und Freunden umher und konnte nur denken: Morgen in der Schule! Morgen sage ich: »Wir gehen nach Deutschland. Nein. Wir fliegen. Wir fliegen nach Deutschland.« Vika saß auf dem Schoß von Babuschka und schlief. Sie war drei Jahre alt. Tante Alja strich ihr über die roten Pausbacken und lachte: »Sie ahnt ja nicht, was für ein Glückskind sie ist.«

Der tränenreiche Abschied von Babuschka Galina, Onkel Pawel und Tante Alja lag dünn unter der aufgeregten Neugier auf das neue Land. Die zweistündige Fahrt nach Alma-Ata, der Flughafen, die Zwischenlandung in Moskau und auch der Weiterflug, den er wohl über weite Teile verschlafen hatte, war ihm kaum noch im Gedächtnis. Aber die Landung in Hannover hatte er nicht vergessen.

Es war ein blendend heller Tag. Er erinnerte sich, dass sie sich im Flughafengebäude zusammen mit anderen

Aussiedlern in einer Halle versammelt hatten, die mit taubenblauem Teppichboden ausgelegt war, und dass sie alle ihre Schuhe ausgezogen hatten. Eine Dolmetscherin erklärte verlegen lächelnd, dass das nicht nötig sei, aber niemand hatte die Schuhe wieder angezogen, es wäre ihnen wie ein Frevel vorgekommen. Später waren sie in einen blinkenden Mercedesbus gestiegen, dessen Motorengeräusche man im Innern kaum hörte. Er hatte den sauberen Asphalt der Straßen ebenfalls für Teppichboden gehalten und den Vater gefragt, ob ganz Deutschland mit diesen Teppichen ausgelegt sei.

Im Übergangslager bekamen er und Viktoria am ersten Abend je eine Tafel Schokolade geschenkt. Der Vater öffnete das Papier vorsichtig, faltete das Silberpapier auseinander, ohne es zu beschädigen. Weiße Schokolade. Er traute seinen Augen nicht. Jeder von ihnen aß an diesem Abend ein Stück. Die Süße breitete sich in seinem Mund aus, und als die Schokolade geschmolzen war, versuchte er, die cremige Flüssigkeit so lange wie möglich im Mund zu behalten.

Am nächsten Tag waren sie in einen Supermarkt gegangen. Der Leiter des Übergangslagers hatte dem Vater Geld gegeben. Sie waren durch die Gänge geirrt, und er hatte nicht gewusst, wohin er schauen sollte. Ängstlich hatte er nach der Hand des Vaters gegriffen. Die Mutter stand in der Obst- und Gemüseabteilung, strich mit ausgestrecktem Zeigefinger vorsichtig über Avocados, Papayas und Mangos und fragte immer wieder: »Ossip, was ist das … und das … und das?«

Der Vater hatte ihn an sich gedrückt und geflüstert: »Wir haben es geschafft, Saschenka. Jetzt wird alles gut.«

Aber dann war nichts gut geworden.

Das Erste, was sie ihm in der neuen Heimat auf dem Einwohnermeldeamt genommen hatten, war sein Vatersname »Ossipowitsch« gewesen. Ab jetzt hieß er nicht mehr Alexander Ossipowitsch Grenko, sondern nur noch Alexander Grenko, genannt Sascha. Nicht, dass ihn jemand bei seinem vollen Namen gerufen hätte, aber trotzdem spürte er den Verlust, und abends hatte er den Vater gefragt: »Bin ich jetzt nicht mehr dein Sohn?« Hatte damit alles begonnen?

In den Jahren danach hatte er oft gedacht: Wenn sie mir den Namen gelassen hätten, wären mir auch die Eltern und Vika geblieben. Das war natürlich Unsinn, und inzwischen glaubte er nicht mehr an Gesetzmäßigkeiten. Das Leben war Chaos. Zumindest das seine entzog sich jeder Logik, und die Art, wie er als Kind und Jugendlicher von einer Katastrophe in die nächste gestolpert war, war mit Ursache und Wirkung nicht zu erklären.

Er hatte für sich die These entwickelt, dass die Menschen wie Planeten in einer Umlaufbahn existierten. Jede Begegnung, so stellte er sich vor, nahm Einfluss auf diesen Orbit, war wie ein Stoß, der die Bahn veränderte. Manchmal waren es nur kleine Stöße, aber manchmal eben auch harte, die dem Leben eine vollkommen andere Richtung gaben. Dabei spielte es keine Rolle, wie nahe man jemandem stand oder wie viel man mit ihm zu tun hatte. Er war vor achtzehn Jahren von einem Menschen aus seiner Bahn katapultiert worden, den er nie kennengelernt hatte. Nur die Scheinwerfer seines Autos hatte er gesehen. Mehr nicht.

Sascha fuhr sich mit beiden Händen durch das dichte braune Haar, das er kurz trug und das meist in alle

Richtungen abstand. Er schob den Schreibtischsessel zurück. Sein Flug nach München ging um 19.30 Uhr. Er packte seinen Laptop, zwei T-Shirts und einen schlichten Stoffbeutel mit Zahnbürste, Zahnpasta und Deodorant in den kleinen Alukoffer, ging hinüber in Regers Büro und schrieb ihm eine kurze Notiz. Dann fuhr er zum Flughafen.

Wenige Monate nach dem tödlichen Unfall der Eltern war auch Viktoria verlorengegangen. Sie war, aber das erfuhr er erst sehr viel später, adoptiert worden, und er hatte nie wieder von ihr gehört. Es war seine Schuld gewesen. Er hatte nach Hause gewollt, hatte ohne die Eltern nicht in diesem fremden Land bleiben wollen.

Als er sich eines Morgens weigerte, in die Schule zu gehen, hatte ihm die Erzieherin gedroht: »Wenn du nicht lieb bist, schickt man euch zurück nach Kasachstan.« Er hatte seine Chance gesehen und alles darangesetzt, nicht lieb zu sein. Aber sie hatte gelogen. Stattdessen kam er in ein anderes Heim, fort von Vika. Immer wieder war er abgehauen, hatte sich tagelang rumgetrieben, immer auf der Suche nach Vika. Irgendwann hatte man ihm gesagt, dass Vika adoptiert worden sei. Da war er endgültig alleine gewesen. Tagelang hatte er sich ganz taub gefühlt vor Einsamkeit.

Er war weiterhin weggelaufen, ziellos, getrieben von der kindlichen Idee, dass er sie treffen würde, wenn er sich nur lange genug auf den Straßen aufhielte. Später, in den geschlossenen Erziehungsheimen und dann in der Jugendstrafanstalt, fand er sich ab, redete sich ein, dass Vika in einem schönen Haus bei freundlichen Leuten lebte.

Jetzt hatte sie ihn gefunden und schlicht gesagt: »Sascha, ich bin in Schwierigkeiten. Es geht um unsere Vergangenheit, und ich brauche deine Hilfe.«

Er hatte keine Sekunde gezögert. »Ich komme«, antwortete er, und erst Minuten später, als sie längst aufgelegt hatte, war ihm klargeworden, dass er sie tatsächlich wiedersehen würde. Seine kleine Schwester Viktoria.

Eine halbe Stunde später hatte er in der Pension angerufen und darum gebeten, Viktoria Freimann auszurichten, dass er um 20.40 Uhr in München landen würde.

KAPITEL 3

Iljas Frau Galina Petrowna Grenko war mit ihren ein Meter achtundsiebzig eine außergewöhnlich große Frau. Ihr feingeschnittenes Gesicht mit den mongolisch hohen Wangenknochen und dem pechschwarzen Haar, das sie meist kunstvoll hochgesteckt trug, erregte überall Aufmerksamkeit. Nach dem Konzert war sie im Saal geblieben, hatte Freunde und Bekannte begrüßt, Komplimente und Grüße an ihren Mann entgegengenommen und immer wieder die Frage beantwortet, wann sie wieder auf der Theaterbühne zu sehen wäre. Die Geburt ihres zweiten Sohnes war schwierig gewesen, und man hatte ihr eine längere Spielpause zugestanden, aber in einem Monat, verriet sie, würde sie die Arbeit am Mchat-Theater wieder aufnehmen und mit den Proben zu einem neuen Stück beginnen. Sie lachte fröhlich, obwohl ihr nicht danach war. Vor dem Konzert hatte sie mit Meschenow gesprochen, und Galina war in Sorge.

Ilja lebte für seine Musik, war im Schutz des Konservatoriums aufgewachsen. Das begabte Kind, von dem man alles ferngehalten hatte. Und später hatte sie diese Rolle übernommen, hatte seine Welt vor störenden Einflüssen geschützt. Für Ilja waren Willkür oder gar Boshaftigkeit undenkbar.

Galina erinnerte sich an ihre erste Begegnung vor sieben Jahren. Auch das war hier im Tschaikowsky-Konservatorium gewesen. Ilja hatte ein Solokonzert gegeben, und sein Spiel, seine Interpretationen der einzelnen Stücke waren voll unschuldiger Lebenslust gewesen. Damals verliebte sie sich genau in diese naive Lebensfreude. Auf dem anschließenden Empfang war er fröhlich, geradezu übermütig gewesen, war auf sie zugekommen und hatte, ungeachtet ihres Begleiters, gesagt: »Sie sind wunderschön. Ich kann einfach nicht aufhören, sie anzusehen.« Dann hatte er einen der Fotografen gebeten: »Bitte, Sie müssen ein Bild von mir zusammen mit dieser Frau machen, damit ich sie für immer ansehen kann.«

Aber jetzt würde sie ihn nicht weiter schonen können. Meschenow hatte sie vor dem Konzert angesprochen. Er hatte von den Musikern im Exil gesprochen und dann Iljas Wienreise erwähnt. »Die Zeiten sind unsicher«, hatte er vorsichtig angedeutet. »Ilja sollte in den nächsten Monaten nicht reisen.« Es hatte wie eine Warnung geklungen.

Im Mchat-Theater ging das Gerücht, dass Kollegen mit Auslandskontakten verhaftet worden seien. Nach dem Empfang würde sie mit Ilja reden.

Gemeinsam mit Meschenow und einigen Freunden war sie auf dem Weg aus dem Saal, als Wassili Jarosch, der Pförtner vom Künstlereingang, eilig auf sie zukam.

»Galina Petrowna«, rief er außer Atem, »bitte warten Sie.«

Sie wusste es im selben Augenblick. Sie hörte es in der Atemlosigkeit des alten Jarosch. Sie sah es in seinen aufgeregten Armbewegungen.

»Ein großes Unglück, Galina Petrowna«, sprudelte es aus ihm heraus. »Sie haben Ilja Wassiljewitsch verhaftet, sie haben ihn geholt.«

Jenes letzte Wort, jenes »geholt«, schien sich auszubreiten wie eine Viertelstunde zuvor die letzten Klänge des Konzertes. Aber es stieg nicht auf, wie die Musik es getan hatte, es lag dumpf und bedrohlich auf ihren Schultern.

Galina spürte Kälte, sah in den Augen der Freunde den ängstlichen Rückzug, sah, wie die Ersten ihre Köpfe senkten, hörte eilig geflüsterte Verabschiedungen. Andere schüttelten ungläubig die Köpfe, sprachen von Missverständnis, einige Mutige von Skandal. Meschenow erfasste die Situation als Erster und ergriff ihren Arm. Er zog sie über den Hof, hinüber zum Schulgebäude, wo er sein Büro hatte. Kaum dass er die Tür hinter sich geschlossen hatte, schlug er die Hände vors Gesicht, atmete mehrere Male tief durch. »Das kann ich nicht glauben«, flüsterte er wie zu sich selbst. »Das wird sich aufklären. Das muss sich aufklären. Ein unglaubliches Missverständnis! Ja … etwas anderes ist nicht möglich.«

Dann wandte er sich an Galina. »Wer ist bei Ihren Kindern?«, fragte er.

Jetzt endlich erwachte Galina aus ihrer Schockstarre.

»Eine Freundin«, flüsterte sie. »Aber Sie glauben doch nicht …«

»Nein, nein«, er hielt ihr den Telefonhörer hin, »aber rufen Sie vorsichtshalber an.«

Mit zitternden Fingern wählte sie die Nummer. Das Freizeichen ertönte, so schien es ihr, hundert Mal, ehe ihre Freundin Edita sich endlich meldete.

»Galina, du musst sofort kommen.« Edita schluchzte. »Sie haben das Geschirr zerschlagen, die Bücherregale umgeschmissen, sogar die Kinderzimmer haben sie durchsucht.«

Galina unterbrach sie. »Edita, was ist mit Pawel und Ossip?«

»Sie sind hier. Pawel weint, aber den beiden ist nichts passiert. Was ist denn bloß los, Galina?«

Galina spürte, dass ihr Tränen über das Gesicht liefen.

»Sie haben Ilja verhaftet«, flüsterte sie mit erstickter Stimme, und erst jetzt, indem sie es aussprach, kam das ganze Ausmaß dieser Botschaft bei ihr an. Ihr Verstand gewann die Oberhand. Sie wischte sich die Tränen fort.

»Edita, kannst du die Kinder mit zu dir nehmen? Ich melde mich so bald wie möglich.«

Als sie auflegte, sah sie Meschenow an, der zusammengesunken hinter seinem Schreibtisch saß. Entschieden sagte sie: »Ich fahre zur Lubjanka.«

Der Alte schüttelte den Kopf. »Das hat keinen Sinn, Galina. Man wird Sie nicht vorlassen.«

Galina nickte. »Das weiß ich, aber ich habe gehört, dass man Auskünfte kaufen kann.«

Meschenow hob die Hände. »Das sollten Sie auf keinen Fall selber tun.« Er griff zum Telefon, wählte mehrere Telefonnummern, ohne jemanden zu erreichen. Schließlich zog er seine Uhr aus der Westentasche. Es war weit nach Mitternacht. Meschenow versuchte ein aufmunterndes Lächeln. »Ich werde mich kümmern. Morgen früh kann ich ihn sicher erreichen.«

Er kam um den Schreibtisch herum und tätschelte ihre Wange. »Gehen Sie zu Ihren Kindern«, sagte er. »Ich melde mich, sobald ich etwas weiß.«

»Wer ist er? Wen wollen Sie erreichen?«, fragte sie.

Meschenow schüttelte den Kopf. Dann fragte er, wie er sie bei Edita erreichen könne, und versprach noch einmal: »Ich melde mich, sobald ich etwas höre.«

KAPITEL 4

Am Flughafen München mietete er einen Leihwagen und erreichte um kurz vor 22.00 Uhr die Hubertusgasse. Die Pension war schäbig. In dem schmalen Flur roch es nach erkaltetem Zigarettenrauch, über einem Tresen, der wohl als Rezeption diente, baumelte ein Fliegenfänger mit reichlich Beute.

Er betätigte einen ehemals weißen Klingelknopf, der auf dem Tisch festgeklebt war. Das schrille Läuten ertönte in einem Zimmer gegenüber, aus dem eine dürre, stark geschminkte Frau mittleren Alters erschien.

»Zimmer nur ab einer Woche«, knurrte sie ohne Begrüßung und stakste auf viel zu hohen Absätzen hinter die Theke. Dann erst nahm sie wahr, dass der Mann vor ihr ziemlich gut aussah, und lächelte.

»Wir hatten telefoniert«, sagte Sascha freundlich. »Ich habe Sie gebeten, Frau Freimann zu informieren, dass ich heute Abend ankomme ... Sie ist meine Schwester.«

Dieser nachgeschobene Satz klang albern, aber er hatte das Bedürfnis, es laut auszusprechen, hätte am liebsten noch hinzugefügt, »wir haben uns fast zwanzig Jahre nicht gesehen. Das ist nicht irgendein Besuch. Das ist etwas ganz Besonders«, aber er schwieg.

»Ach Sie? Ja, ja, Ihre Schwester«, bemerkte sie ein wenig ironisch. »Die Freimann ist nicht da. Die arbeitet um diese Zeit.«

Sie fingerte mit ihren langen roten Fingernägeln einen Schlüssel aus dem Fach Nummer acht und schob ihn zusammen mit einem gepolsterten Umschlag über den Tresen. »Sie hat mir gesagt, ich soll Ihnen das geben und Sie aufs Zimmer lassen. Gegen ein Uhr ist sie zurück.«

Auf dem Kuvert stand in steiler Schrift: Sascha Grenko. Er sah auf die Uhr. »Können Sie mir sagen, wo sie arbeitet?«

In Anbetracht der Unterkunft und dieser Frau fürchtete er die Antwort.

Die hob ihre aufgemalten Augenbrauen, schob die kirschroten Lippen vor und zuckte mit den Schultern. »Sie spielt seit ein paar Tagen im Holiday Inn.«

»Spielt?«, fragte er.

»Ja. Sie spielt Klavier in der Bar.« Ihre Stimme hatte wieder diesen spöttischen Unterton. »Dafür, dass Sie ihr Bruder sind, wissen Sie aber reichlich wenig.«

Sascha nahm den Zimmerschlüssel und das Kuvert an sich und verließ kommentarlos die Pension. Im Auto gab er »Holiday Inn« in das Navigationsgerät ein, dann öffnete er den Umschlag. Er fand einen weiteren Schlüssel und einen Zettel. »Hallo Sascha, ich bin so froh, dass du so schnell kommen konntest. Der Schlüssel gehört zu einem Schließfach am Hauptbahnhof. Nimm ihn bitte an dich. Bis später, Viktoria.«

Er legte den Umschlag und den Zettel ins Handschuhfach und steckte den Schlüssel in seine Sakkotasche.
Das Navigationsgerät zeigte eine Entfernung von
0,4 Kilometern zum nächsten Holiday Inn an, und er
entschied, zu Fuß zu gehen.

Auf dem Weg zum Hotel griff er nach dem Schließfachschlüssel in seiner Tasche. Zum ersten Mal kam ihm der
Gedanke, dass er nichts über seine Schwester wusste.
Vielleicht war sie krank, oder sie hatte sich in irgendeine
phantastische Geschichte hineingesteigert, jedenfalls
schien ihm die Sache mit dem Schließfachschlüssel merkwürdig.

Schon in der Eingangshalle des Hotels wehte ihm leise
Klaviermusik entgegen. Er durchquerte die geräumige
Lobby, und seine Schritte hallten auf dem hellen, mar-
morierten Fliesenboden nach. An den Wänden hing
großformatige moderne Kunst. Er dachte an die schä-
bige Pension. Seine Schwester lebte offensichtlich in
zwei grundverschiedenen Welten.

Er ging unter einem hohen, offenen Bogen hindurch
und stand in der Bar. An der langen, indirekt beleuchteten Theke und in Sitzgruppen aus breiten Ledersess-
seln saßen einige Gäste. Am Klavier entdeckte er Vika.
Gekonnt spielte sie kleine Jazzimprovisationen und
schien ganz in die Musik versunken. Ihr dunkles Haar
war kurz geschnitten, und das nachtblaue, hochge-
schlossene Kleid betonte ihre schlanke Gestalt. Sascha
bemerkte, dass einige Männer sie unverhohlen anstarr-
ten, und dachte, dass das Hotel Vika nicht nur ausge-
wählt hatte, weil sie ausgezeichnet Klavier spielte.

Er setzte sich an die Bar, bestellte einen Cocktail und
betrachtete sie. Er wollte sie nicht stören, würde sie be-

grüßen, wenn sie eine Pause machte. Einmal hob sie den Kopf, blickte sich um und sah auch kurz in seine Richtung. Sie erkannte ihn nicht. Wie auch? Sie waren Kinder gewesen, als sie sich das letzte Mal gesehen hatten. Ihre großen graublauen Augen, die ihm in Erinnerung geblieben waren und die schon damals einen außergewöhnlichen Kontrast zu ihrem dunklen Haar bildeten, hatten etwas Suchendes. Suchte sie ihn?

Ein dumpfes Plopp war zu hören, und er sah zum Barmann hinüber, dachte an das Öffnen einer Champagnerflasche. Vika unterbrach ihr Spiel. Ein plötzlicher Missklang aus vielen Tönen gleichzeitig, als sie vornübersackte und ihr Oberkörper auf das mittlere Tastenfeld fiel. Eine Frau in einer der Sitzgruppen schrie auf. Sascha und zwei andere Gäste liefen zum Klavier. Er dachte an einen Ohnmachtsanfall.

In dem nachtblauen Stoff auf Vikas Rücken zeigte sich ein kleines rundes Rot, das langsam größer wurde. Jetzt erst brachte er die Abfolge der Geräusche in Zusammenhang. Sie legten Vika auf den Boden. Irgendjemand rief: »Wir brauchen einen Notarzt.« Sascha blickte in die graublauen Augen, die ihn nicht sahen. Die blind und gleichgültig die Decke betrachteten.

Der Schuss musste vom Durchgang zur Lobby gekommen sein. Er lief hinüber. Hinter der Rezeption stand ein junges Mädchen, kreideweiß und unbeweglich vor Schreck. Sascha lief auf sie zu.

»Wo ist er hin?«, schrie er, und das Mädchen zeigte stumm, mit einer ängstlichen, minimalen Handbewegung auf den Aufzug. Er drückte den Fahrstuhlknopf, über der Tür erschien ein Pfeil nach oben. Der Aufzug kam von unten. Runter. In die Tiefgarage. Er nahm die

Treppe, rannte. Die schwere Feuerschutztür zur Garage fiel hinter ihm ins Schloss. Der Geruch von Autoabgasen lag in der Luft.

Er lauschte. Stille. Dann hörte er einen Motor starten und das Quietschen von Reifen, sah das Hinweisschild »Ausfahrt«. Er folgte den Pfeilen. Ein kurzes Krachen. Als er die Ausfahrt endlich erreichte, lag die gelbschwarze Barriere auf der Fahrbahn, und ein silberner Kleinwagen bog nach rechts auf die Straße. Das durchdringende Auf und Ab eines Martinshorns näherte sich aus der anderen Richtung.

Sascha stand auf dem Bürgersteig, wollte ins Hotel zurückkehren, doch dann hielt er inne. Vikas Anruf. »Ich bin in Schwierigkeiten.« Er griff in seine Hosentasche, fühlte den Zimmerschlüssel darin. Vika hatte ihn gebeten, in ihrem Zimmer zu warten. Er hatte es nicht einmal betreten, vielleicht hatte sie dort weitere Nachrichten hinterlassen.

Eilig machte er sich auf den Weg zur Pension. Auch diesmal war niemand hinter dem Empfangstresen. Er betätigte den Klingelknopf nicht, ging direkt die Treppe hinauf zu den Zimmern. Nummer acht lag am Ende des Ganges. Er sah es sofort. Die Tür war aufgebrochen. Sein Herz klopfte, als er sich an die Wand drückte und sie mit ausgestrecktem Arm aufstieß. Stille. Das kleine Zimmer war durchwühlt, das Bett umgeworfen, die Matratze aufgeschnitten. Vikas Habseligkeiten waren auf dem Boden verstreut.

Er griff in seine Sakkotasche und holte den Schließfachschlüssel heraus. Hauptbahnhof. Als er die Treppe herunterlief, fiel sein Blick hinter den Tresen. Die dürre Frau saß, den Oberkörper an die Wand gelehnt, die

Beine ausgestreckt, wie eine vergessene Schaufenster-puppe auf dem Fußboden. Der Punkt mitten auf der Stirn war so rot wie ihre Lippen.

Sascha verließ die Pension, setzte sich in seinen Wagen und fuhr zum Hauptbahnhof. Auf der Fahrt schlug er immer wieder auf das Lenkrad. »Scheiße! Verdammte Scheiße!« Wo war Vika da hineingeraten? Und jetzt wohl auch er. Die Bullen würden ihn bald identifiziert haben. In der Tiefgarage und im Hoteleingang gab es sicher Überwachungskameras, und in der Bar hatte er einen Cocktail getrunken. Seine Fingerabdrücke kann-ten sie. Einbruch, Diebstahl, Widerstand gegen die Staatsgewalt, Vandalismus und einiges mehr. Seit sechs Jahren hatte er sich nichts mehr zuschulden kommen lassen, oder genau genommen war ihm in den letzten sechs Jahren nichts nachzuweisen gewesen. Aber jetzt würden die den alten Kram ausgraben und ihm Fragen stellen, die er nicht beantworten konnte.

Was hatte er in der Pension angefasst? Die Zimmertür hatte er mit dem Handrücken aufgestoßen, da war er sicher. Nein, da konnte … Wieder schlug er auf das Lenkrad. »Scheiße!« Bei seinem ersten Besuch hatte er den Klingelknopf gedrückt. Jetzt konnte er nur hoffen, dass das nach ihm auch noch andere getan hatten. »Vi-kuscha, Vikuscha«, flüsterte er. »Was hast du getan?« Und dann war es wieder da. Das Chaos. Dieses sichere Gefühl, dass er einen neuen Stoß erhalten hatte und sei-ne Umlaufbahn sich entscheidend ändern würde.

KAPITEL 5

Tag und Nacht leuchtete die vergitterte Glühbirne.
Und jede Stunde, Tag wie Nacht, schickten sie ein
hohes Schrillen über Lautsprecher durch den Flur, das
den kurzen Erschöpfungsschlaf zerriss. War es jede
Stunde? Zumindest kam es ihm so vor.

Zweimal am Tag schoben sie ihm eine Suppe, in der ein
wenig Gemüse schwamm, durch die Luke. Manchmal
kullerte ein Stück Brot hinterher. Einmal am Tag
schleppte er den stinkenden Eimer zu einer Latrine
und kippte ihn aus.

Er wusste nicht, was tagsüber geschah und was nachts.
Als sie das erste Mal die Klappe am unteren Rand der
Tür öffneten und ihm die wässrige Suppe hineinstell-
ten, war er zuversichtlich gewesen. »Ein neuer Tag«,
hatte er gedacht. Gleich würden sie ihn zu dem zustän-
digen Beamten bringen, gleich würde sich alles aufklären. Er hatte die dünne Brühe nicht angerührt. Als niemand kam, um ihn zu holen – und er meinte, stundenlang gewartet zu haben –, fing er an, gegen die Tür zu
schlagen und zu rufen. Da kamen sie. Er hörte, wie der

Schlüssel sich im Schloss drehte, und sprang auf. »Gott sei Dank«, rief er erleichtert, als zwei Wärter seine Zelle betraten. »Das wurde aber auch Zeit«, sagte er noch. Einer der Männer trat die Blechschüssel mit der kalten Suppe wie einen Fußball in seine Richtung. Sie flog scheppernd gegen die Wand und ergoss sich über die Decke, auf der er die ganze Nacht gesessen hatte. Der erste Schlag traf seinen leeren Magen, und er sackte auf die Knie. Fäuste in seinem Gesicht, Stiefel auf Brust, Rücken und Beinen. Sie nannten ihn einen Hurensohn, einen elenden Verräter, sagten, dass sie ihm sein großes Maul schon stopfen würden.

Dunkelheit.

Er sah sie nicht gehen. Manchmal hörte er das Schrillen aus den Lautsprechern, aber nur von ferne. Als der Nebel in seinem Kopf sich langsam lichtete, als er sich vorsichtig aufsetzte und an die nackte Wand lehnte, spürte er die Schmerzen kaum. Er hatte etwas verloren, tastete seinen Körper vorsichtig ab, suchend. Tränen liefen ihm übers Gesicht, brannten in der Wunde auf seinem Jochbein.

Er dachte an Galina, an seine Söhne und dann an Meschenow. Er hörte ihn sagen: »Es gibt Gerüchte, dass man Musikern, die sich häufig im Ausland aufhalten, Feindkontakte oder antisowjetische Agitation unterstellt.«

Da fiel es ihm ein. Das Wort, das er verloren hatte. »Missverständnis«. Es klang fremd, war jetzt ohne Bedeutung. Er zerlegte es in Silben. Miss-ver-ständ-nis. Nicht verstehen. Ohne Verstand. Irrtum.

Nein, es musste einen Grund geben. Irgendetwas hatte er getan. Aber was?

Er rief nicht mehr, trank gierig die dünne Suppe, die man ihm hinstellte, aß das Brot und trug seinen Eimer zur Latrine.

Die Zeit. Er durfte die Zeit nicht verlieren. Er orientierte sich an den Latrinengängen. Mit einer Hand den Hosenbund haltend, in der anderen den Metallbügel des Kübels, wankte er auf Strümpfen durch den schmalen Gang. Jeder Eimer ein Tag. Sieben Eimer, sieben Tage. Zehn Eimer. Zwölf Eimer.

Zu Anfang dachte er darüber nach, was man ihm vorwerfen mochte. Stundenlang ließ er seine Auslandsreisen Revue passieren, suchte akribisch nach Begegnungen, mit denen er sich verdächtig gemacht haben könnte, führte sich Artikel, die in der Auslandspresse gestanden hatten, vor Augen. Aber bald gingen die Bilder ineinander über, konnte er sie nicht mehr zuordnen. Der Schlafentzug schwächte ihn, höhlte seinen Verstand aus. Er meinte sich zu erinnern, wie sein Vater ihm nach seinem ersten großen Solokonzert, er war gerade siebzehn, gratulierte. Die Bilder waren ganz real und rührten ihn zu Tränen. Aber nein. Nein, der Vater war doch lange vorher gestorben. Es war doch Meschenow gewesen, der ihn überschwenglich in die Arme genommen hatte.

Immer mehr gerieten seine Gedanken durcheinander, verlangsamten sich, wurden zäh und klebrig.

Manchmal hörte er Schreie aus den Nachbarzellen, hörte, wie Gefangene über den Flur gestoßen oder geschleift wurden. Dann hielt er sich die Ohren zu, schloss die Augen, wählte in Gedanken eine Partitur aus und spielte sie in seinem Kopf, hörte die Geigen, die Bläser, die Cellos, das Klavier. Er neigte den Kopf leicht nach links, hob die Rechte mit dem imaginären Bogen und spielte. In diesen Augenblicken kehrte sein Zeitgefühl zurück, er flüchtete sich in die Takte der Musik, klammerte sich an das Bild eines hin- und herschwingenden Metronoms.

Die nie verlöschende Glühbirne, das immer wiederkehrende Fiepen aus den Lautsprechern und der Hunger. Flöhe, die in der Decke genistet hatten, hausten auf seinem Kopf, in seinen Achselhaaren und um sein Geschlecht. Das alles zersetzte die Konzentration, die so nötig war, um die Kopfmusik zu spielen, nicht aus dem Takt zu kommen.

Mit dem zwölften Eimer begann der Zweifel, das Misstrauen gegen sich selbst. Manchmal trug er lediglich eine Pfütze Urin hinaus, manchmal war der Behälter halbvoll. Vielleicht schickten sie ihn nicht jeden Tag? Vielleicht …? Vielleicht war er schon viel länger hier. Nur zwei Schritte, um die Zelle zu durchschreiten. Die zeitlose Enge griff seinen Verstand an.

Dann drehte sich der Schlüssel. Kurz nachdem er seinen Kübel weggebracht hatte, drehte sich der Schlüssel erneut im Schloss. Er stand auf, griff automatisch den leeren Kübel.

»Stehen lassen«, schnauzte einer der Schließer.

Sie führten ihn eine ausgetretene Steintreppe hinauf. Eine Metalltür öffnete sich. Tageslicht. Gleißendes Tageslicht. Es brannte in seinen Augen, und doch konnte er den Blick nicht von dem Fenster wenden, hob den Kopf, blinzelte in die Sonne. Er wurde weitergeschubst. Eine zweite Tür. Ein breiter, langer Flur. Schritte näherten sich, kamen ihnen entgegen. Die beiden Männer drückten ihn gegen die Wand, rissen die Schöße seiner inzwischen völlig verdreckten Jacke hoch und stülpten sie ihm über den Kopf. Wen sollte er nicht sehen? Wer sollte ihn nicht sehen? Als die Schritte vorbei waren und hinter ihnen verhallten, schubsten sie ihn weiter auf eine der Türen zu. Auf dem Türblatt war ein Schild angebracht. Antip Petrowitsch Kurasch, Offizier, MWD.

Das Büro war groß. Ein kräftiger Mann lehnte rauchend in seinem Schreibtischsessel, hinter ihm ein Stalinporträt, gut viermal größer als ein menschlicher Kopf. Weinrote schwere Vorhänge verwehrten den Blick durch die beiden hohen Fenster. Das milde Licht zweier Schreibtischlampen hielt den Großteil des Zimmers im Halbdunkel. Ein langer Tisch mit mehreren Stühlen im Hintergrund, ein weicher Teppich unter seinen Füßen. Das alles nahm Ilja Wassiljewitsch Grenko verschwommen wahr. Was er aber mit aller Deutlichkeit sah, war seine Geige. Sie lag, zusammen mit dem Geigenbogen, auf dem Schreibtisch. Ohne nachzudenken, ging er darauf zu, wollte sie nehmen, aber aus dem Halbdunkel trat ein Mann und hielt ihn zurück.

Jetzt begann Antip Kurasch mit tiefer, freundlicher Stimme zu sprechen.

»Ilja Wassiljewitsch Grenko, wie schön, Sie persönlich kennenzulernen. Sie müssen wissen, ich bin ein Bewunderer Ihrer Kunst.« Er lächelte.

Ilja spürte eine Erleichterung, die ihm die Tränen in die Augen trieb. »Genosse Kurasch, ich bin so froh, endlich mit Ihnen sprechen zu können. Ich habe mir nichts zuschulden kommen lassen, das müssen Sie mir glauben.«

44

»So, muss ich das?« Das Lächeln verschwand.

»Bitte, Genosse Kurasch, sagen Sie mir, was man mir vorwirft. Ich kann das sicher aufklären.«

»Oh, da bin ich sicher. Aber tun Sie mir zunächst einen Gefallen.« Er reichte ihm die Geige. »Spielen Sie für mich.«

Ilja nahm die Geige mit der freien Hand an. »Gerne. Ich spiele gerne für Sie.« Sein Herz schlug vor Zuversicht und Freude schneller. Er hielt endlich seine Geige wieder in Händen, und Kurasch hatte erkannt, dass seine Verhaftung ein Irrtum war.

Der Vernehmungsoffizier hielt ihm den Geigenbogen hin. Ilja sah verlegen auf seine Hand, die den Hosenbund hielt. »Ich bräuchte einen Gürtel«, flüsterte er verlegen.

Kurasch lächelte wieder.

»Ich habe Sie gebeten, mir vorzuspielen. Wollen Sie mir das verweigern?«

Ilja schluckte. Er nahm den Bogen mit zittriger Hand, und die Hose sackte ihm auf die Füße. Und mit der Hose seine Zuversicht. Die Unterhose war beschmutzt. Er schnappte nach Luft vor Scham.

Er schloss die Augen. Die ersten Töne gelangen ihm nicht. Er war unkonzentriert, fand endlich doch in sein Spiel und vergaß, wo er war. Vergaß seinen unwürdigen Anblick. Spielen, spielen, immer weiterspielen. Den Tönen folgen, fort von hier.

Kurasch schlug mit der flachen Hand auf den Tisch. »Genug!« Er nahm ihm die Geige ab. Ilja bückte sich, um seine Hose hochzuziehen.

»Nein«, brüllte Antip Kurasch. Er grinste breit. »Der große Geiger Ilja Wassiljewitsch Grenko mit heruntergelassenen Hosen gefällt mir gut.« Die Männer, die ihn hergebracht hatten, lachten.

Kurasch packte die Geige fast liebevoll zurück in den Koffer und setzte sich in seinen Sessel.

»Ilja Wassiljewitsch«, begann er mit leiser Stimme, »sagen Sie mir doch bitte, ob das Ihr Eigentum ist.« Er schob eine Partitur über den Tisch.

Ilja ging mit kleinen Schritten, die Hände vor seiner beschmutzten Unterhose, auf den Schreibtisch zu. Auf dem grauen Schutzumschlag stand: Johann Sebastian Bach, Violinkonzerte, Konzert a-Moll.

Ilja nickte vorsichtig. Er verstand die Frage nicht. Sie hatten die Tasche mit den Partituren doch aus seiner Garderobe mitgenommen.

»Das Heft gehört also Ihnen?«, fragte Kurasch noch einmal nach. Jetzt nickte Ilja bestimmt und erleichtert. Er dachte, jetzt verstehe ich. Sie glauben, ich habe sie gestohlen. Sie glauben, ich bin ein Dieb. Das lässt sich schnell aufklären.

Kurasch drehte das Heft um und wies auf den unteren Rand. »Lesen Sie vor«, sagte er immer noch ganz freundlich.

Ilja las: »Musikverlag Bauer, München.«

»Können Sie mir sagen, wann Sie in München waren?« Ilja schluckte. Er war nie in München gewesen. Die Partitur hatte er in London in einem Antiquariat gekauft. Er erklärte es.

»Hmm.« Kurasch schlug das Heft in der Mitte auf. »Ilja Wassiljewitsch, sagen Sie mir doch bitte, was hier steht.« Er wies auf eine Randnotiz. Dort stand in kindlicher Handschrift auf Deutsch »Fliehen, in Eile« und darunter die Übersetzung ins Russische.

Ilja schluckte. Er erinnerte sich an jenen Nachmittag in London. James Forster, der Cellist des ihn begleitenden Orchesters, hatte ihm die Stadt gezeigt. In einer kleinen Seitenstraße entdeckten sie ein Antiquariat, das im Schaufenster diverse Partituren für wenige Pence anbot. An diesem Heft hatten ihn die Randbemerkungen in der fremden Schrift interessiert. Forster, der Deutsch sprach, hatte sie übersetzt und erklärt, dass man am Schriftbild sehen könne, dass die Vermerke von einem Kind stammten. Sie sprachen von einem tiefen und gleichzeitig naiven Verständnis für die Musik, und aus diesem Grund hatte er die Partitur gekauft.

»Verehrter Antip Petrowitsch, ich habe das Heft in London in einem Antiquariat gekauft. Ich war nie in Deutschland. Wahrscheinlich hat das Heft einem deutschen Kind gehört, das sich aufgeschrieben hat, wie die markierten Stellen klingen sollten. Ich habe es als Kind genauso gemacht und darum ...« Seine Stimme wurde beim Anblick des Offiziers, der ihn mit vorgeschobenen Lippen gelangweilt betrachtete, immer leiser.

Kurasch beugte sich vor, blätterte einige Seiten weiter. »Aufsteigend, einen steilen Berg hinauf«, stand da, und auf einer weiteren Seite »Eilend, springend, einem plätschernden Bach folgen«. Die letzte Randnotiz lautete: »Tanzend, frei.«

Kurasch brüllte los.

»Ein Buch aus Deutschland! Randvoll mit handschriftlichen Notizen. Halten Sie mich für blöd, Ilja Wassiljewitsch? Ich will wissen, an wen Sie diese Partitur weitergeben sollten.«

Ilja starrte ihn fassungslos an. »An wen ... aber nein, an niemanden. Das sind doch nur ...«

Kurasch sprang auf.

»An niemanden. Dann handelt es sich also um Ihren eigenen Fluchtplan. Vielleicht in Verbindung mit Ihrer Wienreise?«

Iljas Kopf schwirrte. Obwohl Kurasch unmittelbar vor ihm stand, ihn anschrie und ihm feine Speicheltropfen ins Gesicht spie, verstand er nicht. Stattdessen hörte er Meschenow. »Wo spielen sie denn, die russischen Musiker im Exil? Du hast doch sicher von ihren Konzerten gehört?«

Kurasch saß wieder hinter seinem Schreibtisch. Er legte ein Schreiben auf die Partitur, schraubte einen Füller auf und legte ihn daneben. »Ersparen Sie mir und sich weitere Verhöre und unterschreiben Sie.«

»Geständnis des Ilja Wassiljewitsch Grenko«, stand auf dem Papier. »… habe ich meine Reisemöglichkeiten missbraucht«, las er, »… heimlicher Kontakt nach Deutschland«, las er, »… Vorbereitung meiner Flucht«, las er, aber der Sinn dieser Worte erreichte ihn nicht. Wie ein kleines Kind, das staunend den ersten Schnee betrachtet, dachte er: »Wer hat das geschrieben? Wo kommt das her? Wie ist das möglich?«

Stumm und ungläubig schüttelte er den Kopf.

Kurasch sprach langsam und mit ruhiger Stimme: »Grenko, wir werden nur dieses eine Mal hier, in dieser angenehmen Atmosphäre, miteinander plaudern. Wenn Sie jetzt unterschreiben, lege ich ein gutes Wort für Sie ein, und Sie kommen mit zehn Jahren Besserungsarbeitslager davon. Unterschreiben werden Sie sowieso, hier haben bisher alle unterschrieben.« Er lächelte großzügig und hielt Ilja den Füllfederhalter hin. Eine halbe Minute? Eine ganze?

Dann warf er ihn auf den Schreibtisch. Tinte spritzte auf das Papier. Er winkte die Schließer heran. »Schaffen Sie ihn fort«, sagte er und schüttelte mit dem Kopf, wie ein Lehrer, dem der Starrsinn seines Schülers unbegreiflich ist.

Ilja bückte sich und zog seine Hose hoch. Kurasch stand auf und sagte: »Ihr Musiker haltet euch für besonders schlau, aber bisher haben alle ein Geständnis abgelegt, sogar schneller als so mancher dumme Bauer.«

Als sie ihn den Gang entlangführten, hörte er wieder und wieder Meschenow fragen: Wo spielen sie? In Paris? In London? In Amsterdam?

KAPITEL 6

Edita bewohnte zwei kleine Zimmer mit Gemeinschaftstoilette auf dem Flur und Blick in einen Hinterhof. Der vordere Raum war eine Art Wohnküche. Ein Gasherd, ein schmales Regal und ein Wasserhahn, unter dem eine Emailleschüssel stand, ergaben eine Küchenzeile. Ein Abflussrohr gab es nicht, man trug die Schüssel zum Ausleeren über den Flur zum Klo. Hinter dem Küchentisch stand ein schmales Sofa in abgewetztem Blau, auf dem Galina versucht hatte, ein wenig zu schlafen. Es war ihr nicht gelungen.

Um sechs Uhr in der Frühe klingelte auf dem Flur das Gemeinschaftstelefon. Die schlurfenden Schritte und das Husten eines Mannes waren zu hören. Ein kurzer, undeutlicher Wortwechsel, wieder Schritte, und dann schlug jemand gegen die Wohnungstür.

»Telefon für euch«, krächzte die Männerstimme. Im Nebenzimmer begann Ossip zu weinen. Galina stand hastig auf, hörte Editas beruhigende Stimme, während sie auf den Flur lief. Vor der Toilette warteten eine Frau und ein Kind, auch der hustende Mann stellte sich an.

Die Verbindung war schlecht.

»Keine Verhaftung«, sagte Meschenow am anderen Ende der Leitung. »Im Ministerium weiß man nichts von einer Verhaftung.«

»Aber das kann doch nicht sein.« Sie musste laut in die Sprechmuschel rufen. Die Worte hallten von den nackten Wänden wider. »Sie haben ihn mitgenommen. Sie haben unsere Wohnung durchsucht. Wie können die das behaupten?«

Die Wartenden sahen neugierig zu ihr herüber und drehten sich eilig weg, als Galina ihren Blicken begegnete.

Meschenows Stimme kam von weit her. »Galina, beruhigen Sie sich. Ich kenne jemanden im Ministerium, der sich darum kümmern wird. Das Ganze scheint ein Missverständnis zu sein.«

Als sie in die Wohnung zurückkam, stand Edita mit Ossip auf dem Arm am Herd und machte in einem kleinen verbeulten Topf Milch warm. Galina trug immer noch das elegante Samtkleid vom Konzertabend. Sie schlüpfte in ihre Pumps, lieh sich von Edita eine Jacke und ließ die Kinder bei der Freundin.

»Ich muss Ordnung schaffen«, sagte sie, »ich hol die Kinder ab, wenn aufgeräumt ist.«

In ihr breitete sich der mächtige Gesang der Hoffnung aus. »Das Ganze ist ein Missverständnis. Er ist schon zu Hause. Er wartet auf uns«, frohlockte es in ihr, aber sie sprach es nicht aus.

Sie fuhr mit der Metro, sah sich suchend auf dem Bahnsteig und dann im Abteil um, verstand nur langsam, wonach sie Ausschau hielt. Nach einem hochgewachsenen Mann. Nach einem schmalen Gesicht, dunklen

Haaren, die sich bei feuchtem Wetter wellten. Nach blauen Augen, in denen immer ein gewisses Staunen lag. Ein Mann in Frack und Fliege, der um diese Uhrzeit auffallen musste. Sie lächelte. Ilja fuhr nicht gerne mit der Metro. Das Lärmen der Züge, in denen man sein eigenes Wort nicht verstand, war ihm eine Qual. Er war sicher gelaufen, hatte erleichtert die frische Morgenluft aufgesogen.

Kaum dass sie die Haustür aufgeschlossen hatte, blieb sie erschrocken stehen. Dann ignorierte sie das Durcheinander und rief seinen Namen. Sie lief von einem Zimmer ins nächste, stieg über Scherben, Bücher, Notenblätter, Töpfe, Bauklötze und Kleidungsstücke. Ihre Stimme überschlug sich. Das a in seinem Namen zog sich von Ruf zu Ruf länger, wurde zum Schmerzensschrei und brach sich schließlich in einem Schluchzen. Im Schlafzimmer setzte sie sich auf den Boden. An das durchwühlte Bett gelehnt, weinte sie hemmungslos. Es war wie ein Sturz aus großer Höhe.

Sie wusste nicht, wie lange sie so gesessen hatte. Als sie die Hände vom Gesicht nahm und sich umsah, war ihr erster zusammenhängender Gedanke: »Alles zerstört«, und dieses »alles« hallte in ihr nach und ging weit über den Anblick der Wohnung hinaus.

Gedankenlos ging sie ins Wohnzimmer, hob eine Porzellanvase und eine Tonschale auf, die heil geblieben waren, und stellte sie auf den Flügel. Dann begann sie aufzuräumen. Ordnung schaffen. Äußerlich und innerlich. Sie stellte das umgestoßene Regal auf, sortierte Bücher ein, faltete Tischwäsche, legte sie in den Schrank zurück und kehrte zusammen, was der Durchsuchung nicht standgehalten hatte. Die Scherben der Kristallglä-

ser – Erbstücke von ihren Eltern – schlugen gegenein-
ander, als sie sie mit dem Handfeger auf das Kehrblech
schob. Sie hinterließen diesen hellen unnachahmlichen
Ton, dem Ilja beim Zuprosten so gerne gelauscht hatte.
Ihr wurde schwindelig. Sie stützte sich auf dem Boden
ab, dachte für einen Augenblick: Jetzt! Jetzt gleich werde ich aufwachen aus diesem Alptraum.
Ein Splitter bohrte sich in ihren Handballen. Sie spürte
es nicht. Erst als sie aufstand, betrachtete sie erstaunt
das Blut auf dem Küchenboden und band sich ein Taschentuch um die Hand.
Auf dem verblassten Rot des Perserteppichs lagen die
gesammelten Zeitungsartikel, Notenblätter und das
Fotoalbum. Die Kartonbogen mit den aufgeklebten
Bildern waren herausgerissen. Sie hob sie auf, trug sie
hinüber zum Esstisch, und es war, als versuche sie die
Reste einer zerschlagenen Zeit einzusammeln.
Nach vier Stunden war die Wohnung einigermaßen
wiederhergestellt.
Im Schlafzimmer tauschte sie das Samtkleid gegen einen weiten, wadenlangen blauen Rock und einen grau-
en Pulli. Während des Aufräumens hatte sie immer
wieder über das kurze Telefongespräch mit Meschenow nachgedacht. Er hatte nicht nur von einem Missverständnis gesprochen. Er hatte auch gesagt: »Niemand weiß von einer Verhaftung.« Aber das stimmte
nicht. Sie wusste doch, dass das nicht stimmte.
Auf dem Weg zum Konservatorium bemerkte sie
kaum, dass der Tag schon sommerliche Temperaturen
hatte und der Pullover viel zu warm war. Erst auf dem
Vorplatz, der durch das Hauptgebäude mit seinen Sei-
tenflügeln geschützt war, spürte sie die Kraft der Son-

ne. Sie benutzte nicht den Haupteingang, über dem sich der großzügige, halbrunde Erker wölbte, der bis zum Dach hinaufstieg. Sie ging um das Gebäude herum auf die Rückseite, zum Künstlereingang. Sie wollte zu Wassili Jarosch.

In der Pförtnerloge saß ein junger Mann, den sie ab und an gesehen hatte, aber nicht mit Namen kannte. Er stand sofort auf, öffnete das Schiebefenster und grüßte sie ehrerbietig mit Namen.

»Ich möchte Wassili Jarosch sprechen«, sagte sie freundlich.

Der junge Mann senkte verlegen den Blick, schien nicht recht zu wissen, was er darauf antworten sollte.

»Wo ist er?«, fragte sie mit plötzlichem Unbehagen.

»Wassili Jarosch ist krank«, antwortete er, und Röte stieg ihm ins Gesicht.

Galina schluckte.

»Wo wohnt er?«, fragte sie schärfer als beabsichtigt.

Der junge Mann ging einen Schritt zurück. Mit noch immer hochrotem Kopf sagte er steif: »Sie müssen sich bitte an den Verwaltungsdirektor wenden.«

Sie spürte, wie sich ihr Nacken verkrampfte. Wassili war der Einzige, der die Verhaftung tatsächlich gesehen hatte. Sie musste ihn sprechen.

»Bitte«, sagte sie jetzt durch das kleine Fenster. »Bitte helfen Sie mir.«

Der junge Mann beugte sich vor. Sie verstand ihn kaum, als er eindringlich flüsterte: »Bitte, Galina Petrowna, gehen Sie. Bitte gehen Sie sofort.«

Galina taumelte zurück, lehnte sich an die Wand.

»Meschenow«, sagte sie leise. »Ist Professor Meschenow zu sprechen?«, und sie fürchtete die Antwort.

Der Pförtner sah sie an, machte eine leichte Kopfbewegung in Richtung Ausgang. Ihr Herz hämmerte wild. »Nein, ich bleibe«, flüsterte sie. Er straffte seinen Oberkörper, schloss das kleine Fenster und griff zum Telefon. Sie starrten einander an. Noch hatte er nicht gewählt. Stumm formte er noch einmal mit seinen Lippen: »Bitte.«

Sie fühlte den Türgriff in der Hand, sah das Kopfsteinpflaster unter ihren Füßen, auf dem sie um das Gebäude herumging, über den Platz, zurück auf die Uliza Gerzena. Dieser blendend helle Tag. Eine Gruppe ausgelassener junger Leute kam ihr entgegen. Sie lachten und scherzten. Ein Mann mit Handkarren starrte sie mit wodkaglasigen Augen an. Eine Katze döste auf einem Mauervorsprung neben einem kunstvoll geschmiedeten Gitter. Alles gehörte zu diesem Tag. Ein ganz normaler Tag. Der Himmel über Moskau wölbte sich hoch und blau.

Sie ging ohne Ziel, und es dämmerte bereits, als sie den Block erreichte, in dem Editas Wohnung lag.

Sie wollte mit den Kindern nach Hause gehen und Edita bitten, sie zu begleiten. Von zu Hause aus konnte sie versuchen, Meschenow telefonisch zu erreichen, und am nächsten Morgen würde sie ins Theater gehen. Der Kollege Leonid war vor zwei Jahren verhaftet worden und nach einer Woche freigekommen. Er sprach nie darüber, aber sicher wusste er, was zu tun war.

Sie hörte eine Autotür, nahm erst jetzt den schwarzen Wagen auf der anderen Straßenseite wahr.

Ein Mann kam auf sie zu. »Galina Petrowna Grenko, bitte begleiten Sie uns.«

Hatte sie gefragt: »Warum?« Hatte sie gefragt: »Wer sind Sie?« Später wusste sie es nicht mehr, erinnerte sich nur daran, dass sie fast froh gewesen war. Dass sie gedacht hatte: Jetzt wird man mich anhören. Jetzt kann ich etwas tun und werde erfahren, was mit Ilja ist.

In der Lubjanka stieg sie eine breite, geschwungene Treppe hinauf, folgte nicht enden wollenden Gängen.

Der Mann stand mit dem Rücken zu ihr an einem der hohen Fenster, als man sie in das Büro führte. Eine breite, dunkle Silhouette im diffusen Gegenlicht der Abenddämmerung. Er schien sich der Wirkung dieses Bildes bewusst zu sein, blieb mindestens eine halbe Minute lang so stehen, ohne sie zu beachten. Dann hob er die Arme, zog mit einem Ruck die schweren Vorhänge zusammen und drehte sich um. Während er auf sie zukam, musterte er sie unverhohlen und leckte sich mit einer kleinen Zungenbewegung die Lippen. Er stellte sich als Antip Petrowitsch Kurasch vor und sagte, er habe ihre Schönheit schon oft im Theater bewundert. Sie versuchte ein Lächeln.

Er schob den Stuhl vor dem Schreibtisch zurecht und bat sie mit großer Geste, sich zu setzen. Während er gemächlich den schweren Tisch umrundete, konnte sie sich nicht mehr zurückhalten. »Bitte sagen Sie mir, wo mein Mann ist.«

Er nahm in seinem Sessel Platz, lehnte sich zurück und schloss die Augen. Über seinem Kopf schwebte ein überdimensionaler Stalin, der sie direkt anzusehen schien.

Kurasch öffnete die Augen, zog die Brauen hoch und schob die Lippen vor. »Meine liebe Galina Petrowna, lassen wir die Spielchen. Ich will von Ihnen wissen, wo sich Ihr Mann aufhält.«

»Aber …« Sie schluckte, dachte an Meschenows Bemerkung, dass keiner von einer Verhaftung wusste, und meinte zu verstehen. Kurasch hatte den Auftrag, die Angelegenheit zu klären. Er sollte herausfinden, wo der Fehler innerhalb des MWD passiert war.

Sie berichtete, was sie wusste. »Nach dem Konzert«, sagte sie, »zwei Männer«, sagte sie, »der Pförtner hat es gesehen.«

Kurasch blickte sie ungerührt an.

Er schob ein Schreiben über den Tisch. Ihr fielen die manikürten Nägel an den fleischigen Fingern auf. Blasse, zierliche Halbmonde, die nicht zu dieser Erscheinung passen wollten.

Sie las, spürte, wie Kurasch ihre Brüste anstarrte, während sie nach Atem rang.

»Warum, meine liebe Galina Petrowna, wollten Sie zusammen mit den Kindern Ihren Mann nach Wien begleiten?«, fragte er mit fast freundlicher Stimme.

Sie schüttelte den Kopf. »Das stimmt nicht«, brachte sie hervor, und gleichzeitig las sie, was da in Iljas geschwungener Handschrift stand.

»… stelle ich den Antrag, meine Frau und meine Kinder auf die Konzertreise nach Wien mitzunehmen.«

»Davon habe ich nichts gewusst«, sagte sie wahrheitsgetreu und schluckte an ihren Tränen, während sie dachte: Ilja, oh, Ilja. Du Dummkopf. Das hättest du nicht tun sollen. Warum hast du nicht mit mir gesprochen?

»Haben Sie ihn darum verhaftet?«, fragte sie leise.

Kurasch beugte sich vor. Seine zur Schau gestellte Freundlichkeit fiel augenblicklich von ihm ab.

»Hören Sie endlich auf damit«, zischte er. »Ilja Wassiljewitsch Grenko ist nicht verhaftet worden. Er hat sich ins Ausland abgesetzt.« Er lehnte sich zurück und blaffte: »Oder hat er das auch ohne Ihr Wissen getan?« Kurzes Schweigen, dann bekam seine Stimme etwas Versöhnliches: »Das würde ich Ihnen vielleicht sogar glauben. Immerhin hat er Sie mit den Kindern zurückgelassen.«

Sie hörte ihn, und seine Worte verunsicherten sie. Hatte Ilja tatsächlich das Land verlassen wollen? Hatte er geplant, mit ihr und den Kindern fortzugehen, und dann verstanden, dass er mit diesem Antrag einen Fehler gemacht hatte? War er in Panik geraten? Sie erinnerte sich daran, wie Meschenow und Ilja in den Garten gegangen waren, dass sie diese Geheimniskrämerei irritiert hatte. Was wusste Meschenow? Hatte er von Iljas Plan gewusst? Dann schüttelte sie den Kopf. »Der Pförtner ... Wassili Jarosch. Er hat es gesehen.«

Wieder schob Kurasch ein Blatt über den Tisch.

»Protokoll der Zeugenaussage des Wassili Jarosch«, stand da. »Als Ilja Wassiljewitsch Grenko das Konservatorium durch den Hinterausgang verließ, bat er mich, zu seiner Frau zu gehen und ihr zu sagen, dass er verhaftet worden sei.« Sie las es. Sie verstand es nicht.

»Brauchen Sie noch mehr Beweise?«

Sie schwieg. Das Wort »Beweise« lag ihr im Mund wie eine ungenießbare Frucht, die sie nicht ausspucken konnte, deren Gift sich über ihre Schleimhäute in ihren Körper ausbreitete und sie lähmte.

»Das ist nicht wahr«, wollte sie schreien. »Das kann so nicht sein«, doch sie starrte nur auf das Papier.

»Aber unsere Wohnung«, es schien ihr wie der letzte Strohhalm. »Unsere Wohnung ist durchsucht worden, sie war völlig verwüstet und ...«

Kurasch fiel ihr ins Wort. »Das waren wir. Natürlich haben wir Ihr Haus durchsucht, nachdem wir von der Flucht Ihres Mannes erfahren haben.«

Er erhob sich. »Sie können gehen«, sagte er unvermittelt.

Sie stand auf, ging mechanisch zur Tür.

»Sollten Sie weiterhin behaupten, dass Ihr Mann verhaftet wurde, wird das Konsequenzen für Sie und Ihre Kinder haben.« Ganz beiläufig sagte er das. Freundlich und wie nebenbei.

KAPITEL 7

In der Bahnhofshalle waren um diese Zeit nur wenige Menschen unterwegs. Über dem Informationsschalter sprang der Zeiger einer überdimensionalen Uhr auf 1.04 Uhr. Zwei schwarz gekleidete Wachleute standen an einem der Zugänge zu den Bahnsteigen und plauderten, einige der kleinen Läden waren die ganze Nacht geöffnet.

Von einem Backshop wehte der Duft frischer Brötchen herüber, ein Zeitungsladen bot schon jetzt die Nachrichten des gerade begonnenen Tages an. Die Stehtische eines Kiosks wurden von Männern mit Kaffeebechern umringt, Taxifahrer, die auf Fahrgäste aus den ankommenden Zügen hofften. Das Rumoren von ein- und ausfahrenden Zügen mischte sich mit der Lautsprecherstimme, die sie ankündigte.

Auch im Durchgang zu den Schließfächern stand ein Wachmann in Schwarz. Eine Informationstafel wies darauf hin, dass die Fächer höchstens eine Woche zur Verfügung standen und danach von der Bahnhofsaufsicht geöffnet wurden. Sascha spielte mit dem Schließfachschlüssel, grüßte den Mann vom Sicherheitsdienst und ging an ihm vorbei.

Schließfach Nummer 166 lag in einer Querreihe. Er öffnete die Metalltür und fand eine schwarze Umhängetasche aus Nylon, wie Schülerinnen und Studentinnen sie benutzten. Auf der Vorderseite war ein roter Aufkleber mit einem chinesischen Schriftzeichen, am Tragegurt hing ein schmuddeliger kleiner Elefant aus blaugeblümtem Stoff. Sascha nahm die Tasche an sich und verließ den Bahnhof.

Als er zum Parkplatz ging, entdeckte er unmittelbar neben seinem Wagen ein Polizeiauto. Ein Beamter saß am Steuer, machte aber keine Anstalten auszusteigen. Die waren doch immer zu zweit. Wo war der andere?

Sascha stand ungünstig, konnte nicht sehen, ob sich jemand an seinem Auto zu schaffen machte. Er dachte daran, in den Bahnhof zurückzukehren und einen Zug oder eine S-Bahn zu nehmen, aber sein Laptop lag im Wagen, und auf den wollte er nicht verzichten. Außerdem, so schnell konnten die nicht sein. Der tödliche Schuss auf Vika war gerade mal zwei Stunden her.

Für einen Augenblick war er erstaunt, wie schnell die selbstverständliche Gelassenheit seiner bürgerlichen Existenz dahin war und er wieder so reagierte, wie er es vor Jahren gelernt hatte, als jedes Polizeiauto eine Bedrohung gewesen war. Abwarten und beobachten. Fluchtwege überdenken. Nicht versuchen, unauffällig zu sein, sondern einfach nicht auffallen.

Ein Polizist kam mit zwei Kaffeebechern und einer Tüte unterm Arm aus dem Bahnhof. Er stieg in den Polizeiwagen. Sascha ging zu seinem Auto, sah zu den Beamten hinüber, die damit beschäftigt waren, Brötchen auszupacken. Sie beachteten ihn nicht. Er warf die Nylontasche auf den Rücksitz und entschied sich, die Stadt erst einmal zu verlassen.

Gut eine Stunde fuhr er auf der Autobahn. Kurz vor Ingolstadt machte sich sein Magen bemerkbar. An einer Raststätte aß er ein Baguette mit Thunfisch. Erst jetzt spürte er die Müdigkeit, und je mehr er sich entspannte, umso eindringlicher wurden die Bilder von Vika. Wie sie dagesessen und gespielt hatte, versunken, wie träumend. Wie ihr Blick durch den Raum streifte, über ihn hinwegglitt, ein Fremder unter Fremden.

Er war zu spät gekommen. Vor achtzehn Jahren hatte er sie im Stich gelassen und jetzt, so schien es ihm, schon wieder.

Warum hatte er nicht mehr nach ihr gesucht? Es war sein Job, Informationen zu beschaffen, wie oft hatte er Personen ausfindig gemacht, die untergetaucht waren. Warum hatte er nie daran gedacht, nach Vika zu suchen? Weil er Angst gehabt hatte.

Er schluckte an einer grauen Traurigkeit.

Weil er sich, nachdem seine kindliche Suche erfolglos gewesen war, eine glückliche Vika in einem schönen Haus mit freundlichen Adoptiveltern vorgestellt hatte und später an dieser Phantasie festhielt. Den Gedanken, es könnte auch anders sein, hatte er nie zugelassen. Er fuhr sich mit den Händen über das Gesicht und bat um die Rechnung.

Er war bereits im dritten Heim gewesen, als sie ihm sagten: »Vika ist adoptiert worden. Sie hat jetzt neue Eltern und einen anderen Namen.« Ganz ruhig hatten sie das gesagt, ganz selbstverständlich. Da war er elf Jahre alt gewesen, und es war, als habe man seine letzte dünne Wurzel aus der Erde gezogen. Seine Hilflosigkeit war ihm unerträglich gewesen, und nur mit Wutausbrüchen hatte er sie betäuben können.

Jahre später, als er Einsicht in seine Jugendamtsakte bekam, hatte er das schulpsychologische Gutachten aus jener Zeit gefunden, das ihn von der Hauptschule in die Sonderschule katapultiert hatte.

»Sascha ist verschlossen und reagiert grundsätzlich misstrauisch und aggressiv auf Veränderungen und fremde Menschen. Er wurde mehrfach auf seine Intelligenz in den Bereichen Sprache, Rechnen, Kombinationsfähigkeit und Logik untersucht, die Ergebnisse der Tests waren aber kaum verwertbar. Mal erzielte er einen Intelligenzquotienten von über 127 (hochbegabt), an den meisten Tagen aber lagen die Werte um 80 (schwache Intelligenz). Es ist davon auszugehen, dass es sich bei den hohen Ergebnissen um Zufallstreffer handelt. Wir empfehlen aufgrund seiner Verhaltensauffälligkeit und der durchweg sehr schwachen Leistungen eine Sonderschule.«

Da war es nach all der Zeit wieder gewesen, dieses Bedürfnis, blind um sich zu schlagen. Stattdessen hatte er das Gutachten, sein Einser-Abiturzeugnis, das er mit zwanzig innerhalb von zwei Jahren im Gefängnis per Fernstudium nachgeholt hatte, und das Abschlusszeugnis seines Informatikstudiums, ebenfalls in nur zwei Jahren und mit Auszeichnung, kopiert und der Gutachterin zugeschickt. In einem Anschreiben erwähnte er, dass er schon damals über Russisch und Deutsch hinaus mit seinen Mitschülern Türkisch, Arabisch und Kurdisch gesprochen habe.

Sie hatte nie geantwortet.

Er fragte die Kellnerin, ob es im Motel nebenan noch eine Übernachtungsmöglichkeit gäbe. Sie telefonierte und nickte ihm zu.

Das Zimmer war schlicht und sauber. Er goss sich einen Whisky aus der Minibar ein, setzte sich auf das Bett, nahm die Nylontasche und leerte den Inhalt aus.

Eine blaue Sammelmappe aus Pappe, die mit einem Gummizug verschlossen war. An einigen Briefumschlägen und Fotos, die lose in der Tasche lagen, meinte Sascha die Eile zu erkennen, mit der seine Schwester die Unterlagen zusammengepackt hatte. Das Ringbuch erkannte er sofort wieder. Auf der Vorderseite war eine Erdbeere auf gelbem Grund. Zärtlich strich er darüber, schlug es aber noch nicht auf.

Er nahm die drei Fotos zur Hand, die verstreut auf dem Bett lagen. Das erste zeigte Vika mit vielleicht zehn Jahren. Sie trug einen roten Trainingsanzug und hielt eine Art Ausweis in der Hand. Rechts von ihr stand ein Mann mit angegrautem Kinnbart, links eine kräftige blonde Frau, deren Hände auf Vikas Schultern ruhten. Sie lehnten alle drei an einem Segelboot mit eingeholten Segeln. Im Hintergrund war ein karminrotes Holzhaus in einer Dünenlandschaft. Alle drei lächelten in die Kamera. Auf der Rückseite stand in der gleichen zierlichen Handschrift, mit der auch die Nachricht in der Pension geschrieben worden war: »1997. Mama, Papa und ich in Dänemark. Ich habe meinen Segelschein bestanden.«

Sascha spürte einen kleinen Stich. Das Ehepaar sah freundlich aus. Vielleicht war seine Vorstellung all die Jahre nicht falsch gewesen. Vielleicht war Vika tatsächlich behütet aufgewachsen.

Er nahm das nächste Bild. Vika, jetzt bereits eine junge Dame, an einem Flügel. Der Mann und die Frau standen neben ihr, die Münder groß. »2003. Mein Geburtstag. Mama und Papa singen mir ein Ständchen.«

Das letzte Bild zeigte alle drei eng umschlungen in einem Garten. Sie lächelten nicht. Auf der Rückseite stand: »2007. Abschied. Ich gehe zum Studium nach München. Mama und Papa sind traurig.«

»Mama und Papa« war durchgestrichen. Darunter stand »Georg und Marlis Freimann«. Auch diese Zeile war wieder ausgestrichen. Am unteren Rand stand: »Doch Mama und Papa«. Dahinter hatte Vika ein lächelndes Gesicht gemalt.

Sascha atmete tief durch. Es war ihr gut ergangen. Die Freimanns hatten sie geliebt, das sah man an der Art, wie sie Vika auf den Fotos anblickten. Und seine Schwester hatte ihre Ersatzeltern geliebt. Er strich mit dem Finger über ihr Gesicht, sagte leise »Viktoria Freimann« und spürte Erleichterung. Die Last der Schuld, die er als Kind auf sich geladen hatte, schien ein wenig erträglicher. Jetzt war es mehr als nur ein unantastbarer Glaube, dass Vika glücklich gewesen war.

Er nahm einen Schluck Whisky. »Es geht um unsere Familie«, hörte er Vika sagen. Hatten die Freimanns ihr erzählt, dass sie eine Grenko war?

Vielleicht würde sie noch leben, wenn sie nie von ihrer Herkunft erfahren hätte, wenn sie einfach Viktoria Freimann geblieben wäre.

Er öffnete die blaue Mappe. Obenauf lag der Brief eines Rechtsanwaltes aus Hannover. Das Datum zeigte den 12. September 1990, der Brief war an das Innenministerium der russischen Föderation gerichtet.

»… sind wir beauftragt, die Interessen unseres Mandanten Ossip Grenko zu vertreten … stellen wir Ihnen die uns vorliegenden Unterlagen in Kopie zur Verfügung, die beweisen, dass die ›Grenko-Stradivari‹ Eigentum der Nachkommen des Ilja Wassiljewitsch Grenko ist.«
Er nahm den nächsten Brief, datiert auf den 12. Dezember. Da waren seine Eltern schon tot gewesen.
Der Briefkopf wies den Unterzeichner als Mitarbeiter des russischen Innenministeriums aus. Das Schreiben war kurz.
»… dass Ilja Wassiljewitsch Grenko nie verhaftet wurde, sondern im Mai 1948 das Land (wahrscheinlich im Zuge einer Konzertreise) verließ. Die Stradivari ist somit zu keinem Zeitpunkt beschlagnahmt worden.«
Das nächste Papier war die Kopie einer Liste aller bekannten Geigen aus der Werkstatt des Stradivari. Vika hatte mit einem Marker die Zeile »Grenko Stradivarius« angestrichen. In der Rubrik Baujahr stand »1727«, dahinter folgende Bemerkung: »Zar Alexander II. erwarb die Violine 1862 in Italien und schenkte sie dem Geiger Stanislaw Sergejewitsch Grenko. Letzter bekannter Besitzer: Ilja Wassiljewitsch Grenko, Ururenkel des Stanislaw Grenko, ebenfalls ein hochbegabter Geiger. Das Instrument gilt seit den vierziger Jahren als vermisst.«
Sascha lehnte sich an das Kopfteil des Bettes. Als sie im Übergangswohnheim das Ringbuch mit den Fotos ansahen, hatte der Vater gesagt: »Du musst wissen, dass der Name Grenko in Russland einmal einen großen Klang hatte.«
Musiker. Er stammte aus einer Familie von Musikern. Der Vater war offensichtlich davon ausgegangen, dass

die Geige seines Vaters beschlagnahmt worden war, und hatte sie zurückgefordert. Und Vika? Was hatte Vika herausgefunden?

Er betrachtete die Papiere und Fotos auf dem Bett, nahm die blaue Mappe wieder auf. Er fand einige russische Zeitungsausschnitte und ein Anschreiben, an das mit einer Büroklammer ein paar Kopien und ein altes, schmutziges Papier geheftet waren. Der Brief kam von einer Münchner Kanzlei und war an Vika adressiert. Das Schreiben des Anwaltes war erst vierzehn Tage alt.

»… wurde uns per Gutachten bestätigt, dass es sich um ein russisches Dosenetikett aus einer volkseigenen Fabrik in Salechard handelt. Inhalt der Dose waren Bohnen. Zusammensetzung und Alter des Papiers weisen darauf hin, dass es aus den vierziger bzw. fünfziger Jahren stammt. Unsere Recherchen haben ergeben, dass die Fabrik in Salechard von 1942 bis 1954 bestand und Teil eines Arbeitslagers war. … Was den Verbleib des Ilja Wassiljewitsch Grenko betrifft, konnten wir lediglich feststellen, dass er Ende April 1948 in Paris und London Gastspiele gab und anschließend nach Moskau zurückkehrte. Danach verliert sich seine Spur. Bezüglich der Stradivari haben wir die Anfrage Ihres Vaters Ossip Grenko an das Ministerium der russischen Föderation erneut gestellt und eine Kopie des Etikettgutachtens sowie eine Kopie des Briefes angefügt. Wir haben außerdem darauf hingewiesen, dass dem Ministerium bereits im Jahr 1990 eine Briefkopie zugegangen ist.«

Sascha legte das Papier beiseite. Es war nach drei Uhr. »Alles hängt mit dieser Geige zusammen«, war sein letzter Gedanke, bevor er erschöpft einschlief.

Erstmals seit vielen Jahren träumte er wieder den alten Kindertraum. Er kniete auf der Rückbank eines Autos und blickte zum Heckfenster hinaus. Vika lag neben ihm und schlief. Morgendämmerung. Ein schmaler violetter Streifen am Himmel, der zwischen den vorbeisausenden Baumkronen ab und an aufleuchtete. Scheinwerfer, die näher kamen. Immer näher. Blendend weiß.

KAPITEL 8

E r saß auf dem Fußboden, die Hände über die Ohren gelegt. In seinem Kopf hörte er sich spielen. Johann Sebastian Bach, Violinkonzert a-Moll. Er sah die Notenblätter mit den von Kinderhand geschriebenen Anweisungen vor sich.

Aufsteigend ... eilend ... springend ... tanzend.

Als die letzten Töne in ihm verklungen waren, begann er zu lachen, stieß schaukelnd den Rücken gegen die Wand und lachte hysterisch. Tränen liefen ihm übers Gesicht, und er wusste nicht, woher die Gewissheit kam, wusste nur, dass er mit der Musik versucht hatte, sie zu verscheuchen.

Er würde nicht standhalten! Kurasch hatte ihn gedemütigt, und er hatte fortgewollt aus dem Büro, weg von dem Mann mit seinen selbstgefälligen Gebärden. Aber als sie ihn zurück in die Zelle brachten, wäre er am liebsten umgekehrt. Kurasch hatte mit ihm gesprochen. Nach all den zähen, ungezählten Tagen der Isolation war es trotz der Demütigung wie eine Erlösung gewesen, seinen eigenen Namen zu hören. Ilja Wassiljewitsch Grenko! Kurasch hatte ihn angesehen, ihn angesprochen. Ilja Wassiljewitsch Grenko. Es gab ihn.

Nein, er würde nicht standhalten. Der Lachkrampf verlor sich in heftigem Schluchzen. Er ließ sich zur Seite kippen und weinte. Auch die Musik würde ihm verlorengehen. Die Befehle der Schließer auf dem Flur, das Schreien und Wehklagen aus den anderen Zellen mischten sich immer häufiger unter die phantasierten Klänge, zerrissen die Harmonie. Es würde nicht mehr lange dauern, bis er den Verstand verlor.

Er blickte zur Tür, in der sich erneut ein Schlüssel drehte. Der Eimer? Er stand mühsam auf.

»Mitkommen!«, blaffte ein Schließer.

Wieder stießen sie ihn den schmalen Gang entlang, aber diesmal in die andere Richtung. In einem kleinen nackten Raum, nicht viel größer als seine Zelle, stand ein Holztisch mit zwei Stühlen. Er schnappte nach Luft, als er an den Wänden Eisenketten und eingelassene Hand- und Fußfesseln sah. Die Luft in dem Raum schien völlig aufgebraucht. Wie in seiner Zelle roch es auch hier nach Exkrementen und Urin, aber er nahm noch etwas anderes wahr. Den metallischen Geruch von Blut.

Er hörte den fiependen Ruf der Lautsprecher. Sie hatten den Zellengang nicht verlassen. Dies musste der Raum sein, aus dem die furchteinflößenden Schreie kamen. Er machte einen Schritt zurück, stieß an die Brust des Schließers und wurde zu einem der Stühle geschoben. Erst als er saß, bemerkte er, dass die vorderen Beine des Stuhls kürzer waren. Er war gezwungen, die Waden und Oberschenkel fest anzuspannen, wenn er nicht hinunterrutschen wollte. Sein Körper war geschwächt, die Beine begannen schon nach kurzer Zeit zu vibrieren. Als er sich hinstellen wollte, drückte einer der Schließer ihn zurück auf den Stuhl.

Er wusste nicht, wie lange er so saß. Eine Stunde. Zwei. Das Vibrieren wurde zum Zittern, der Rücken schmerzte. Krämpfe in Waden und Oberschenkeln ließen ihn immer wieder aufschreien. Plötzlich warf ein Mann in einem abgeschabten Straßenanzug eine Akte auf den Tisch und setzte sich auf den Stuhl gegenüber. Ilja hatte ihn nicht kommen hören, wusste nicht, ob er schon länger im Raum war.

»Der Genosse Antip Petrowitsch Kurasch ist ungehalten und hat mich gebeten, es noch einmal mit Ihnen zu versuchen.« Das flache, runde Gesicht verriet die mongolische Abstammung. Er lächelte und legte schiefstehende gelbe Zähne frei. »Sie sollten das zu schätzen wissen, Ilja Wassiljewitsch Grenko, so viel Mühe macht sich der Genosse nicht mit jedem.«

Ilja lief vor Anstrengung, sich auf dem Stuhl zu halten, der Schweiß über Rücken und Gesicht. Er nahm allen Mut zusammen. »Ich möchte einen Anwalt sprechen.« Er streckte die Hände vor und stützte sich an der Tischkante ab.

»Einen Anwalt«, lächelte der Mann. »Ein Anwalt steht Ihnen nur beim Prozess zu.« Er sah auf Iljas Hände und machte mit dem rechten Zeigefinger eine winkende Aufwärtsbewegung. Der Schließer schlug mit einem dünnen Rohrstock zu. Ilja schrie auf und zog seine Hände zurück.

Der Vernehmungsbeamte tat, als sei er intensiv mit den Papieren beschäftigt. Er legte die Partitur, die Teil der Akte war, zur Seite, nahm das vorbereitete Geständnis und legte es dazu. Er blätterte und schob dann einen

Briefbogen über den Tisch, den Ilja kannte. Es war der Antrag, mit dem er gebeten hatte, seine Familie mit nach Wien zu nehmen.

»Ich gehe mal davon aus, dass Sie dieses Schreiben kennen«, sagte der Mann.

Ilja nickte. »Genosse Vernehmungsbeamter«, brachte er angestrengt hervor. »Ich kann das erklären. Es sollte eine Überraschung für meine Frau sein. Sie müssen mir glauben. Sehen Sie, wenn ich das Land hätte verlassen wollen, dann hätte ich doch keinen Antrag gestellt. Dann wäre ich doch …« Ein erneuter Krampf im Oberschenkel ließ ihn aufstöhnen, und er griff automatisch wieder nach der Tischkante. Als der Schließer vortrat, schüttelte der Vernehmungsbeamte den Kopf. Der Krampf ebbte ab, aber das Zittern blieb.

Reden, er musste reden. Solange er redete, würde man ihn nicht schlagen. »Es sollte eine Überraschung für meine Frau sein, aber … aber ich ziehe den Antrag natürlich zurück. Ich ziehe ihn jetzt auf der Stelle zurück, und ich werde auch nicht fahren. Ich sage das Konzert ab. Wenn Sie es wünschen, werde ich nie wieder im Ausland spielen. Ich spiele nur noch in Moskau … und in Leningrad … und in …«

Es sprudelte aus ihm heraus. Ja, er spürte es genau. Er war auf dem richtigen Weg. Das Sprechen, so schien es ihm, machte seine Gedanken klarer, und er meinte im Gesicht des Vernehmungsbeamten ein gewisses Wohlwollen zu entdecken.

»Ilja Wassiljewitsch, warum sind Sie erst seit drei Jahren Parteimitglied?«

Das Festhalten an der Tischkante hatte für einige Minuten Erleichterung gebracht, aber jetzt verkrampften sich seine Waden erneut. Er beugte sich vor und rang nach Luft. Eine kurze Handbewegung des Vernehmungsbeamten und er wurde zurückgezogen. Wieder sauste der Stock auf seinen linken Handrücken. Er ließ die Tischkante los und rief: »Nicht. Nicht meine Hände, bitte nicht die Hände.«

»Beantworten Sie meine Frage«, blaffte der Vernehmungsbeamte.

»Ich, ich habe mich nie für Politik interessiert, aber ich verehre den Genossen Stalin«, seine Beine zitterten jetzt unkontrolliert, ein Krampf in der Rückenmuskulatur wurde unerträglich. Er streckte ein Bein vor und rutschte unaufhaltsam zwischen Stuhl und Tisch. Sie hievten ihn zurück auf den Stuhl.

Der Mann beugte sich vor und klopfte mit den Knöcheln auf den Antrag. »Ihre Frau holen wir uns auch noch.«

Schlotternd vor Entkräftung, war er kaum in der Lage zu sprechen. »Sie hat doch nichts davon gewusst«, brachte er mit einer Stimme hervor, die nicht ihm zu gehören schien.

»Von dem Fluchtplan!«

Er nickte. Dann rief er: »Nein! Nein … der Antrag.«

Das Gesicht des Genossen Vernehmungsbeamten verschwamm.

»Ich meine … von dem Antrag«, lallte er.

Dann lag er prustend auf dem Boden, nahm wahr, dass man ihn mit einem Eimer kaltem Wasser wieder zur Besinnung gebracht hatte.

Sofort setzten sie ihn zurück auf den Stuhl. Der Vernehmungsbeamte sprach jetzt freundlich.

»Ilja Wassiljewitsch Grenko, ich soll Ihnen im Auftrag des Genossen Kurasch ein Angebot machen.« Er schob das vorbereitete Geständnis zusammen mit einem Füller über den Tisch, so wie es Kurasch getan hatte. »Wir werden Ihnen glauben, dass Ihre Frau nichts von Ihren Plänen wusste, und dafür sorgen, dass sie unbehelligt bleibt. Außerdem werde ich vermerken, dass Sie sich einsichtig zeigen und zehn Jahre in einem Besserungslager wohl ausreichen.«

Ilja rutschte unaufhaltsam. Das Zittern hatte seinen ganzen Körper erfasst, Krämpfe in Beinen, Rücken, Armen und Schultern schüttelten ihn wie einen Anfallskranken. Seine Blase entleerte sich. Er spürte es nicht, sah nur die Pfütze zwischen seinen Füßen.

»Ansonsten«, der Beamte zeigte seine gelben Zähne. »Ich habe Zeit.« Er sah auf die Uhr. »Ich werde etwas essen gehen, und Sie werden hier auf diesem Stuhl warten.« Er zeigte auf den Schließer. »Der Genosse wird sich um Sie kümmern. Er ist ein grober Klotz, müssen Sie wissen. Wenn er Ihnen versehentlich die Hände bricht ...«, er breitete die Arme aus und hob die Schultern, »... das kann schon mal vorkommen.«

Ilja wollte nach dem Stift greifen, aber seine Hand schlug unkontrolliert wie die Flügel eines gefangenen Vogels, als er versuchte, den Arm auszustrecken.

»Sie wollen unterschreiben?«

Er schaffte nicht einmal ein koordiniertes Nicken. Seine Nackenmuskulatur krampfte, und sein Kopf schlug vor und zurück wie ein kurz angebundener Luftballon bei starkem Wind.

»Na also!« Der Vernehmungsbeamte stand auf. »Legt den wilden Mann erst mal auf den Boden«, lachte er. »Wir wollen schließlich eine leserliche Unterschrift.«

Er wusste nicht, wie lange es gedauert hatte, aber nach

und nach gewann er die Kontrolle über seinen Körper zurück.

Sie werden Galina in Ruhe lassen … sie werden Galina in Ruhe lassen. Nur noch dieser eine Gedanke, immer und immer wieder.

Er las das Geständnis nicht einmal durch. Seine Hand zitterte immer noch, aber er schrieb einigermaßen leserlich »Ilja Wassiljewitsch Grenko« unter die Zeile »Moskau, den 21. 05. 1948«.

In den Tagen danach hatte er sterben wollen, und gleichzeitig hatte er die dünne Suppe und das Brot verschlungen, als wäre weiterzuleben sein einziges Ziel. Am 21. Mai hatte er das Geständnis unterschrieben, fünfzehn Tage nach seiner Verhaftung, und es war, als habe er mit der Unterschrift sein Leben verkauft. Für Galina und die Kinder, flüsterte er vor sich hin, und manchmal verfing er sich in einem Netz letzter Hoffnungen. Der Prozess, dachte er. In meinem Prozess kann ich erklären, wie es zu dem Geständnis gekommen ist.

Das ewig brennende Licht, das Fiepen der Lautsprecher, nichts änderte sich.

Wann hatte er es begriffen? Es war nie ein konkreter Gedanke gewesen, eher eine Ahnung, die ihm flüsternd und sacht diese letzte Zuversicht nahm.

Es würde keinen Prozess geben!

Manchmal sah er Galina und die Kinder vor sich. Im Wohnzimmer, sie mit Ossip auf dem Arm und Pawel mit den Bauklötzen zu ihren Füßen, so wie er sie das letzte Mal zusammen gesehen hatte. Dann sprach er mit ihnen, während er geistesabwesend die unzähligen Flohstiche aufkratzte.

Mit stumpfer Gleichgültigkeit starrte er stundenlang

vor sich hin. Manchmal konzentrierte er sich auf das Ungeziefer um ihn herum. Er beobachtete die Flöhe und Wanzen in der Decke, zog seine Jacke und Hose aus, fing sie ein, hielt sie eine Ewigkeit zwischen Daumen und Zeigefinger gefangen, bis er meinte, das Leben darin zu spüren. Dann zerdrückte er sie, und er meinte, das Knacken zwischen den Fingerkuppen laut und deutlich zu hören.

Eines Morgens zerrte man ihn hoch, schubste ihn die Gänge entlang zu einem Duschraum, in dem etwa zwanzig Männer nackt in einer Reihe standen. Er hielt den Kopf gesenkt, wagte nur ab und an einen verstohlenen Blick. Der Mann vor ihm war mindestens fünfzig Jahre alt, Rücken und Brust waren übersät mit Blutergüssen, um die rechte Hand trug er einen schmuddeligen, blutgetränkten Lappen. Man rasierte ihnen die Köpfe, bewarf sie mit einem Puder und spritzte sie anschließend mit einem Schlauch ab. Zwischen den gebrüllten Befehlen der Schließer hörte er geflüsterte Fragen. »Transport?«, hörte er, »Zwischenlager?« und »Omsk? Molotow? Magadan?«.

In einem Nebenraum wurde Kleidung ausgegeben. Der Schließer musterte ihn, gab ihm Unterhose und Unterhemd, eine Wollhose, die zu kurz und zu weit war. Man reichte ihm einen Strick, den er durch die Schlaufen zog und vor dem Bauch verknotete. Das Hemd war an den Ellbogen mehrmals gestopft, die Jacke war schwer und schien neu zu sein. Die Schuhe, die man ihm hinstellte, waren ausgetreten und mindestens eine Nummer zu klein. Er stand auf, wollte zurück vor den Duschraum, wo er seine Schuhe ausgezogen hatte. Einer der Schließer schubste ihn zurück.

»Meine Schuhe«, sagte Ilja. »Meine Schuhe sind noch vor dem Duschraum.«

»Deine Schuhe«, schnauzte der Mann, »stehen da.« Er wies auf das viel zu kleine Paar.

Ilja steckte seine nackten Füße hinein und band sie zu. Damit würde er kaum gehen können.

»Du schaffst es sowieso nicht bis ins Lager«, sagte der Mann grinsend und ging davon.

An einem Tisch neben der Kleiderausgabe saß ein Beamter. Sie wurden einzeln aufgerufen. Er sah einen Jungen von höchstens fünfzehn Jahren, der von einem der Wachleute zum Tisch geschoben wurde. Seine Kopfhaut war von blutigem Schorf überzogen, seine Nase eingedrückt und schief. Er legte einen Unterarm schützend auf den Kopf, die andere Hand hielt er sich an den Mund und biss sich immer wieder in den Handballen, während er den Oberkörper vor- und zurückwiegte. Sein Blick wanderte ziellos durch den Raum.

Der Beamte verzog angewidert das Gesicht, zerriss das Papier, das er in Händen hielt, und schnauzte: »Was soll das? Schafft mir den Irren aus den Augen.«

Der Junge schrie zum Erbarmen, als sie ihn hinauszerrten.

Schließlich war er an der Reihe. »Nummer 1138, Ilja Wassiljewitsch Grenko«, rief der Mann.

Ilja bekam eine Karte ausgehändigt. Auf der Vorderseite stand »1138«. Auf der Rückseite waren Name und Geburtsdatum eingetragen.

In den Zeilen darunter stand:

Urteil vom 03.06.1948.
Vergehen nach § 58–3.
Strafmaß: 20 Jahre.

Er wankte zurück, lehnte sich an die Wand und starrte das Papier an.

Zwanzig Jahre!

Es hatte also einen Prozess gegeben.

Ohne ihn.

Zwanzig Jahre.

Nichts anderes konnte er sehen, nur diese kleine Zwanzig, die vor seinen Augen wuchs, sich in ein schwarzes Loch fraß, das seine Zukunft sein würde. Die Null hinter der Zwei blähte sich auf, platzte in seinem Kopf. Er rutschte die Wand hinunter und japste nach Luft. Jemand zog ihn am Arm hoch.

»Komm, komm Jungchen, reiß dich zusammen.« Der Alte, der an der Dusche vor ihm gestanden hatte, hielt ihn aufrecht. Er lächelte. »Welch ein großer Name unter uns«, flüsterte er. »Ich habe einige Ihrer Konzerte im Konservatorium besuchen dürfen.«

Da war es, als streife ihn sein altes Leben wie ein Luftzug. Er sah den Alten an und sagte verwundert: »Meine Geige! Wo ist meine Geige?«

KAPITEL 9

Zwei Tage nach Iljas Verhaftung hatte sie die Kinder bei Edita abgeholt. Als sie sie zu Bett gebracht hatte und am Esstisch bei einer Tasse Tee versuchte, alle Informationen zu sortieren und zu bewerten, während sie sich bemühte, das Unglaubliche zu begreifen, war sie erschöpft eingeschlafen.

Am nächsten Morgen bereitete sie den Söhnen ein Frühstück zu und fuhr erschrocken zusammen, als es läutete. Meschenow stand vor der Tür. Er hatte rotgeränderte Augen und wich ihrem erwartungsvollen Blick aus. Das Sprechen fiel ihm schwer, er atmete immer wieder stöhnend aus, so als bereite jeder Satz ihm Schmerzen.

Dass man wohl tatsächlich davon ausgehen müsse, dass Ilja sich abgesetzt habe, und nein, das müsse sie ihm glauben, davon habe er nichts gewusst.

Als sie ihn fragte, ob er von dem Antrag gewusst habe, von Iljas Bitte, sie und die Kinder mit nach Wien zu nehmen, schloss er die Augen und stöhnte erneut auf.

»Nein, davon habe ich erst jetzt erfahren, sonst hätte

ich …« Er schüttelte den Kopf. »Es war alles schon zu spät.«

Klein und vom Kummer gebeugt, verließ er das Haus. Vom Fenster aus blickte sie ihm nach, nicht ahnend, dass es das letzte Mal war, dass sie ihn sah.

Der Samstag verging wie unter einer Glocke. Ein Vakuum, in dem sie sich bemühte, ihre Kinder zu versorgen und flach zu atmen. Die Zeit schlich zäh dahin, und sie wartete, ohne zu wissen, worauf. Der Antrag, die Aussage von Jarosch. Von Mal zu Mal erschienen ihr die »Beweise«, die man ihr vorgelegt hatte, dürftiger, und eine Stimme in ihr wurde lauter. »Das hat Ilja nicht getan.« Wenn die alte Standuhr im Wohnzimmer die volle Stunde schlug, zuckte sie zusammen, sagte sich, sie müsse etwas tun, und hatte keine Idee, was das sein könnte.

Erst am Sonntag erwachte sie aus diesem Stupor. Sie musste fort! Mehrmals versuchte sie, eine Freundin in Leningrad zu erreichen. Am Nachmittag endlich kam die Verbindung zustande. Galina erzählte nicht, was geschehen war, sagte, sie würde gerne zu Besuch kommen. Wie in Trance legte sie abends einige Sachen zusammen. Die Mappe mit den Zeitungsausschnitten, in denen Iljas Konzerte und ihre Theaterauftritte kommentiert waren. Die losen Kartonseiten mit den Fotos. Als sie ihre Schmuckschatulle öffnete, bemerkte sie, dass einige Stücke seit der Hausdurchsuchung fehlten. Ihr fiel das versteckte Fach in Iljas Schreibtisch ein, in dem er Bargeld aufbewahrte. Wenn sie es gefunden hatten, wäre es wohl auch fort. Sie zog die Schublade heraus, die nur die halbe Tiefe des Schreibtisches hatte, tastete nach dem Einschub dahinter und atmete erleichtert auf. Allerdings musste sie enttäuscht feststellen, dass es deutlich weniger war, als sie gehofft hatte. In der folgenden Stunde nähte sie das Geld und kleine Schmuckstücke wie Ohrringe und Kettenanhänger in das Futter und den Saum ihres Rockes. Später konnte sie sich nicht erklären, warum sie das getan hatte. Später meinte sie manchmal, ein Schutzengel habe sie gelenkt.

Am Montagmorgen, kurz nach vier Uhr, hämmerte es an der Haustür. Sie warf sich eilig den Morgenrock über, lief in Richtung Tür und blieb zwei Meter davor abrupt stehen. Sie hörte Pawel weinend rufen. Wieder schlug jemand mit der Faust gegen das Türblatt.

Da wusste sie es. Da wusste sie, worauf sie am Samstag gewartet und was sie am Sonntag gefürchtet hatte. Der Gedanke, den sie zwei Tage lang verweigert hatte, setzte sich durch, wurde laut. »Sie holen dich.«

Sie öffnete. Ein Mann stieß sie zur Seite, und zwei weitere folgten ihm hinein. Die Tür fiel ins Schloss.

Zwei der Männer kannte sie. Sie hatten sie zu Kurasch gebracht.

»Packen«, sagte der Kleinere der beiden, »aber nicht mehr, als du tragen kannst.«

Sie rührte sich nicht. Es war albern, aber es war dieses »Du«, das sie ängstigte.

»Meine Kinder«, sagte sie, »dann ist niemand bei meinen Kindern.«

»Die Brut nimmst du mit.«

Sie hielten ihr ein Papier vors Gesicht. Die Buchstaben verschwammen vor ihren Augen.

... Entzug der Bürgerrechte ... Eigentum des Ilja Wassiljewitsch Grenko dem Volkseigentum zuzuführen ... Ehefrau und Kinder zu verbannen.

»Karaganda«, las sie. Noch nie hatte sie von Karaganda gehört.

Der Mann steckte das Papier wieder ein. »Zwanzig Minuten«, sagte er.

Sie stolperte ins Kinderzimmer, zog Pawel und Ossip an, raffte Kinderkleidung zusammen. Immer stand einer der Beamten neben ihr. Im Schlafzimmer nahm sie allen Mut zusammen. Sie zog eine Reisetasche vom Schrank, holte den BH und das Unterhöschen mit roter Spitze, das Ilja ihr aus Frankreich mitgebracht hatte, aus der Schublade und legte beides aufs Bett. Es funktionierte. Der Mann ging näher heran, war mit der Wäsche beschäftigt. Den Augenblick nutzte sie, um die Fotos und Zeitungsartikel, die sie am Tag zuvor zurechtgelegt hatte, zuunterst in die Reisetasche zu schieben. Als sie zum Schrank ging, sah sie, wie der Beamte die Unterwäsche in seine Jackentasche steckte. Sie legte einige Kleidungsstücke von sich in die Tasche, packte die Kinderkleidung obenauf.

Den weiten Rock und einen Pullover zog sie an, und als sie gehen wollte, hielt sie noch einmal inne und nahm ihren Wintermantel aus dem Schrank. Auch das, so schien es ihr später, war wohl göttliche Eingebung.

Man brachte sie direkt zum Bahnhof. In dem Waggon mit den schmalen Holzbänken saßen bereits fünf Personen. An den Fenstern waren Bretter angebracht, nur oben hatte man einen Schlitz gelassen, durch den ein wenig erstes Tageslicht hereinfiel.

Der Wagen stand den ganzen Tag im Bahnhof, und immer wieder wurden neue Menschen hineingestoßen, die sich ängstlich umsahen. Einmal kamen zwei Soldaten, verteilten Brot und mit einer Kelle Wasser aus einem Eimer. Einige hatten Becher dabei, ließen ihn füllen und konnten sich so die kostbare Flüssigkeit einteilen. Galina trank aus der Kelle, drängte Pawel, so viel zu trinken, wie er konnte, und flößte Ossip Wasser ein, bis er hustete. Dann weinte sie, kam sich dumm vor, weil sie an so wesentliche Dinge wie einen Becher nicht gedacht hatte. Schon in den ersten Tagen ließ sie mit jedem Kilometer, mit jedem Ratata – Ratata – Ratata unter ihrem Körper, Vergangenheit und Hoffnungen zurück, entfernte sich von ihrem alten Leben und war ausschließlich mit der Angst um ihre Kinder beschäftigt.

Die Erinnerungen an den Transport kehrten nie ganz wieder. Verschwommene Bilder, in den Tiefen ihres Gedächtnisses versteckt, und erst als die Söhne erwachsen waren, sprach sie manchmal im Flüsterton davon. Dass es mehrere Wochen gedauert hatte und dass der Zug auf freier Strecke hielt und sie hinausgetrieben wurden, um ihre Notdurft auf offenen Feldern zu verrichten. Dass Durst und Hunger unerträglich waren und dass einmal eine alte Frau Pawel das Stückchen Brot aus der Hand riss, es sich in den Mund stopfte und weinte. Dass sie an kleinen Bahnhöfen, wo der Zug oft mehrere Tage stand, aussteigen durften, dünne Suppe und eingesalzenen Fisch bekamen und dass ein Bauer Pawel einen Apfel schenkte, mit dem er sich hinter einen Baum verkroch wie ein kleines Tier und die Frucht mit Stumpf und Stiel aufaß. Dass im Abteil eine junge Mutter war, der in den ersten Tagen der Säugling starb, und dass Ossip ohne diese Frau, die ihn, solange es ging, mit ihrer Milch versorgte, niemals überlebt hätte. Und die Aufseher. Dass die Aufseher sie und andere Frauen aus den Waggons zerrten und sie vergewaltigten. Immer und immer wieder. Aber das sprach sie nie aus, flüsterte nur: »Und dann kamen die Aufseher und holten uns, und dann …« Dass die vierzehnjährige Anna unter ihrem Peiniger verblutete und der auf die Tote einschlug, weil sie so eine Schweinerei hinterließ.

Auch von der Taubheit in ihrem Herzen erzählte sie, diese Bodenlosigkeit, wenn sie dachte, dass ihre Verbannung wohl der Beweis sei, dass Ilja tatsächlich geflohen war. Dass er sie und die Kinder im Stich gelassen hatte.

Als sie in der kasachischen Steppe ankamen, hatten die Kinder hohes Fieber, und auch sie war am Ende ihrer Kräfte. Auf der Kommandantur in Karaganda erhielt sie die Anweisung, einmal im Monat vorstellig zu werden. Sollte sie dieser Meldepflicht nicht nachkommen, würde aus der Verbannung eine Haftstrafe. Anschließend wurden sie in einen Raum gebracht, wo ein Arzt ihre Arbeitsfähigkeit überprüfte. Er schickte sie mit den Kindern ins Krankenrevier. Ein unfassbares Glück. Zehn Tage blieben sie dort. Es gab regelmäßige Mahlzeiten, und sie kamen langsam wieder zu Kräften. Sie erfuhr, dass viele der Ärzte und Krankenschwestern ebenfalls Verbannte waren, und freundete sich mit Olga, einer der Schwestern, an. Olga war es auch, die ihr einen Tag vor der Entlassung sagte: »Ich habe das geregelt, du kannst hier in der Wäscherei arbeiten.«

Galina fiel ihr um den Hals. Im Krankenhaus zu arbeiten hieß Essen für sie und die Kinder. Die Kinder! Wo sollten die Kinder hin, wenn sie arbeitete? Olga schob ihr einen kleinen Zettel mit einer Adresse zu. »Du kannst bei Lydia unterkommen. Sprich mit ihr. Für ein paar Kopeken kümmert sie sich sicher um die Kinder.«

Die kleine Siedlung, bestehend aus zwanzig Holzhütten, lag außerhalb der Stadt, gut eine Stunde Fußweg vom Krankenrevier entfernt. Als sie mit den Kindern die Stadt verließ, wehte ein heißer Wind über die öde Steppe. Nie hatte sie derart karges Land gesehen. Am Ende der Welt, dachte sie, jetzt bin ich am Ende der Welt.

Lydia war Ukrainerin, die als Lehrerin gearbeitet hatte und seit zwölf Jahren in Verbannung lebte. Ihr Heimatdorf war ausgelöscht worden, weil sich die Bewohner geweigert hatten, das wenige Getreide, das sie noch besaßen und brauchten, um über den Winter zu kommen, an die staatlichen Eintreiber abzugeben.

»Niedergebrannt«, sagte sie, »und die, die nicht schon vorher erschossen oder in den Flammen umgekommen waren, zum Bahnhof getrieben und auf Viehwagen geladen.« Aber davon sprach Lydia erst sehr viel später.

Sie war eine kleine, gebrechliche Frau um die vierzig. Sie sprach leise, und ihr Kopf mit den kurzen grauen Haaren wackelte ständig in einer Geste zwischen Nicken und Verneinen, ein Tick, der ihrer Erscheinung etwas Verwirrtes, etwas Haltloses gab. Sie stellte Puppen aus kleinen Stoff- und Fellabfällen her, die sie sich in Schneidereien, Gerbereien und einer Textilfabrik erbettelte. Mit einem Handwagen, auf dem sie ihre kleinen Kunstwerke drapierte, zog sie täglich in die Stadt und versuchte sie zu verkaufen.

Lydia verhandelte zäh, aber sie wurden sich einig. Galina bezog mit ihren Kindern das Hinterzimmer in dem winzigen, zugigen Holzhaus. Zwei Betten standen darin. Der andere Raum, der auch als Küche diente, wurde von Lydia bewohnt, die sich von nun an von morgens um sechs bis abends gegen sieben um Pawel und Ossip kümmerte, während Galina in der Wäscherei arbeitete.

Lydia band sich allmorgendlich ihr Kopftuch um, setzte die Kinder in den Handwagen, stopfte die Puppen dazu und zog los. Meistens fand man sie am Bahnhof, wo sie versuchte, Reisende zu überreden, ihren Kindern oder Enkelkindern ein hübsches Püppchen mitzubringen. Ossip auf dem Arm und den spielenden Pawel auf dem Bahnhofsplatz stets im Blick, saß sie stundenlang neben ihrem Karren. Abends brachte Galina Essensreste aus der Kantine mit nach Hause, und es reichte immer auch für Lydia.

Die Arbeit in der Wäscherei war hart. Sechs Tage die Woche, zehn Stunden am Tag. An den Waschkesseln war es heiß und feucht, die Chlordämpfe fraßen an den Schleimhäuten, die Hände waren bald rauh und rot, und auch Galina bekam wie ihre Kolleginnen offene Stellen an Händen und Armen, die nicht heilen wollten. Sie waren alle froh, wenn sie dazu eingeteilt wurden, die Wäsche in großen Körben über das Gelände in die zwei Minuten entfernte Trockenhalle zu tragen, wo sie der feuchten Hitze entkamen. Hier steckten sie Bettbezüge, Kittel und Laken zwischen zwei Holzwalzen und holten, mit ganzem Körpereinsatz eine Kurbel drehend, die Feuchtigkeit aus den Wäschestücken. Dann hängten sie die Laken auf die Leinen, die sich durch die ganze Halle zogen. Hinter der Halle lag der Bügelraum. Das waren die begehrtesten Arbeitsplätze, an die man nur herankam, wenn man keinen Verbannungsstempel in den Papieren hatte.

Olga sagte: »Als Verbannte hast du nur eine Chance, wenn du dem Chef der Krankenhausverwaltung gefällig bist. Du bist hübsch und kannst sicher diesen Weg gehen, aber überleg es dir gut. Deine Kolleginnen in der Wäscherei werden dich das spüren lassen.«

Der Winter kam ohne Vorbote bereits im September. Über die Steppe, die Karaganda wie ein endloses gelbbraunes Meer umgab, in dem nichts wuchs als niedriges zähes Gesträuch, hatte ein stetiger warmer Wind geweht, der von einem Tag auf den anderen Kälte brachte.

Schon in der Nacht hatte sie im Bett gefroren und die Kinder zusätzlich mit ihrem Mantel zugedeckt. Am Morgen stand Lydia in der Küche und kochte Tee. »Wir brauchen mehr Holz und die Kinder Mäntel und Schuhe«, sagte sie leise, »der Winter ist früh. Wenn er so früh kommt, wird er lang und hart. Schwere Zeiten stehen an«, prophezeite sie flüsternd und wärmte sich die Hände an der Teekanne.

KAPITEL 10

Sascha wachte um 6.30 Uhr auf, nach nur drei Stunden unruhigem Schlaf, voll bekleidet und inmitten der Schriftstücke und Fotos. Orientierungslos sah er sich um und brauchte mehrere Sekunden, ehe er begriff. Eine kalte Dusche brachte ihn ins Leben zurück. Er zog ein frisches T-Shirt an und bestellte telefonisch ein Frühstück.

»Das tut mir leid, aber wir haben keine Küche«, hörte er eine freundliche Stimme. »Frühstücken müssen Sie nebenan in der Raststätte.«

Bevor er die Unterlagen auf seinem Bett wieder in die Nylontasche packte, nahm er das schmuddelige, braune Papier, die alten Zeitungsausschnitte und die zwei kopierten Seiten, die dem Brief des Rechtsanwalts an Vika beigelegen hatten, und legte sie zuoberst in die Mappe.

An vielen Tischen in der Raststätte standen abgegessene Frühstückstabletts von Fernfahrern, die es eilig gehabt hatten. Nur einige wenige Männer – vermutlich Handelsvertreter – saßen noch mit einer Zeitung da und ließen sich Zeit. Er bestellte Milchkaffee, nahm sich Rührei und ein Käsebrötchen und setzte sich an einen Ecktisch. Während er aß, musterte er gewohnheitsgemäß jeden, der die Raststätte betrat. Ein Pärchen, beide mit blondierten Haaren. Sie hatten es eilig, bestellten Kaffee zum Mitnehmen. Eine junge Frau mit einem Kind, die zielstrebig den Toilettenhinweisen folgte. Ein älterer Mann kaufte Zigaretten und Mineralwasser.

Er schob das Tablett zur Seite und zog die Mappe hervor. Zunächst nahm er sich das wohl Hunderte Male auseinander- und wieder zusammengefaltete, mit alten Knicken übersäte Papier vor. Vorsichtig strich er es glatt, fürchtete, dass es unter seinen Händen zerbröseln würde. Es war ein Dosenetikett, schmaler als ein DIN-A4-Blatt, aber etwas länger. In kyrillischen schwarzen Lettern war »Bohnen« zu lesen. Darunter konnte er »Fabr…« und »…chard« entziffern. Die anderen Angaben waren im Laufe der Jahre verwischt und unleserlich geworden.

Woher hatte Vika das, und was wollte sie damit?

Er nahm eine der beiden Kopien in die Hand. Darauf war eine winzige, kaum leserliche kyrillische Handschrift zu sehen. Am oberen Rand hatte Vika notiert: 24. 04. 2008, Kopie des Dosenetiketts. Sascha nahm das morsche Etikett und drehte es um. Die ganze Rückseite war eng und akribisch beschrieben, kein Millimeter Platz war verschenkt.

»Geliebte Galina«, konnte er entziffern, und er spürte, wie sein Magen sich zusammenzog. Babuschka! Baba Galina.

Er nahm dass Ringbuch mit den Fotos aus der Tasche. Einige der Bilder waren herausgerissen, lagen lose zwischen den Seiten. Er fuhr mit der Hand über die Stellen, an denen sie geklebt hatten. Hier und da hatte sich ein Papierrest nicht abgelöst.

Daher also kamen die Zeitungsartikel und das Etikett. Seine Mutter hatte sie unter den Fotos versteckt.

Er nahm die Kopie zur Hand und begann zu lesen. Vika hatte die unkenntlichen Worte und Buchstaben sinngemäß auf der Kopie ergänzt.

Januar 1949

Geliebte Galina,
ich schreibe dir aus Workuta. Hier ist der Winter von einer allumfassenden Kälte und dröhnenden Stille, die mich abends beten lässt, der nächste Tag möge so fern sein, dass ich ihn nicht mehr erleben muss.
Geliebte, mein Herz will ohne dich und die Kinder nicht mehr schlagen, flattert beschämt in meiner Brust. Ohne den Brigadier Juri Schermenko hätte ich wohl schon die vergangenen sechs Monate nicht überlebt, aber jetzt ist etwas geschehen, das meinen Lebenswillen besiegt hat. Ich habe durchgehalten, voller Hoffnung, mein Schicksal könne sich noch ändern, voller Zuversicht, ich könne einmal wieder die Geige spielen. Aber jetzt sind mir zwei Finger der linken Hand erfroren und mit ihnen alle Musik in mir. Kein Ton ist mir geblieben, nur diese dumpfe Schneestille. Über neunzehn Jahre Arbeitslager liegen noch vor mir, und mir fehlt der Mut für den nächsten Tag. Ich werde nie wieder Geige spielen, Galina, und ich werde dich und die Kinder nie mehr sehen. Es schmerzt, das sagen zu müssen,

aber du würdest mich nicht wiedererkennen. Das
Leben hier hat aus mir einen anderen gemacht.
Wir existieren außerhalb von Moral und menschli-
chen Regeln, mir scheint gar, dass unser verzweifel-
ter Wunsch zu überleben uns tötet, lange bevor wir
den letzten Atemzug getan haben. Ich habe nicht
die Kraft, mich zu widersetzen. Aus mir wird
immer mehr einer, für den ich nur Verachtung
habe.
Meine allerschönste Galina, verzeih mir meine
Schwäche und behalte mich so in Erinnerung, wie
du mich zum letzten Mal gesehen hast: in diesem
anderen Leben, auf der Bühne des Konservatori-
ums, die Geige spielend. Ich habe, seit ich dich
kenne, immer nur für dich gespielt.
Man hat mir in der Lubjanka im Namen des
Verhöroffiziers Antip Petrowitsch Kurasch zuge-
sagt, dass du mit den Kindern unbehelligt in
Moskau leben kannst, wenn ich ein Geständnis
unterschreibe. Das habe ich getan, und ich hoffe,
Kurasch hat wenigstens dieses Wort gehalten. Wenn
du umsichtig mit unseren Rücklagen umgehst und
weiter am Mchat-Theater spielst, kommt ihr sicher
zurecht. Jetzt habe ich nur noch eine letzte Bitte an
dich. Kurasch hat mir die Stradivari genommen.
Seit fünf Generationen ist sie der Stolz der Gren-
kos, und es quält mich, dass ich es bin, der sie nun
verloren geben soll. Ich bitte dich, geliebte Galina,
versuche alles, um sie zurückzubekommen. Das
letzte Flämmchen Leben in mir brennt in der
Hoffnung, dass einer meiner Söhne die Stradivari
spielen wird. Bitte Meschenow um Hilfe, richte

ihm aus, dass es mein letzter Wunsch ist, dass er
Pawel und Ossip unterrichtet.
Es ist mir nicht erlaubt, Briefe zu schreiben, aber
Sergei Sergejewitsch Domorow wird dafür sorgen,
dass dich diese Zeilen erreichen.
Ich liebe dich wie am ersten Tag. Küsse die Kinder
von mir, sag ihnen, sie sollen nicht schlecht von
mir denken. Ich habe mein Möglichstes getan.

Dein Ilja

Sascha legte das Schriftstück beiseite und starrte zum Fenster hinaus. Eine der Kellnerinnen legte draußen karierte Wachstischtücher auf und öffnete schon die ersten Sonnenschirme. Sie bemerkte seinen Blick und lächelte ihm verlegen zu. Ein Spatz landete neben einem der Mülleimer und pickte eifrig an Speiseresten auf einer Waschbetonplatte.

Deduschka Ilja war im Arbeitslager gewesen. Warum hatte er das nicht gewusst? Hatten sie es ihm erzählt und er hatte es vergessen? Nein, das hätte er sicher nicht vergessen.

Und hier war auch der Auftrag, den Vika wohl als den ihren verstanden hatte. *Ich bitte dich, geliebte Galina, versuche alles, um sie zurückzubekommen.*

Auch der Vater hatte über einen Anwalt versucht, an die Geige zu kommen. Vierzehn Tage vor dem Unfall.

Sascha schluckte.

In seiner Jacke, die über der Stuhllehne hing, klingelte das Handy. Auf dem Display erschien »Büro Reger«.

»Wo stecken Sie, Grenko?«, tönte die ruhige Bassstimme Jürgen Regers, kaum dass er das Gespräch angenommen hatte.

Sascha zögerte. »In einer Raststätte in der Nähe von Ingolstadt.«

»Was ist passiert?« Es war wohl eines von Regers Erfolgsrezepten, dass er seinem Gesprächspartner immer das Gefühl gab, man müsse ihm das Problem nur schildern, dann wäre es schon halb gelöst. Sascha sah den leicht übergewichtigen Mittfünfziger mit der Glatze hinter seinem Schreibtisch sitzen, immer einen Tee in feinster Porzellantasse vor sich.

»War die Polizei da?«, fragte Sascha.

Reger brummte unwillig.

Sie hatten ihn also bereits identifiziert.

»Das ist eine komplizierte Geschichte«, versuchte er einen Anfang zu finden. »Meine Schwester ist gestern vor meinen Augen erschossen worden.«

»Ihre Schwester?« Jürgen Reger klang erstaunt, und das kam nicht oft vor.

»Ja. Vika Freimann war meine Schwester. Aber das ist eine andere Geschichte. Es geht um unsere Eltern, oder besser, um unsere Großeltern.«

Er erzählte Reger, was in München passiert war und was er anhand der Unterlagen herausgefunden hatte. Reger unterbrach ihn nicht. Erst als Sascha geendet hatte, räusperte er sich und sagte: »Das klingt, als wäre die Polizei nicht unbedingt Ihr größtes Problem.«

Sascha schluckte. »Könnte sein, aber ... ich glaube, bisher wissen die nichts von mir.«

»Stimmt, und wenn Sie die Finger davon lassen, könnte das vielleicht auch so bleiben.« Reger legte eine kleine Pause ein, wartete. Dann fragte er: »Lassen Sie die Finger davon?«

»Ich muss nach Kasachstan«, antwortete Sascha mit

plötzlicher Gewissheit. »Ich muss mit meinem Onkel sprechen. Vielleicht lebt er noch in dem Dorf, in dem wir damals gewohnt haben. Hören Sie, ich bräuchte dringend eine Software aus dem Büro.«

»Also ist die Antwort auf meine Frage: Nein! ... Dachte ich mir schon. Hören Sie zu, Grenko, Sie kommen jetzt auf dem schnellsten Weg her. Ich bringe mal in Erfahrung, was genau die Polizei von Ihnen will. Außerdem kenne ich da jemanden in Almaty, der herausfinden kann, wo Ihr Onkel steckt. Ich melde mich wieder.« Dann legte er auf.

Sascha sah verblüfft auf das Display. Dann atmete er tief durch. Dieses »Ich kenne da jemanden« war Regers größtes Kapital. Vor wenigen Wochen hatten sie den Auftrag gehabt, den Mitarbeiter einer großen Versicherung ausfindig zu machen, der sich mit vier Millionen Euro abgesetzt hatte. Sascha hatte ihn über die Wege, die das Geld genommen hatte, in Buenos Aires aufgespürt, Argentinien aber hätte ihn nicht ausgeliefert. Am Telefon hatte Reger seinem Auftraggeber gesagt: »Der kommt. Ich kenne da jemanden vor Ort.« Eine Woche später war der Mann am Flughafen Frankfurt verhaftet worden.

Reger an seiner Seite zu haben hatte etwas ungemein Beruhigendes.

Sascha musste den Wagen loswerden, nach dem bestimmt inzwischen gefahndet wurde. Er fuhr nach Ingolstadt, stellte den Leihwagen auf dem Parkdeck eines Kaufhauses ab und ging zu Fuß zum Bahnhof. Das Ticket nach Köln bezahlte er bar, und eine Dreiviertelstunde später bestieg er den ICE. Der Zug war relativ leer, er hatte eine Nische mit Tisch ganz für sich alleine.

Zunächst suchte er im Internet nach der Stradivari, fand jedoch nur die Hinweise, die Vika bereits ausfindig gemacht hatte. Er entdeckte eine Seite von Sotheby, und zum ersten Mal wurde ihm bewusst, um welchen Wert es ging. Sammler, Liebhaber und auch Banken und Versicherungen nutzten Stradivaris als Geldanlage. Der Wert der Instrumente bewegte sich zwischen einer und fünfzehn Millionen Dollar. Er war noch damit beschäftigt, diese Information zu verdauen, als Reger wieder anrief.

»Wo sind Sie?«

»Im ICE nach Köln.«

»Gut. Die Polizei hat nicht viel«, kam er sofort zur Sache. »Die wissen inzwischen, dass Sie Vikas Bruder sind, und sie wissen auch, dass ein anderer Mann geschossen hat. Eine Hotelangestellte hat allerdings ausgesagt, Sie wären zusammen mit dem Mann geflohen.«

Sascha stöhnte auf. »Ich habe ihn verfolgt. Das muss auf den Bändern der Tiefgarage doch zu sehen sein.«

»Funkkameras«, grollte Reger. »Sie waren über eine Stunde gestört. Ich gehe davon aus, dass der Mann einen Störsender im Auto hatte. Alle Kameras liefen wieder, nachdem der Wagen die Barriere durchbrochen und das Parkhaus verlassen hatte. Und das ist das eigentliche Problem. Sie sind auf den Bildern danach nicht zu sehen, und im Augenblick geht die Polizei davon aus, dass Sie mit in dem Fahrzeug gesessen haben.«

»Ich bin direkt …«

Reger unterbrach ihn.

»Das lässt sich sicher alles klären, aber es gibt da noch was. Eine Tote in der Pension, in der Ihre Schwester gewohnt hat.«

Sascha zuckte zusammen. Er hatte gehofft, dass wenigstens in dieser Sache keine Spur zu ihm führen würde.

Reger sprach weiter.

»Sie ist mit der gleichen Waffe erschossen worden, und da gibt es keinen Hinweis auf einen zweiten Mann, aber eine Zeugenaussage, dass ein Mietwagen über zwei Stunden vor der Tür stand.«

Sascha stöhnte und sah zum Fenster hinaus. Wiesen, übersät mit Löwenzahn, dahinter bewaldete Hügel rasten an ihm vorbei. Die Geschwindigkeit ließ die Farben zu einem gelbgrünen Band verschmelzen, webte das dunkle Rot eines Backsteinhauses für den Bruchteil von Sekunden ein.

Etwas fügte sich in seinem Kopf zusammen. Der Mörder war in der Pension gewesen, kurz nachdem er selbst sie mit Vikas Zimmerschlüssel und dem Umschlag verlassen hatte. Die Frau in der Pension musste vor Vika gestorben sein, nicht danach, wovon er bislang unwillkürlich ausgegangen war. Anders hätte der Mörder kaum die Gelegenheit gehabt, Vikas Zimmer zu durchsuchen. Plötzlich stellte sich der ganze Ablauf anders dar. Jetzt kam Zeit ins Spiel. Zeit, die Rezeptionistin zu befragen. Was, wenn sie von ihm, von Vikas Bruder, gesprochen hatte?

»Ich habe einen Denkfehler gemacht«, sagte er zu Reger, berichtete von der Pension und seinen Überlegungen.

»Sie haben ein Händchen für die wirklich große Scheiße, mein Junge«, sagte Reger langsam, und es klang fast väterlich. »Was ist Ihr letzter Halt vor Köln?«

»Bonn.«

»Dann steigen Sie da aus.«

KAPITEL II

In einem Kastenwagen waren sie zum Güterbahnhof gebracht worden. Man trieb sie in einen Viehwaggon. Dreißig Männer. Jeder hatte gerade so viel Platz, dass er mit angezogenen Beinen sitzen konnte. In der hinteren Ecke war ein Loch von zwanzig Zentimetern Durchmesser in den Boden gesägt. Die Toilette. Die Kräftigsten sicherten sich die Plätze vorne, wo Wasser und Brot als Erstes ankamen, und dort, wo es in den Wänden Ritzen gab, die Luft und einen Streifen Tageslicht hereinließen. Die Schwächsten saßen am kotverschmierten Loch. Der Zug fuhr nachts, stand tagsüber auf Abstellgleisen. Es war stickig, und die Essensrationen aus gesalzenem Fisch und Brot hinterließen einen quälenden Durst. Das Wasser war rar, und einige Male bekamen sie im hinteren Teil des Waggons nichts ab. Sie lagen Körper an Körper, und wenn sie schliefen, konnten sie sich nur reihenweise umdrehen. Dem Alten, den sie ebenfalls ans Loch gedrängt hatten, verdankte Ilja sein Überleben. Fjodor Jewgenjewitsch Gerschow. Er war Dozent für Literatur gewesen. »Die falschen Gedichte«, hatte er gleich zu Anfang gesagt, »ich verehre die falschen Dichter.«

Sie sprachen flüsternd über Musik und Literatur, und für Ilja war es, nach all dem Alleinsein, wie ein Geschenk. Gerschow erzählte auf wunderbare Weise die Romane und Dramen großer Dichter nach, weinte gar, wenn einer seiner Helden starb, oder er rezitierte berührende Gedichte. Mit geschlossenen Augen hörte Ilja ihm zu und entkam für kurze Zeit dem Durst, dem Hunger, den Schmerzen in den Beinen und dem Gestank, der immer deutlicher auch eine süßliche Komponente hatte. Gerschow, dachte er, wenn Menschen wie Gerschow mit dabei waren, konnte er es vielleicht schaffen.

Sie waren mehrere Nächte gefahren, als die Waggontüren sich öffneten und sie den Wagen verlassen durften. Mit schmerzenden Gliedern torkelten sie heraus auf ein offenes, unbestelltes Feld. Im Osten zeigte sich das erste Tageslicht, lag blassrosa im Gezweig des angrenzenden Birkenwaldes. Er konnte sich kaum auf den Beinen halten, massierte seine Waden und Oberschenkel, saugte die frische Morgenluft gierig in seine Lunge. Der Sauerstoff belebte ihn. Zum ersten Mal sah er die lange Reihe der Waggons, schätzte, dass mindestens zweihundert Männer auf dem Feld standen.

Er blickte sich nach Gerschow um, konnte ihn aber nicht entdecken. An den Waggontüren weiter hinten sah er Wachleute. Sie trieben Gefangene an, die damit beschäftigt waren, Männer aus den Wagen zu ziehen. Ohne zu begreifen, was dort geschah, wankte er zurück, rief nach Gerschow. Er sah, wie Schaufeln, Pickel und Spaten an die Gefangenen verteilt wurden, meinte, sie seien endlich angekommen. Hier also lag irgendwo das Lager, hier würden sie arbeiten. Er stieg zurück in den Waggon, rief erneut nach Gerschow. Drei Männer lagen im Wageninnern, hinten am Loch sah er den Freund. »Kommen Sie, Fjodor Jewgenjewitsch, ich helfe Ihnen.«

Der Alte schüttelte den Kopf. »Meine Beine«, flüsterte er. »Sie wollen mich nicht tragen.«

Ilja griff Gerschows Arme, schleifte ihn über den Waggonboden zum Ausgang. Der Alte stöhnte vor Schmerzen.

»Das geht vorbei«, versuchte Ilja ihn zu beruhigen, »erst mal müssen Sie hier raus.«

Er sprang von der Ladefläche und versuchte Gerschow herauszuziehen, als plötzlich ein Wachmann hinter ihm stand, ihn am Kragen packte und wegstieß. »Graben«, brüllte er, »ihr sollt graben.«

Erst jetzt begriff Ilja. Erst jetzt begriff er, dass die Männer, die vor den Waggons lagen, tot waren. Erst jetzt ordnete er den süßlichen Geruch ein, verstand, warum Schaufeln und Spaten verteilt wurden.

»Er lebt«, schrie er, »Gerschow lebt. Seine Beine … er muss nur …«

Er sah es. Er verstand nicht, was er sah.

Der Mann nahm seine Pistole aus dem Holster und entsicherte sie. Der Schuss dröhnte über das flache Land, irrte über das Feld, über die Wipfel des Birkenwaldes, als suche er immer noch nach einem Ziel. Gerschows Kopf baumelte von der Ladefläche.

Die Stille danach.

Die Männer auf dem Feld unbeweglich mit ihren Spaten und Schaufeln. Das blasse Rosa am Horizont jetzt rot. Blutrot.

Der Kopf baumelte an der erschlafften Nackenmuskulatur sacht hin und her. Gerschows letztes Unbegreifen.

Der Wachmann steckte die Waffe zurück und blaffte: »Los, zieh ihn raus und leg ihn zu den anderen.«

Hatte er Gerschow von der Ladefläche gezogen? Hatte er ihn zu den anderen gelegt? Schon am Nachmittag wusste er es nicht mehr. Schon am Nachmittag war in ihm endgültig etwas zerrissen. Fein wie der Faden einer Seidenraupe war sie gewesen, seine Hoffnung, während er Gerschow gelauscht hatte. Ein kurzer, unerträglicher Augenblick, und sie war verloren. Während sie gruben, machten sich einige der Gefangenen an den Toten zu schaffen, zogen ihnen Jacken und Schuhe aus. Die Wachmannschaft ließ sie gewähren. Zum ersten Mal hörte Ilja das Wort »Urki«. Der Mann neben ihm sagte es. »Das sind die Schlimmsten, diese elenden Urki.« Er sprach mit deutschem Akzent.

Ilja hielt inne und fragte: »Was meinen Sie?«

»Grab weiter«, sagte der andere, »sonst werden die Wachen aufmerksam.«

Sie stießen ihre Schaufeln, die völlig ungeeignet für diese Arbeit waren, in den festen Boden. »Das sind Kriminelle«, sagte der Mann, »Diebe, Mörder, Verbrecher aller Art.« Er lachte bitter. »Wirst es schon noch erleben. Sie sind die wahren Herren in den Lagern.« Er sah Ilja mit einer steilen Falte über der Nasenwurzel misstrauisch an. »Du kommst doch auch aus der Lubjanka, du musst doch …«, dann schluckte er und fragte: »Einzelhaft? Mit Schlafentzug?«

Ilja zögerte. Auch diese Worte waren ihm neu, aber er wusste sofort, dass es die richtigen waren. Er nickte und war dem Fremden fast dankbar. Die vergangenen Wochen, in denen er meinte, seinen Verstand zu verlieren, hatten jetzt einen Namen.

»Wie lange?«, fragte der Deutsche.

Ilja zuckte mit den Schultern. »Weiß nicht genau. Ungefähr sechs Wochen«, sagte er.

Der Mann sah erstaunt auf. Mit seinem harten Akzent sagte er: »Die meisten werden verrückt, drehen nach spätestens drei Wochen einfach durch.«

Er nickte anerkennend, und Ilja dachte, vielleicht bin ich das ja auch. Vielleicht ist das hier alles nicht wirklich und ich lebe in einem Alptraum.

Sechzehn. Er zählte sechzehn Tote, und als er sah, wie zwei Männer Gerschow in die Grube warfen, wusste er, dass er nicht verrückt war.

Sie schaufelten die Erde über die Leiber, und mit jeder Schaufelladung vergrub er auch sein Menschenbild. Den leeren Platz in seinem Innern nahm etwas Neues ein, etwas Ungeheuerliches, das ihn schreckte und von dem er zu diesem Zeitpunkt nicht ahnte, dass es seine Vorstellungen von sich selbst, von der Zivilisation und Menschenwürde unumkehrlich verändern würde. Die Sonne stand bereits über dem Birkenwald, tauchte alles in sommerliches Licht und brannte die Bilder der weggeworfenen Leiber in sein Gedächtnis.

Und immer wieder Gerschows baumelnder Kopf.

Er sah, wie einige der Urki mit den Wachmännern verhandelten, sah, wie Jacken, Schuhe und Hosen gegen Brot getauscht wurden.

Die Wachmannschaft war mit dem Vormittag zufrieden und zeigte sich großzügig. Der Zug sollte erst am späten Abend weiterfahren, und man erlaubte ihnen, sich bis zur Abenddämmerung auf einem Abschnitt des Feldes aufzuhalten. Wasser und Brot wurde verteilt. Ilja legte sich, die Arme und Beine ausgestreckt und frei atmend, auf das von Unkraut übersäte Feld. Erschöpft schlief er zum ersten Mal nach Wochen mehrere Stunden tief und fest.

Von einer Sekunde zur nächsten war er hellwach. Zunächst meinte er, den Schuss vom Morgen noch einmal geträumt zu haben, aber dann sah er, dass die anderen Häftlinge aufstanden und in Richtung Birkenwald blickten. Die Sonne stand orange und rund im Westen. Zwei Wachleute liefen auf den Wald zu, die Gewehre im Anschlag. Ilja sah sich nach dem Deutschen um, stellte sich neben ihn. »Was ist passiert?«

»Einer ist abgehauen«, sagte er und schüttelte den Kopf. Wieder hallten Schüsse. Wenig später kamen die beiden Verfolger zurück. Einer trug eine Jacke über dem Arm, der andere hielt ein Paar Schuhe in Händen. Sie wurden zurück in die Waggons getrieben. »Ihr verdammten Schweine«, schimpfte der Wachmann, als er Ilja den Gewehrkolben in den Rücken schlug und ihn vorwärtsstieß. »Da will man euch einen Gefallen tun, und ihr dankt es so.«

Der Gestank im Wagen bereitete ihm sofort Übelkeit. Er ließ sich nicht in die hintere Ecke drängen, robbte auf die andere Seite, suchte sich einen Platz mit einer Ritze in der Wand, die ein wenig frische Luft versprach. Andere versuchten ihn zu verdrängen. Er trat nach ihnen, spürte, wie er seine Zähne aufeinanderbiss, bereit war zu kämpfen. Ein unerklärlicher Lebenswille gepaart mit einer unbändigen Wut gaben ihm Kraft. Als der Zug sich endlich in Bewegung setzte und er die kühle Abendluft auf dem Gesicht spürte, die durch den schmalen Spalt hereinströmte, fühlte er keine Scham. Er dachte nicht zurück und nicht nach vorne. Der Morgen mit seinem blassen Rosa hatte ihn aus allem gerissen, was bisher sein Denken geprägt hatte. Die Toten lagen in Reih und Glied in seinem Kopf. Sechzehn und Gerschow. Und noch einer. Einer, der den Mut gehabt hatte, davonzulaufen.

KAPITEL 12

Lydia sollte recht behalten. Schon drei Tage später fielen die Nachttemperaturen ins Minus, und ab Oktober lagen selbst die Tagestemperaturen beständig unter dem Gefrierpunkt. Sie stopften die Ritzen in den Bretterwänden mit Lydias Stoffresten aus, aber die Kälte, so schien es, zog ungehindert herein. Die beiden Frauen rückten zusammen, wurden zu einer verlässlichen Gemeinschaft. Zum ersten Mal öffnete Galina nachts eine der Nähte an ihrem Rock, entnahm ihm die wenigen Rubel und gab sie Lydia mit der Bitte, Wintermäntel für die Kinder zu kaufen. Die traute ihren Augen nicht, führte die Scheine immer wieder zum Mund und küsste sie. »So viel Geld«, flüsterte sie, »Galina, da kriegen wir mehr für, lass mich mal machen.«

Lydia, die im Winter nicht mit ihren Puppen unterwegs war, sondern neue herstellte, zog nun wieder los. Die stille Frau kaufte nicht einfach Wintermäntel. Vielmehr ging sie zur Schneiderei und in die Textilfabrik und verhandelte um größere Reststücke, für die sie bereit war, einige Kopeken zu zahlen. Daraus nähte sie Kindermäntel, Hosen und Jäckchen, die wild geflickt aussahen, aber strapazierfähig und warm waren. Sie schaffte es, mit den wenigen Rubeln für die Kinder außerdem Walenkis zu besorgen, Filzstiefel, die ihnen bis zu den Knien reichten.

Der gusseiserne Ofen, den sie im Sommer nur zum Kochen anheizten, musste jetzt häufiger brennen. Sie brauchten Holz. Lydia organisierte mit ihrem Handkarren mehrere Säcke auf Vorrat.

Galina legte ihr eines Abends den Arm um die Schultern und sagte: »Danke, Lydia! Du bist so geschickt und lebensklug. Was täte ich nur ohne dich?«

Der kleinen Frau stiegen Tränen in die Augen. »Du bist schön, Galina. Du wirst bald einen Mann finden, der euch versorgt, und dann werdet ihr gehen.« Ihr Kopf wackelte unstet hin und her, und Galina sah zum ersten Mal die Angst und Einsamkeit in dieser beständigen Unruhe. Ein anderer Mann. Daran hatte sie noch nie gedacht. Der Gedanke schien ihr absurd.

Sie tätschelte Lydia die Wange. »Wir schaffen das«, flüsterte sie ihr ins Ohr. »Wir vier schaffen das zusammen.«

In den nächsten Wochen schien die Unruhe von Lydia zu weichen. Ihr grauer Kopf taumelte sachter, und es gab sogar Zeiten, wenn sie über ihre Näharbeiten gebeugt saß oder den Kindern Geschichten erzählte, da stand er still.

Weil sie Galinas Zimmer nicht heizen konnten, schliefen jetzt alle gemeinsam in der Küche rund um den Ofen, zugedeckt mit Decken und Mänteln. Morgens standen die Kinder am Fenster, hauchten kleine Gucklöcher in das vereiste Glas, während Galina und Lydia die spärliche Glut im Ofen wieder anfachten.

Auch die Arbeitsbedingungen in der Wäscherei wurden härter. Jetzt freute sich keine mehr, wenn sie hinüber in die Trockenhalle musste. Von der dampfenden Hitze im Waschkesselraum und dem Schweiß der schweren körperlichen Arbeit waren ihre Arbeitskittel feucht, und im Dezember, als die Tagestemperaturen bei minus zwanzig Grad und tiefer lagen, half es auch nicht, dass sie sich ihre Mäntel auf dem Weg zur Halle überzogen. Die Wäsche in den Körben war innerhalb kurzer Zeit angefroren. Die Kälte biss in Händen und Gesicht, zog in die feuchten Kittel, und sie spürten den groben Stoff auf der Haut steif werden. Die Trockenhalle wurde jetzt beheizt, und wenn sie den Raum betraten, kehrte stechend das Leben in ihre Glieder zurück. In den ersten Minuten in der Halle, wenn Hände und Füße wieder durchblutet wurden, gehorchten die Finger nicht, jeder Handgriff war schmerzhaft, und nach wenigen Tagen gab es kaum eine Arbeiterin ohne einen bellenden Husten.

Von Anfang November an fiel Schnee. Nur in der Stadt waren die Straßen geräumt. Galina stapfte durch hohe Schneewehen und brauchte für den Weg zur Arbeit doppelt so lang. Der Himmel lag morgens noch schwarz über der unendlichen Weite, und die schwachen Lichter der Stadt schienen ihr manchmal unerreichbar. In jener Schneestille, in der sich nichts zu rühren schien, dachte sie an Ilja, an Moskau und immer wieder an die Ereignisse, die sie herauskatapultiert hatten aus einem Leben, das ihr so sicher erschienen war. Er hatte diesen Antrag gestellt. Er hatte mit ihr und den Kindern fortgewollt. Er hatte sie nicht verlassen wollen. Aber der Antrag war ein Fehler gewesen, und als er das verstanden hatte, hatte er sofort fliehen müssen. Und noch ein Gedanke nahm Gestalt an. Wenn er aus dem Ausland Kontakt aufnehmen wollte und sie nicht zu erreichen war, dann würde er sich an Meschenow wenden.

Sie sprach mit Olga. Die Freundin schüttelte den Kopf. »Sie machen Stichproben. Wenn der Brief geöffnet wird, holen sie dich und diesen Meschenow wahrscheinlich auch.«

Mitte Dezember, der Husten schmerzte rauh in der Lunge und schwächte sie immer mehr, kam Olga in der Mittagspause in die Kantine. Einer der Ärzte, ein freier Bürger, würde über Weihnachten nach Moskau reisen und war bereit, einen Brief an Meschenow mitzunehmen.

Galina ging abends ins Krankenrevier, bat Olga um Papier und Stift. Inzwischen war sie davon überzeugt, dass Ilja mit Meschenow in Kontakt stand. Es konnte nicht anders sein. Sie wollte nichts über ihre Lebensbedingungen schreiben, wollte nicht, dass es wie ein Bettelbrief klang. Ob er von Ilja gehört habe, fragte sie an, ob Meschenow wisse, wo er sei und wie es ihm gehe. Sie bat ihn, Ilja mitzuteilen, dass sie nach Karaganda verbannt worden sei. Und dann schrieb sie doch von der Kälte und der Sorge um die Kinder. Sie hatte den Brief bereits in das Kuvert gesteckt, als sie ihn noch einmal hervornahm. Mit zittriger Hand schrieb sie: »Es tut mir weh, darum zu bitten, aber ich wäre sehr dankbar, wenn Sie uns etwas Geld schicken könnten.« Als sie ihn zuklebte, spürte sie die Hitze der Scham im Gesicht und meinte, den letzten Rest Stolz verloren zu haben.

Wenige Tage später, der Husten war ihr ständiger Begleiter und brannte wie Feuer in der Lunge, bekam sie hohes Fieber. Sie verließ das Haus wie jeden Morgen, kam aber nur wenige Meter weit, bevor sie zusammenbrach. Lydia füllte vor der Tür eine Schüssel mit Schnee, um ihn zu Teewasser zu schmelzen – die Pumpe auf dem Siedlungsplatz war lange zugefroren –, als sie Galina fand.

Fieberträume. Sie ist auf der Bühne. Tosender Applaus. Ein Scheinwerfer, der sie blendet, und als sie sich verbeugt, sieht sie unter dem gleißenden Licht Ilja im Publikum, wie er sich abwendet und geht. Sie ruft nach ihm, will ihm hinterher, aber zwischen Bühne und Zuschauerraum liegt ein Graben. Sie stürzt hinein, und während sie unaufhörlich fällt, ruft sie seinen Namen.

Manchmal lichte Augenblicke. Dann weiß sie, dass sie arbeiten muss, dass kein Essen und kein Geld hereinkommt, wenn sie nicht arbeitet. Manchmal die Gesichter ihrer Kinder, manchmal Lydia, manchmal Olga.

Dann Meschenow, der sie in ihrer Fieberwelt ansieht und händeringend sagt: »Alles zu spät, Galina. Es ist alles zu spät.«

Manchmal der Schein der Petroleumlampe, manchmal ein bitterer Geschmack auf der Zunge, und immer wieder Ilja, wie er sich abwendet und geht.

In einem kurzen Moment bei Bewusstsein erkannte sie Lydia, und es gelang ihr, ein paar Worte zu flüstern. »In meinem Rock, Lydia, in dem Saum sind noch Schmuckstücke.« Dann fiel sie zurück ins Fieberdunkel, wo furchterregende Chimären neue Alpträume brachten.

Zwei Wochen vergingen, bis sie die Augen öffnete und ihre Umgebung wahrnahm. Sie lag im Krankenrevier, um sie herum etliche Betten, in denen gestöhnt, gehustet und geschlafen wurde. Von Olga erfuhr sie, wie schlimm es um sie gestanden hatte und dass Lydia Himmel und Hölle in Bewegung gesetzt hatte, bis einige Nachbarn bereit gewesen waren, sie auf einer Trage in die Stadt zu bringen, weil ein Auto nicht zur Hüttensiedlung durchgekommen wäre.

Als sie nach dem Tag fragte, lächelte Olga: »Du hast Neujahr verpasst. Heute ist der dritte Januar.«

Erschrocken fuhr sie hoch. »Die Kinder. Was ist mit den Kindern? Die Kommandantur. Ich hätte mich gestern auf der Kommandantur melden müssen.«

Olga beruhigte sie. Lydia war täglich mit den Kindern da gewesen, und die drei waren mit Essensresten aus der Kantine versorgt worden. Die Kommandantur war über Galinas Gesundheitszustand informiert.

Am Nachmittag standen Lydia, Pawel und Ossip an ihrem Bett, und Galina konnte nur ahnen, welche Strapaze es für die zierliche Lydia sein musste, Ossip, der jetzt fast zwei war, auf dem Rücken durch den hohen Schnee zu schleppen. Eine Kollegin aus der Wäscherei besuchte sie und sagte: »Vier. Vier sind schon gestorben, und es werden wohl noch einige mehr.« Ganz selbstverständlich sagte sie das, so als ginge es um einen natürlichen Tribut an den Winter.

Galina erholte sich nur langsam. Sie bat Lydia, nicht jeden Tag den beschwerlichen Weg zu machen, sondern ein Schmuckstück zu versetzen, Lebensmittel zu kaufen und mit den Kindern zu Hause zu bleiben.

Lydias Kopf wackelte heftig. »Einen Anhänger«, sagte sie, »habe ich den Nachbarn geben müssen, damit sie dich hertragen. Es sind nur noch die beiden Ringe da, und der Winter ist noch lang.«

Am elften Januar sollte sie das Krankenrevier verlassen, und am selben Tag kehrte der Arzt, der ihren Brief weitergegeben hatte, aus Moskau zurück. Galina saß bereit für den Heimweg auf dem Bett, steckte ihr Haar unter eine Mütze aus Fellresten, eines von Lydias Wunderwerken, als Olga sie auf den Flur winkte und ihr das Kuvert zusteckte. Aufgeregt suchte sie mehrere Minuten, bis sie endlich einen Abstellraum fand, in dem sie ungestört war.

Der Umschlag war dick. Ihre Hände zitterten, als sie ihn aufriss. Das Bündel Rubel schob sie zunächst ungezählt in ihre Jackentasche und faltete den Brief auseinander.

Meine liebe Galina Petrowna,
welch eine Erlösung, endlich von Ihnen zu hören,
und doch wie traurig. Wochenlang habe ich
versucht herauszufinden, was mit Ihnen und den
Kindern geschehen ist, aber es war nichts zu
erfahren. Sehnlich habe ich auf ein Lebenszeichen
von Ihnen gewartet. Ilja, das hat inzwischen in
allen Zeitungen gestanden, ist wohl in Wien. Er
hat sich nicht mehr gemeldet, aber ich bin sicher,
dass er damals nicht verstanden hat, was er seiner
Familie damit antut. Oh, wie mich Ihr Schicksal
schmerzt und wie unendlich hilflos ich mich
fühle. Der junge Mann, der mir Ihren Brief
überbracht hat, hat von Ihren Lebensbedingun-
gen gesprochen, und ich bin erschüttert. Natürlich
schicke ich Ihnen Geld und hoffe, dass die beige-
fügte Summe Ihre Situation ein wenig verbessern
kann.

*Der junge Mann ist bereit, auch bei seinem
nächsten Besuch in Moskau als »Postbote« zu
fungieren, und selbstverständlich werde ich
Ihnen, soweit es in meiner Macht steht, weiterhin
behilflich sein.
Sie sehen mich tief betrübt und doch voller
Hoffnung, bald wieder von Ihnen zu hören.*

        Ihr Michail Michajlowitsch Meschenow

Lange blieb sie in der Wäschekammer am Fenster stehen und sah hinaus auf den Hof, auf dem sich schmale
Trampelpfade durch den hüfthohen Schnee von einem
Hauseingang zum nächsten zogen wie aufgedeckte
Wühlmausgänge. »Ilja, das hat inzwischen in allen Zeitungen gestanden, ist in Wien. Ich habe nichts von ihm
gehört.« Der Brief schien nur aus diesen beiden Zeilen
zu bestehen.

KAPITEL 13

Reger erwartete ihn auf dem Bahnsteig. Er begrüßte Sascha per Handschlag und sagte knapp: »Sie werden erst einmal hierbleiben. Ich habe Ihnen eine Unterkunft besorgt.«

Sie fuhren stadtauswärts. Reger berichtete, was er herausgefunden hatte.

»Die Waffe, mit der Vika und die Frau in der Pension getötet wurden, war eine russische PSM, Kaliber 5,45. Eine kleine, leichte Waffe, die in der Sowjetunion in den achtziger Jahren beim KGB verbreitet war. Sie ist nur achtzehn Millimeter breit. In Deutschland ist sie verboten, aber unter der Ladentheke ist da gut ranzukommen.«

Reger bog von der Landstraße ab und lenkte den Geländewagen auf einer schmalen, gewundenen Asphaltstraße eine Anhöhe hinauf. »Die Polizei geht inzwischen davon aus, dass Sie zusammen mit dem Täter das Holiday Inn verlassen haben. Man weiß, dass Sie nicht auf Ihre Schwester geschossen haben, vermutet aber, dass Sie da mit drinhängen. Es gibt die Zeugenaussage eines Securitymitarbeiters, der Sie erkannt haben will. Demnach haben Sie noch am selben Abend auf dem Münchner Bahnhof eine Tasche aus einem Schließfach geholt. Anhand der Videoüberwachung konnte das nachgewiesen werden. Es gibt außerdem den Videobeweis, dass ebendiese Tasche zwei Tage zuvor von Ihrer Schwester dort deponiert wurde.«

Sascha stöhnte auf.

Das kleine Hotel lag am Hang. Sie durchquerten die Lobby und setzten sich auf die mit Korbstühlen möblierte Terrasse. Im Tal zog der Rhein silbrig an einer kleinen Ortschaft vorbei. Die Schieferdächer dösten in der Sonne, Weizenfelder schoben sich golden die Anhöhe hinauf.

Eine junge Frau mit blauem Schlips und Weste kam an ihren Tisch und erklärte, dass die Terrasse für Hotelgäste reserviert sei. Reger nickte unwillig und sagte, dass er ein Zimmer auf den Namen Dörner reserviert habe. Er zeigte auf Sascha. »Herr Dörner wird bei Ihnen übernachten, aber bevor er eincheckt, haben wir noch einiges zu tun.« Dann wurde er freundlicher. »Bitte seien Sie so nett und bringen uns Tee und Kaffee.«

Sie saßen zwei Stunden beisammen. Sascha legte Vikas Unterlagen vor, erzählte von dem Brief seines Großvaters und von der verschwundenen Stradivari, um die sich seiner Meinung nach alles drehte. Er erzählte von Vika und seinen Eltern.

Reger wurde hellhörig, als Sascha von dem Unfall sprach.

»Wann war das?«, unterbrach er ihn.

»Am 21. November 1990. Wir waren erst seit einem halben Jahr in Deutschland, und Vater hatte für das neue Jahr in Espelkamp eine Anstellung als Maurer gefunden. An jenem Morgen wollten wir uns eine Wohnung ansehen, er hatte von einem Bekannten das Auto geliehen.«

Sascha hatte diesen Morgen in lebhafter Erinnerung. Seine Mutter weckte ihn sehr früh, und während sie Butterbrote und eine Thermoskanne Kaffee in einer Tasche verstaute, summte sie leise vor sich hin. Sie bestand darauf, dass er und Vika sich warm einpackten, und der Vater lachte und sagte: »Das Auto hat eine Heizung, Maria. Die beiden werden einen Hitzschlag bekommen.« Auf der Fahrt aßen sie die Butterbrote, und der Geruch von Wurst und frischem Brot vermischte sich mit dem Kaffeeduft.

Reger wartete.

»Rauhreif«, sagte Sascha. »So habe ich es später in den Akten gelesen. Wahrscheinlich war auch ein entgegenkommendes Fahrzeug involviert. Vater war viel zu schnell. Der Wagen geriet ins Rutschen und kam von der Fahrbahn ab.«

Reger schwieg lange, zog das Anschreiben des Anwaltes vom September 1990 heran und studierte das Antwortschreiben des russischen Ministeriums.

»Das wäre ein merkwürdiger Zufall«, sagte er dann und fuhr sich mit der Hand über seinen kahlen Kopf. »Mein Kontakt in Almaty hat sich nach Ihrem Onkel erkundigt. Er ist ebenfalls verunglückt. Ein Betriebsunfall. Er ist von einem Baugerüst gestürzt. Am 25. November 1990.«

Sascha ließ sich in den Korbsessel zurückfallen und blickte ins Tal. Auf dem Rhein tuckerte ein Ausflugsdampfer gemächlich gegen den Strom. Menschen, die von hier aus nur als kleine Farbtupfer zu erkennen waren, standen auf dem Deck. Er hörte das Klopfen eines Spechts. Ganz nah. Und er dachte an den Alptraum seiner Kindheit, den er in der letzten Nacht wieder geträumt hatte. Die Lichter, die immer näher kamen. Das Rosa des Himmels. Aber in seinen Träumen kamen die Lichter, die ihn aus der Umlaufbahn geschleudert hatten, nicht aus der Gegenrichtung. In seinen Träumen sah er sie im Heckfenster. Vielleicht war es tatsächlich so gewesen.

Die Sonne stand hoch, ein fast weißer Ball an einem milchig blauen Himmel. Alles schien innezuhalten, um noch einmal zurückzuschauen.

Die Monate nach dem Unglück, in denen er gehofft hatte, Onkel Pawel würde ihn und Vika zurückholen. Die Jahre danach, in denen er den Onkel verwünschte und verfluchte, weil er ihn und Vika im Stich gelassen hatte. Davon war er all die Jahre ausgegangen. Sein Onkel Pawel, der beim Abschied geweint und ihm zugeflüstert hatte: »Wenn es dir in Deutschland nicht gefällt, kommst du einfach zurück.« Onkel Pawel, den er verantwortlich gemacht hatte für sein Unglück und seine Einsamkeit, war genauso lange tot wie seine Eltern.

In den letzten Jahren, ganz besonders seit er für Reger arbeitete, hatte er manchmal darüber nachgedacht, nach Vika oder dem Onkel zu suchen. Aber da war immer diese unbestimmte Angst gewesen. Diese Angst, die Schwester könne nicht das gute Leben führen, das er sich zurechtgelegt hatte. Die Angst, von dem Onkel noch einmal enttäuscht zu werden und wieder diese kindliche Verlassenheit zu spüren, die er so fürchtete.

Er sprang aus seinem Korbsessel auf, lief auf der Terrasse hin und her.

»Meine Großmutter Galina? Tante Alja? Hat er auch über sie etwas erfahren?«

Reger nahm einen kleinen Notizblock aus der Brusttasche seines Jacketts.

»Galina Petrowna Grenko ist 1992 im Alter von dreiundsiebzig Jahren verstorben. Die Witwe Alja Grenko hat 1998 wieder geheiratet und lebt in Almaty. Sie ist Angestellte in einem Pharmaunternehmen.«

Sascha blieb stehen, beugte sich vor und stützte sich auf den Tisch. »Ich muss mit ihr sprechen. Ich muss nach Almaty.«

Reger atmete schwer. »Hören Sie, Grenko, bis eben war ich auch dieser Meinung, aber jetzt …«, er klopfte auf das Schreiben des russischen Ministeriums. »Die Sache scheint mir um einige Nummern größer, als ich dachte.«

Sascha schüttelte entschieden den Kopf. »Ich muss es wissen. Ich muss mit Tjotja Alja sprechen. Wenn das …«, er ließ sich in seinen Sessel fallen und sah Reger an. »Die haben meine ganze Familie ausgelöscht! Verstehen Sie denn nicht, dass ich wissen muss, was passiert ist, und vor allem, wer dafür verantwortlich ist? Außerdem, wenn die von mir wissen, was soll ich dann Ihrer Meinung nach tun? Mich hier bis ans Ende meiner Tage verkriechen? Mich von der deutschen Polizei verhaften lassen?« Er hatte sich vorgebeugt und sprach eindringlich.

Reger trank von seinem kalt gewordenen Tee und verzog das Gesicht. Dann griff er in seine Brusttasche und schob Sascha einen Reisepass auf den Namen »Simon

Dörner« über den Tisch. »Checken Sie ein, und dann geben Sie mir den Pass zurück. Sie brauchen ein Visum. Ich kenne da jemanden, der das bis morgen erledigen kann.«

Reger hatte sich schon lange verabschiedet, als Sascha immer noch auf der Terrasse saß. Er nahm das Ringbuch mit den Fotos zur Hand. Erst jetzt fiel ihm der Zeitsprung auf. Seine Großeltern in jungen Jahren. Hochzeitsfotos. Der Großvater groß und schmal, fast jungenhaft, neben seiner schönen Braut. Er nahm die Zeitungsartikel dazu. Artikel über Konzerte, in denen von dem großen Talent des Ilja Wassiljewitsch Grenko die Rede war, einer war überschrieben mit »Tosender Applaus für Grenko«, ein anderer titelte »Leningrad bejubelt den jungen Geiger Grenko«. Andere Artikel berichteten über Theaterpremieren, auf denen Galina Petrowna Grenko gefeiert wurde. Ein Porträtfoto neben einer der Meldungen zeigte eine schöne, selbstbewusst lächelnde Frau.

Im Album waren nur wenige Fotos des jungen Paares zusammen mit dem kleinen Pawel. Eines zeigte Ilja Grenko mit einem älteren Mann. Auf der Rückseite stand in schön geschwungenen kyrillischen Buchstaben: Ilja und sein Mentor Professor Meschenow. Noch einige Bilder von Pawel und einem Baby. Wieder die feine Schrift auf der Rückseite: »Pawel und Ossip Winter 1947«.

Auf dem nächsten Bild waren sein Vater und der Onkel bereits erwachsen. Sie standen vor dem Haus, in dem Sascha seine ersten Lebensjahre verbracht hatte. Er drehte es um. Die Schrift war ohne Fluss, wirkte beschwerlich: Pawel und Ossip vor unserem Haus.

Aber wo waren die Jahre dazwischen?

Als Kind war ihm nicht aufgefallen, dass auf den wenigen Fotos, die noch folgten, der Großvater nie zu sehen war. Man hatte ihm gesagt, dass er gestorben war, aber niemand hatte ihm gesagt, wann und wo. Und er hatte nicht gefragt. Großmutter Galina war alt, und für ihn war selbstverständlich gewesen, dass der Großvater ebenfalls alt geworden war. Er hatte sich vorgestellt, dass er vor seiner Geburt gestorben war.

Die Sonne wanderte in Richtung Westen, erste Schatten legten sich über die Terrasse, aber es war immer noch angenehm warm. Er bestellte sich ein Steak und Salat und aß im Freien.

Der Gedanke, dass er nichts über seine Herkunft wusste, dass er mit einer falschen Geschichte gelebt hatte, brachte eine Unruhe mit sich, die ihm den Appetit nahm.

Für ihn war seine Familie bis gestern eine Arbeiterfamilie aus einem kleinen kasachischen Dorf gewesen. Einfache Leute, die seit Generationen dort gelebt hatten. Zum ersten Mal dachte er, dass sein Leben vielleicht darum so chaotisch verlaufen war, dass er sich nach dem Tod der Eltern nirgendwo zugehörig gefühlt hatte. Seine Wurzeln waren Luftwurzeln gewesen, hatten ihm nie Halt gegeben. Im Erziehungsheim und später auch in der Jugendhaft hatte man ihm Respekt gezollt, weil er alle, ob Türken, Araber, Russen oder Deutsche, in ihrer jeweiligen Sprache ansprach und, wenn nötig, bedrohte. Er war groß und durchtrainiert und hatte damals den Ruf, zuzuschlagen, wenn man ihm zu nah kam. Im Jugendknast nannten sie ihn »Kasache«, obwohl sein Vater Russe gewesen war und er selbst längst einen deutschen Pass besaß.

Auf der Terrasse hatten sich inzwischen andere Hotelgäste zum Essen eingefunden. Eine Gruppe junger Männer, offensichtlich Fahrradtouristen, hantierte mit Landkarten, während der Kellner versuchte, Weizenbiergläser auf dem Tisch unterzubringen. Ein Pärchen in Wanderkleidung hatte nur Augen für sich. Auf der anderen Seite hatte eine Familie mit zwei Kindern Platz genommen, und an einem kleinen Ecktisch saß ein Mann um die vierzig, mit einem Buch beschäftigt.

Der Kellner räumte Saschas Teller ab, und er bestellte ein Glas Riesling und Wasser. Noch einmal blätterte er die losen Fotos durch, nahm das Bild zur Hand, das kurz vor ihrer Abreise nach Deutschland aufgenommen worden war. Er selbst und Vika im Vordergrund. Dahinter sein Vater und Djadja Pawel, Tjotja Alja, seine Mutter und Baba Galina in ihrem Stuhl.

Er strich über das Bild, und erst jetzt wurde ihm richtig bewusst, dass sie alle, bis auf Tjotja Alja und ihn, tot waren. Er schluckte mühsam. Und wie schon in seiner Kindheit legte sich ein unaussprechlicher Zorn über die Trauer. Er steckte alle Unterlagen in die Nylontasche, ging auf sein Zimmer, entschloss sich dann aber, einen Spaziergang zu machen. Er brauchte Bewegung, um seiner Wut Herr zu werden. Er war schon auf dem Flur, als er sich entschied, noch einmal zurückzugehen und die Tasche mitzunehmen.

KAPITEL 14

Wohin die Reise ging, wusste niemand. Unter den Gefangenen wurden Namen gehandelt. Magadan, Norilsk, Jakutsk, Taischet, Workuta. Ilja beschäftigte sich nicht mit dem Ziel, für ihn klangen alle diese Namen gleichermaßen fremd.

Eines Morgens hielt der Zug an einem Bahnhof. Die Waggontüren öffneten sich, und sie wurden hinausgetrieben. Vom Zug bis zum Bahnhofsgebäude bildeten Wachleute ein Spalier. Einige führten Hunde mit sich, die an ihren Leinen zerrten und wild kläfften. Über dem Bahnhofsgebäude war in großen Buchstaben »Workuta« zu lesen. Ilja versuchte sich zu erinnern, was er während der Fahrt über Workuta aufgeschnappt hatte. Kohlebergbau. Kälte. »Neun Monate Winter«, hatte einer gesagt. Aber jetzt war Juni. Oder Juli? Er hatte jegliches Zeitgefühl verloren.

Sie mussten sich in Fünferreihen aufstellen. Neben dem Bahnhofsgebäude stand ein Tisch, ein Offizier las Nummern und Namen vor, machte Haken auf seinem Papier. Als Ilja am Tisch stand, hörte er, wie der Offizier den Verantwortlichen des Transports, es war jener, der Gerschow erschossen hatte, rügte. »Zweihundertfünfzig waren zugesagt, und jetzt sind es nur noch zweihundertzwei. Wieso so viele Verluste? Ich muss das melden.«

Der Mann trat von einem Fuß auf den anderen, gab sich beflissen. »Aber das ist doch nicht unsere Schuld. Wir können es nicht verhindern, wenn sich das Pack in den Wagen gegenseitig umbringt.«

Noch vor wenigen Wochen hätte Ilja diese Lüge empört. Noch vor wenigen Wochen hätte er lautstark widersprochen. Jetzt hörte er gleichgültig zu und dachte: Achtundvierzig.

Sie wurden auf offene Lastwagen verladen und fuhren durch eine Stadt, der man ansah, dass sie nicht gewachsen war, sondern hingeworfen. Ilja dachte an unbegabte Musiker, die Notenblätter herunterspielten, ohne zu begreifen, dass die Musik zwischen den Tönen wuchs, dass es die Zeit war, die den Klang machte. Es gab durchaus prunkvolle Häuser, aber auch sie wirkten, als wären sie ohne Fundament.

In den Straßen gingen nur wenige Menschen. Einige hoben den Blick, sahen den Wagen mit der verwahrlosten Menschenfracht teilnahmslos hinterher. Müde wirkten sie, so als seien sie auf dem Weg in bewohnbare Gebiete verlorengegangen.

Sie holperten gut eine halbe Stunde über matschige, ausgefahrene Wege durch die Tundra. In der nackten braunen Weite lagen große Gras- und Moosflächen, die wie zum Trotz kleine gelbe und weiße Blüten trugen. In der Ferne kam ein Gelände mit Wachtürmen, Baracken und Stacheldrahtzäunen in Sicht.

Sie fuhren durch das Tor. Wieder in Fünferreihen stellten sie sich auf einen Platz. Später lernte Ilja, dass er »Appellplatz« hieß. Später lernte er ihn hassen.

Wieder wurden ihre Namen aufgerufen. Sie bekamen neue Nummern. Ilja war von nun an Nummer 4801, und in seiner Erschöpfung dachte er so unsinnige Dinge wie: Achtundvierzig Tote auf dem Transport. Achtundvierzig und eins. Warum bekomme ich diese Nummer?

Sie wurden ins Badehaus geführt, eine dürftige Baracke, in der mehrere Eimer Wasser standen. »Ausziehen und waschen«, brüllte einer der Aufseher. Anschließend wurden ihnen wieder die Köpfe geschoren, und ein Arzt teilte sie in Arbeitskategorien ein. »Nummer 4801, Kategorie 1«, sagte er, und einer der Aufseher schrieb eifrig mit. Ilja war abgemagert, aber groß und jung, und damit war besiegelt, dass er von nun an unter Tage arbeiten würde.

Der Häftling im Magazin war ein Mann mit einer gut zehn Zentimeter langen Narbe auf der Wange, die seinen linken Mundwinkel anhob und ihn immerfort schief grinsen ließ. Die Hemdsärmel waren aufgerollt, seine Unterarme tätowiert. Er reichte Fußlappen und eine Decke über den Tresen. Ilja steckte die Lappen in die Hosentasche, und der Mann beugte sich vor und betrachtete Iljas Füße in den viel zu kleinen Schuhen. Er schüttelte den Kopf.

»Da bist du auf die Dauer barfuß besser dran«, knurrte er, verschwand zwischen den Regalen und kam mit einem Paar abgetragener Schuhe zurück, deren Sohlen aus einem alten Autoreifen geschnitten waren. »Die Schuhe gegen eine Handvoll Machorka«, sagte er mit unbeweglicher Miene.

Machorka war ein stinkender Tabak, der in Zeitungspapier geraucht wurde. Ilja hatte bereits auf der Fahrt gelernt, dass er unter den Häftlingen eine feste Währung war.

»Hab ich nicht«, antwortete er und hielt die Schuhe fest im Blick.

»Wenn du deine Arbeitsnorm erfüllst, bekommst du jede Woche zwanzig Gramm. Dann kannst du wiederkommen.«

Er wollte das Schuhwerk schon zurücktragen, als Ilja danach griff. Er nahm seine Jacke, die man ihm auf der Fahrt mehrmals hatte stehlen wollen.

»Du gibst mir die Schuhe, und ich lasse dir meine Jacke als Pfand, bis ich den Tabak habe.«

Der Mann sah ihn ungläubig an. Dann zog sich auch sein rechter Mundwinkel hoch. Er nahm die Jacke und ließ die Schuhe los. Ilja umwickelte seine Füße mit den Fußlappen und zog sie an. Sie passten. Noch war es Sommer. Es war zwar kühl, aber bis es richtig kalt würde, hätte er die Jacke längst eingelöst.

Eine lächerlich kleine Episode, aber an jenem Nachmittag war es ihm wie ein Sieg vorgekommen, ja, er hatte sogar eine Art Zuversicht empfunden, hatte gedacht: Eine andere Welt, aber ich kann lernen, ich kann mich zurechtfinden.

Wieder versammelten sie sich auf dem Appellplatz. Er wurde der Baracke 6 und der Arbeitsbrigade 35 zugeteilt. Die Behausung war armselig und um diese Zeit menschenleer. Zu beiden Seiten waren Holzgerüste mit zwei Lagen Bretterböden angebracht, wie langgezogene Stockbetten, die den Raum fast ganz in Anspruch nahmen. In der Mitte ein schmaler Gang. Die Säcke, die als Schlafunterlage dienten, waren mit Holzspänen gefüllt und platt gelegen. Ihr fauliger Geruch vermischte sich mit dem Gestank von abgestandenem Männerschweiß. Ilja überschlug im Kopf die Schlafplätze. Es mussten ungefähr fünfzig sein.

Links neben dem Eingang stand ein Kohleofen, darüber hingen auf einer provisorischen Leine Wäschestücke. Ein Mann mit grauen Stoppeln auf dem Kopf wurde ihm als Barackenältester vorgestellt. Er schüttelte den Kopf und sagte: »Der nicht. Nicht hier.« Der Aufseher, der Ilja begleitet hatte, hob die Schultern und sagte fast entschuldigend. »Geht nicht anders. Er ist der Fünfunddreißigsten zugeteilt.« Als er ging, fügte er hinzu: »Reg dich nicht auf, Alter. Ist sicher nicht für lange.«

Der Alte hieß Kolja und kümmerte sich um die Ordnung in der Baracke. Er erklärte Ilja das Gelände, zeigte ihm die Latrinen hinter den Schlafbaracken, das Verwaltungsgebäude, die Krankenbaracke, die Essensbaracke und den Isolator. Rund um das Gelände unterhalb der Wachtürme galt ein zwanzig Meter breiter Streifen als verbotene Zone.

»Ein Fuß in die Zone«, sagte Kolja, »und sie knallen dich ab wie einen räudigen Hund.« Später sprach er von den Urki, nannte sie abschätzig »die Tätowierten«. »In unserer Baracke gibt es keine«, sagte Kolja stolz, »da haben wir für gesorgt. Die sind fast alle in Nummer 3. Da bleibst du am besten weg.«

Als sie über den schlammigen Platz zurückgingen, sah der kleine Alte zu ihm auf und lächelte. »Wir sind alle Seki, Zwangsarbeiter, und wir wollen alle überleben. Es gibt viele, die arbeiten als Informanten für die Lagerleitung, und sicher wird man auch dir ein Angebot machen. Eine leichtere Arbeit, vielleicht größere Essensrationen, Tabak oder sogar die Aussicht, ein, zwei Jahre deiner Strafe zu streichen. Das ist alles verlockend, aber du solltest bedenken, in unserer Baracke gibt es nur einen Informanten«, sein Lächeln wurde breiter, »und den haben wir gewählt. Daneben kann es keinen anderen geben.«

Ilja lernte noch, dass alle, die keine Seki waren, mit Bürger angesprochen wurden, und wenn man es vergaß, empfindliche Strafen drohten.

Am Abend kamen die Häftlinge aus dem Schacht. Eine Sirene rief zum Zählappell. Die »Neuen« wurden ihren Brigaden zugeteilt. Schon während sie auf dem Appellplatz standen, spürte Ilja, dass er von den Männern um sich herum kritisch taxiert wurde. Über eine Stunde standen sie, zählten dreimal durch, und die Brigadiere brüllten Zahlen, die besagten, ob die Männer das Tagessoll erreicht hatten. Dann konnten sie endlich zur Essensbaracke.

Iljas Brigadier hieß Juri Schermenko und war Offizier in der Roten Armee gewesen. Ein stämmiger Mann mit ungewöhnlich blassgrauen Augen, die fast farblos schienen. An der Essensausgabe hatte Ilja nur Augen für die Teller, die ausgegeben wurden. Die Brigadiere wiederholten auch hier die Tagesleistung ihrer Brigade, und danach richtete sich offensichtlich, wie gut die Teller gefüllt wurden.

Juri Schermenko sagte: »Neunzig Prozent Normerfüllung, elf Mann.«

Die Portionen waren groß. Seine Männer bekamen doppelt so viel Brot wie die Männer vor ihnen, und in der Gemüsesuppe schwammen deutlich sichtbar Kohl und Kartoffeln.

Als Ilja an der Reihe war, schüttelte der Koch den Kopf und sah zu Juri hinüber, der am Tisch saß und aß. »Elf Männer hast du gesagt.«

Juri knurrte, ohne aufzusehen: »Stimmt, aber der ist neu und mir zugeteilt, also gib ihm zu essen.« Es klang wie ein Befehl.

Ilja aß gierig und wurde zum ersten Mal seit seiner Verhaftung fast satt.

Als sie auf den Platz hinaustraten, umringten ihn die Männer der 35. Brigade. Juri Schermenko trat dicht an Ilja heran und betrachtete ihn abschätzig.

»Zwei Dinge, die du dir merken solltest«, sagte er, und seine Augen wurden schmal. »Wenn du nicht schnell genug arbeitest und unsere Arbeitsnorm versaust, bekommt die ganze Brigade weniger zu essen.« Er machte eine ausladende Armbewegung in die Runde. »Und das würden wir dir übelnehmen. Das verstehst du doch?«

Ilja schluckte.

Juri zeigte auf eine Gestalt mit nacktem Oberkörper. Die zerlumpte Hose war verdreckt und mit einem Strick um die vorstehenden Beckenknochen gebunden. Er schlich um die Essensbaracke herum. »Siehst du den Dochodjaga da? Hier kann man sehr schnell einer von ihnen werden.«

Ilja starrte den Mann an, der vor sich hin brabbelnd die Bretterwand abtastete. Ein Dochodjaga, dachte er, ein Todgeweihter.

Juri fuhr fort. »Zweitens. Wenn irgendetwas, was in der Baracke oder im Schacht geschieht oder gesprochen wird, an die Lagerleitung gelangt, bist du ein toter Mann.«

Ilja, der den Blick nicht von dem Dochodjaga lassen konnte, schluckte. Erst jetzt fiel ihm auf, dass die Männer seiner Brigade durchwegs kräftig waren.

Ein Mann um die dreißig, den sie Stas nannten, war fast so groß wie er, aber deutlich muskulöser. Er trat dicht an ihn heran. »Bei uns bekommt jeder seine Chance, aber wir schleppen keinen durch, ist das klar?«, sagte er barsch. Und dann fragte er, was Ilja bisher gearbeitet habe und wo er herkomme. Als er »Musiker« antwortete und »Moskau«, ging ein Stöhnen durch die Gruppe.

Sie fragten ihn: »Wie lange hast du?«

Bei seiner Antwort wurde es still.

»Erzähl«, forderte Juri ihn auf, und Ilja hob hilflos die Schultern, erzählte von jenem Abend nach dem Konzert, von den Wochen in der Lubjanka, von dem, was man ihm vorgeworfen hatte, und sogar von Kuraschs Versprechen, seine Familie bei einem Geständnis zu verschonen. Die Männer standen um ihn herum, rauchten und hörten mit misstrauischen Mienen zu. Während er sprach, sahen einige von ihnen immer wieder zu dem Dochodjaga hinüber, der sich am Eingang der Essensbaracke duckte. Als Ilja geendet hatte, packte Juri ihn fest am Arm. Seine hellen Augen waren jetzt schmale Schlitze: »Musiker. Schüler am Tschaikowsky-Konservatorium bist du gewesen, ja? Wenn du uns keinen Scheiß erzählt hast, dann musst du den doch kennen. Also? Wer ist das?« Juri zeigte auf die zerlumpte Gestalt.

Ilja schüttelte den Kopf. »Nein, den …«

Dann schnappte er nach Luft.

»Rybaltschenko«, flüsterte er und spürte, wie er zu zittern begann. »Aber ... In der Zeitung stand, er habe das Land verlassen ... er sei in Europa.«

Die Männer um ihn herum nickten sich zufrieden zu, ihr Misstrauen schien sich aufzulösen. Ilja bemerkte es nicht, hörte nur von fern Juri sagen: »Dann wird man wohl Ähnliches auch von dir in der Prawda lesen können.«

Ilja lief zur Essensbaracke. »Alexei Alexejewitsch Rybaltschenko?«, sprach er die halbverhungerte Gestalt an, die noch vor wenigen Monaten einer der gefeierten Pianisten Russlands gewesen war. Der Mann reagierte nicht, starrte wie blind durch ihn hindurch und schob vorsichtig bittend eine Hand vor. Arme, Brust und Rücken zeigten eiternde Furunkel.

Rybaltschenko war Ende fünfzig. Sie waren keine Freunde gewesen, hatten nur ab und an höfliche Konversation betrieben, aber Ilja hatte mehrere seiner Klavierkonzerte besucht. Er hockte vor dem Mann, ergriff die knochige Hand.

Eine Sirene heulte auf, und Juri rief: »Grenko, komm.«

Ilja reagierte nicht, wiederholte immer wieder: »Alexei Alexejewitsch, erkennen Sie mich denn nicht?«

Zwei der Männer aus seiner Brigade zogen ihn fort.

»Aber ...«, stammelte er, »aber warum lässt man ihn ...«

»Er ist taub und schon durchgedreht hier angekommen«, unterbrach Juri ihn schroff, »und wer nicht arbeiten kann, bekommt nicht genug zu essen. So einfach ist das.«

In der Schlafbaracke legte Ilja sich sofort auf seinen modrig riechenden Spansack, zog die Decke über den Kopf und kämpfte gegen einen Schmerz, der seine nachmittägliche Zuversicht verbrannte. Tränen liefen ihm über das Gesicht.

Später wusste er nicht, ob er an jenem Abend um Rybaltschenko geweint hatte oder um sich, denn an diesem Abend meinte er zu begreifen, was tatsächlich mit ihm geschehen war. Er dachte, dass Juri Schermenko vielleicht recht hatte und auch über ihn zu lesen gewesen war, dass er das Land verlassen habe. Er dachte an Galina und Meschenow. Nein. Nein, sie würden eine solche Meldung nicht glauben, und der Pförtner hatte es doch gesehen, er hatte gesehen, wie er verhaftet worden war. Sie kannten die Wahrheit.

Taub. Auf dem Weg zur Baracke hatte Stas gesagt, dass sie Rybaltschenko in den Verhören mit einem Sandsack immer wieder auf die Ohren geschlagen hatten.

Er schloss erschöpft die Augen, und zum ersten Mal seit Wochen, vielleicht weil der Hunger nicht an seinem Verstand zerrte, hörte er in seinem Kopf wieder Musik. Er sah Rybaltschenko an seinem Flügel, sah die Hände virtuos über die Tasten fliegen, als er das zweite Klavierkonzert von Brahms spielte. Er hörte die Hörner einsetzen, hörte Rybaltschenkos Klavierspiel, wie er sacht begann, zwischen den Hörnern und den hinzukommenden Instrumenten zu vermitteln, und das Thema weiterführte, bis das ganze Orchester antwortete. Der heroische Mittelteil, die immer wieder wechselnden Stimmungen, und er sah das Lächeln auf Rybaltschenkos schweißnassem Gesicht, als ihn die federnde Leichtigkeit der Coda erfasste.

Als Ilja endlich eingeschlafen war, wanderte die verhungerte Gestalt des Pianisten durch seine Träume und hielt ihm die knöcherne Hand entgegen.

KAPITEL 15

Ende Januar nahm Galina ihre Arbeit in der Wäscherei wieder auf. Meschenows Brief trug sie wochenlang mit sich herum, las ihn wieder und wieder.
Sieben Jahre hatte sie mit Ilja geteilt. Hatte sie ihn so
wenig gekannt? Seine Musik, das hatte sie gewusst, war
ihm das Höchste gewesen, aber dass er sie und die Kinder so verraten würde, das konnte sie nicht fassen.
Olga hatte eine ärztliche Bescheinigung besorgt, dass
Galina in den nächsten vier Wochen ausschließlich in
der Waschküche eingesetzt werden dürfe und nicht
durch die Kälte in die Trockenhalle gehen musste, doch
trotz dieser Vergünstigung schien sie sich zunächst
nicht zu erholen. Die verheilten Hände und Arme rissen bald wieder auf, und jetzt zeigten sich auch die ersten offenen Stellen im Gesicht.
Mit dem Geld, das Meschenow geschickt hatte, kamen
sie gut über den Winter. Lydia weinte und küsste Galina, als sie davon erfuhr. Sie kaufte Hirse, Kartoffeln
und Kohle und summte vor sich hin vor Glück. Eines
Tages kam sie mit einer kleinen Tafel und einem Stück

Kreide und begann, Pawel das Alphabet zu lehren. Für Galina organisierte sie warme Stiefel und nähte ihr aus dickem Wollstoff eine lange Hose.

Anfang April setzte endlich Tauwetter ein. Die Sonne legte ein Funkeln auf die weiße Weite, brannte nach und nach Löcher in die Schneedecke, und die Steppe zeigte für kurze Zeit Federgras, blühendes Johanniskraut, Baldrian und Wermut.

An einem Abend, die Sonne stand voll und kürbisrot hinter dem ärmlichen Hüttendorf, begriff Galina, dass sie, solange sie auf ein Lebenszeichen von Ilja hoffte, nicht die Kraft finden würde, nach vorne zu schauen. Sie musste mit der Vergangenheit abschließen und ihr Leben in die Hand nehmen. An jenem Abend löste sie ihren Ehering aus der Rocknaht und entschied sich, ihn zu verkaufen.

Lydia zog wieder mit den Kindern und ihren Puppen zum Bahnhof. Abends stand sie häufig am Tor der Wäscherei, und sie gingen gemeinsam nach Hause. Ossip stolperte mit seinen kurzen Beinchen hinter Pawel her, und in diesen Augenblicken empfand Galina eine Art bescheidenes Glück. Ein Glück, das sich nicht in die Zukunft dehnte, nur den Moment einfing und ihr Kraft gab.

Ihre Kinder waren gesund und inzwischen gut genährt, und zusammen mit Lydia waren sie wie eine kleine funktionierende Familie.

Dass die Kolleginnen im Umgang mit ihr wortkarg wurden und in der Kantine der Platz neben ihr bis zuletzt unbesetzt blieb, bemerkte sie zu spät.

Eines Abends, bevor sie sich auf den Heimweg machte, sprach sie Magdalena an, eine ältere Wolgadeutsche, die schon seit Jahren in der Wäscherei arbeitete und mit der sie immer gut ausgekommen war.

»Was fragst du?«, antwortete Magdalena kurz. »Glaubst du, wir sind dumm?«

Galina sah sie hilflos an. »Aber was hab ich denn getan?«

Magdalena verzog verächtlich das Gesicht. »Du bist hier diejenige, die dumm ist. Solche wie dich haben wir schon hundert Mal gehabt. Aber die meisten waren geschickter, sie haben ihren Informantenlohn nicht gar so offen gezeigt wie du, Galina Petrowna.«

Dann spuckte sie aus und ging davon.

Galina stand sprachlos im Eingang der Waschküche, brauchte lange, bis sie verstand, was man ihr unterstellte.

Sie ging hinüber ins Krankenrevier, traf Olga aber nicht an. Zu Hause besprach sie sich mit Lydia, deren Kopf, kaum dass Galina geendet hatte, unruhig taumelte. »Das ist nicht gut«, flüsterte sie, »das ist gar nicht gut.«

Sie dachten darüber nach, Magdalena den Brief zu zeigen, damit sie wusste, woher das Geld kam. Aber wenn es die Runde machte, wenn es an falscher Stelle weitererzählt wurde, dann brachte sie auch Olga, den Arzt, der als Bote fungiert hatte, und Meschenow in größte Schwierigkeiten.

Schon am nächsten Tag wurde sie ins Wäschereibüro zitiert. Sie habe, so lautete der Vorwurf, in den letzten Wochen unsauber gearbeitet. Man legte ihr gewaschene Laken vor, die braune Blutränder zeigten. Sie starrte die Wäschereileiterin sprachlos an, schüttelte ungläubig den Kopf und schluckte an den aufkommenden Tränen.

»Aber woher wollen Sie denn wissen, dass ich diese Laken gewaschen habe«, wagte sie sich vor.

Die Frau beschäftigte sich mit den Papieren auf ihrem Schreibtisch und sagte, ohne aufzusehen: »Melden Sie sich auf der Kommandantur. Man wird Ihnen eine andere Arbeit zuweisen.«

Als sie in der Waschküche ihre Sachen zusammenpackte, konnte sie die Tränen nicht mehr zurückhalten. Was sollte jetzt werden? Kein Essen mehr aus der Kantine. Einige Wochen würden sie von Meschenows Geld leben können, aber sie wusste auch, was sie jetzt erwartete. Die Ziegelei, der Wohnungsbau, der Straßenbau. Das waren die Arbeiten, die von der Kommandantur vergeben wurden.

Als sie sich umdrehte, stand Magdalena vor ihr. »Hast du wirklich geglaubt, wir lassen uns das gefallen«, sagte sie mitleidslos.

Galina drehte sich um, und plötzlich packte sie Zorn. »Du bist selbstgefällig, Magdalena, und die Wahrheit interessiert dich nicht. Ich bin keine Informantin. Das Geld …«, sie schluckte, aber dann war ihr alles egal. »Ich habe Post bekommen«, flüsterte sie.

In Magdalenas Gesicht zuckte es. Sie zischte: »Ach ja? Und warum hast du das nicht gesagt?«

»Weil ich weder schreiben noch Post empfangen darf«, flüsterte sie, »und weil ich Angst hatte, dass es herauskommt.«

Magdalena verschränkte die Arme vor der Brust und wich ihrem Blick aus. Dann sagte sie: »Da kann man jetzt nichts mehr machen.« Bevor sie sich umdrehte, hob sie noch einmal ihren schuldbewussten Blick. »Von mir erfährt jedenfalls niemand was.«

Galina lachte bitter auf. »Was soll das heißen? Dass du weiterhin behaupten wirst, dass ich eine Informantin bin?«

Magdalena ging wortlos davon.

Lydia weinte. Wenn sie jetzt alle Lebensmittel kaufen mussten, würden sie es bis zum Winteranfang schaffen, aber länger nicht.

Schon am nächsten Tag wurde Galina eine Arbeit im Straßenbau zugewiesen. Morgens wurde sie mit anderen Frauen und Männern auf einen Lastwagen geladen und zur Baustelle gefahren. Unter der sengenden Sonne bereiteten sie das Straßenbett vor, indem sie Schubkarre für Schubkarre Sand und Geröll abtrugen.

Ihre Hände waren von der Arbeit in der Wäscherei mit offenen Stellen übersät. Jetzt verbrannte die Sonne ihr gleich am ersten Tag Handrücken, Nase und Stirn. Lydia besorgte dünne Handschuhe und fabrizierte aus Draht und Stoff einen Hut mit breiter Krempe.

Mittags bekamen sie eine Mahlzeit, die oft schon kalt war.

An die anzüglichen Bemerkungen der Männer hatte sie sich bald gewöhnt und konnte sie ignorieren. Sie waren acht Frauen in der Kolonne, und sie lernte auch, dass einige ihrer Kolleginnen sich Arbeitserleichterungen verschafften, indem sie in der Pause mit dem einen oder anderen Mann verschwanden.

Wenn sie abends, nach zehn Stunden Arbeit, völlig erschöpft in die Stadt zurückfuhren, schlief Galina meist auf der Ladefläche ein. Anschließend hatte sie noch den einstündigen Weg ins Dorf vor sich. Sechs Tage die Woche war sie dreizehn bis vierzehn Stunden fort, und oft schliefen die Kinder schon, wenn sie heimkam. Es tat ihr weh, wenn Pawel und Ossip immer öfter versehentlich zu Lydia »Mama« sagten.

Als sie ihren ersten Lohn bekam, traute sie ihren Augen nicht. Sie hatte vierzig Rubel mehr in ihrer Abrechnung, als angekündigt waren. Sie zögerte, dachte an ein Versehen, aber dann nahm sie das Geld und ging hinaus. Vor der Tür traf sie auf Aivars Vanags, den Vorarbeiter der Teerkolonne, der ebenfalls seinen Lohn abgeholt hatte. Der stille, kräftige Mann mit dichten blonden Haaren und freundlichen dunklen Augen kam aus Lettland. Er lächelte sie wie immer schüchtern an.

Weil sie Angst hatte, dass man das Versehen bemerken könnte und sie bezichtigen würde, das Geld unterschlagen zu haben, erzählte sie ihm davon. Aivars schüttelte den Kopf. »Nein, das ist schon richtig. Der Zuschlag richtet sich nach den Kilometern, die wir schaffen.« Er wich ihrem Blick verlegen aus. »Das sind im Sommer oft einige Rubel, aber Sie sollten sparsam damit umgehen, Galina Petrowna. Im Winter schaffen wir nicht viel, weil wir morgens erst den Schnee wegräumen müssen und der Boden gefroren ist. Dann verdienen wir sehr wenig.«

Galina schöpfte Hoffnung. Die Scham, mit der sie im Winter Meschenow um Geld gebeten hatte, war gewichen. Wenn sie sparsam war und auch im kommenden Winter einen Bittbrief schicken könnte, würde sie ihre Kinder durchbringen. Als sie sich auf den Heimweg machen wollte, fragte Aivars, ob er sie ein Stück begleiten dürfe.

Zunächst gingen sie schweigend. Nach einer Weile begann Aivars, von Lettland zu erzählen, von der unerschöpflichen Vielfalt der Natur, von Riga und dem

Meer, das er als Steuermann eines Frachters befahren hatte. 1941 wurden Tausende von Letten zwangsumgesiedelt, und die, die sich widersetzt hatten, waren verbannt worden. Galina fühlte sich in seiner Gegenwart wohl und lachte mit ihm, als er ironisch bemerkte: »Als wir hier ankamen, habe ich gedacht, was wollen die mit einem Steuermann in der Steppe.«

Sie erzählte von sich, von ihren Kindern und Lydia, und dann brach ein Damm, und sie sprach von Ilja, der nach Wien gegangen war und damit ihre Verbannung verschuldet hatte, der sie ihrem Schicksal überlassen hatte, und jeder Satz war ihr bitter auf der Zunge. Aivars hörte aufmerksam zu, und ehe sie es sich versahen, waren sie in der Hüttensiedlung angekommen. Als sie sich verabschiedeten, gestand sie sich ein, dass sie seine Gegenwart genossen hatte. Und sie sah Lydia vor dem Haus sitzen. Lydia mit Angst und Treue im Blick und unruhig taumelndem Kopf.

KAPITEL 16

Er ging zügig durch den angenehm warmen Abend, wäre gerne den schmalen Wanderwegen, die in einen dichten Mischwald hineinführten, gefolgt, aber die Dämmerung hielt ihn auf der schmalen Straße, die weiter bergan führte. Die Nylontasche schlug im Rhythmus seiner Schritte gegen die Hüfte. Er geriet ins Schwitzen, sein Zorn wich, und mit ihm löste sich die Verkrampfung in Schultern und Händen. Er versuchte sich an Tjotja Alja zu erinnern. Sie war eine kleine, dralle Frau gewesen, die immer in Bewegung schien. Schon damals hatte sie in einem Büro gearbeitet. Einmal hatte er sie weinen sehen, und Babuschka Galina hatte zu ihm gesagt, sie sei traurig, weil jetzt feststünde, dass sie keine Kinder bekommen könnte. Er war fünf oder sechs Jahre alt gewesen, und abends hatte er seine Mutter gefragt, ob sie nicht noch ein Kind bekommen und es Tjotja Alja schenken könnte.

Es war halb elf, als er das Hotel wieder betrat. Das Schlafdefizit der vergangenen Nacht machte sich bemerkbar. Die Codekarte für sein Zimmer funktionierte nicht, und er ging noch einmal hinunter an die Rezeption. Der junge Mann lächelte und erklärte, dass er die Karte wahrscheinlich nicht lange genug habe stecken lassen. Er begleitete Sascha hinauf in den ersten Stock, aber auch seine Versuche, die Zimmertür zu öffnen, scheiterten. »Ein Codierfehler«, sagte er entschuldigend, »ich hole die Generalkarte.« Sascha wusste augenblicklich, dass es kein Codierfehler war.

Als er sein Zimmer endlich betreten konnte, fiel sein Blick zunächst auf den Alukoffer, der geöffnet auf dem Schreibtisch lag. An seinem Laptop hatte der Einbrecher kein Interesse gehabt. Das Bett war abgedeckt, die Matratze halb herausgezogen. Insgeheim beglückwünschte er sich, dass er die Lektionen, die er als Kleinkrimineller auf der Straße gelernt hatte, nie abgelegt hatte. Eine unumstößliche Regel war gewesen: Wichtige Dinge trägt man immer bei sich.

Er ging hinunter zur Rezeption. »Ist heute Abend irgendjemand abgereist?«, fragte er ruhig.

Der junge Mann schüttelte den Kopf. »Entschuldigen Sie, Herr Dörner, aber da kann ich keine Auskunft erteilen.«

Sascha lehnte sich über den Tresen und sagte leise: »In meinem Zimmer ist eingebrochen worden, darum hat die Schlüsselkarte nicht gepasst. Und wenn Sie nicht möchten, dass das hier die Runde macht, dann geben Sie mir jetzt Auskunft.«

Der Angestellte arbeitete mit hochrotem Kopf an der Tastatur seines Computers. »Nein, am Abend keiner. Die letzte Abreise war heute Morgen.« Er studierte den Bildschirm. »Heute Nacht sind nur Stammgäste und eine Gruppe Fahrradtouristen im Haus.« Er räusperte sich. »Ich muss die Hotelleitung informieren. Die Polizei. O Gott, die Polizei in unserem Haus.«

Sascha unterbrach ihn. »Ich habe nicht gesagt, dass etwas gestohlen wurde. Ich habe lediglich gesagt, dass jemand in meinem Zimmer war.«

Sascha rief sich die besetzten Tische auf der Terrasse in Erinnerung, während der Mann hinter dem Tresen ihn taxierte und offensichtlich darüber nachdachte, ob er es mit einem Spinner zu tun habe.

»Zu Abend gegessen haben ein Pärchen in Wanderkleidung, eine Familie, die Radfahrer und ein einzelner Herr«, zählte Sascha auf.

»Das kann schon sein«, beeilte sich der Portier, »aber unser Restaurant ist ab achtzehn Uhr für alle geöffnet, nur tagsüber gehört unsere Außenanlage ausschließlich den Hotelgästen.« Nicht ohne Stolz fügte er an: »Wir haben eine ausgezeichnete Küche und viele Besucher aus Bonn, die …«

Sascha unterbrach ihn. »Ist der Kellner noch da, der draußen bedient hat?«

Der Mann atmete erleichtert auf. »Auf der Terrasse«, sagte er, »Manuel räumt die Terrasse auf.«

Manuel schob einen Servicewagen vor sich her, als Sascha ihn fragte.

»Der Gast mit dem Buch? Ja, an den erinnere ich mich«, sagte der Kellner und blickte automatisch zu dem Tisch hinüber, an dem der Mann gesessen hatte.

»Ist er Gast im Haus?«

Manuel schüttelte sofort den Kopf. »Nein, das glaub ich nicht. Er hat bar bezahlt.«

Sascha wollte wissen, wann er gegangen war.

»Er schien es eilig zu haben. Ich meine, er hat kurz nach

Ihnen gezahlt.« Dann fügte er hinzu: »Er war Russe oder Pole oder so. Jedenfalls sprach er mit Akzent.«

Sascha wusste, dass er auf keinen Fall hier bleiben durfte. Er ließ sich ein Taxi rufen, stopfte die Nylontasche in den Alukoffer, zahlte die Hotelrechnung in bar und fuhr nach Bonn. Es war nach Mitternacht und die Stadt wie ausgestorben. Ampeln zeigten unsinniges Rot an leeren Kreuzungen. Bei einem dieser Stopps, als er sich absolut sicher war, dass ihm niemand folgte, reichte er dem Fahrer dreißig Euro und stieg aus. Er ging zu Fuß weiter, kaufte sich bei McDonald's einen Kaffee, und erst als er am anderen Ende der Stadt war, ging er an einen Taxistand und fragte nach dem nächstliegenden Hotel.

»Mövenpick«, schnauzte der Fahrer, »aber da brauchen Sie nun wirklich kein Taxi. Fünfhundert Meter die Richtung«, und dabei winkte er zum Fenster hinaus.

»Nein«, sagte Sascha. »Ein kleines Hotel oder eine Pension.«

Der Mann musterte ihn. »Es ist gleich zwei«, sagte er vorsichtig, »und Bonn ist ein großes Dorf.«

Sascha wartete.

»Das Etap«, sagte der Fahrer, »da kann man immer unterkommen.«

Sascha schüttelte den Kopf. Er konnte unmöglich seine eigene Kreditkarte oder seinen Ausweis benutzen, und den Pass, der auf Simon Dörner lautete, hatte Reger mitgenommen. »Hören Sie, ich brauche ein Bett für eine Nacht und bezahle bar.«

Der Taxifahrer blickte zur Frontscheibe hinaus, schien angestrengt nachzudenken. Dann nickte er langsam, so als wisse er jetzt, mit wem er es zu tun hatte.

»Wenn Sie im Voraus zahlen, können wir was versuchen, aber versprechen kann ich nichts.«

Er brachte Sascha in ein Stundenhotel in einer kleinen Seitenstraße. Das ganze Ambiente ließ ihn an Vika denken, an die schmuddelige Pension, in der sie untergekommen war. Vielleicht war sie in der gleichen Situation gewesen, in der er sich jetzt befand.

Er trug sich in ein Anmeldeformular ein. »Siebers«, schrieb er, »Georg«, und hätte beinahe, vor lauter Übermüdung, mit Grenko unterschrieben. Er zahlte bar, und der Mann hinter der Theke verlangte weder einen Ausweis, noch betrachtete er den Eintrag. »Hundert«, sagte er und klimperte mit einem Schlüssel.

Sascha legte das Geld auf den Tisch, nahm den Schlüssel und fand sich in einem kleinen düsteren Zimmer wieder. Die hellblau geblümte Tagesdecke aus Synthetik hatte ihre besten Tage gesehen. Als er sie vom Bett zog, atmete er erleichtert auf. Die Laken waren sauber und frisch. Es gab keine Dusche, nur ein Waschbecken. Er schrieb Reger, der sicher längst schlief, eine SMS: »Habe das Hotel wechseln müssen. Bin in Bonn.«

Dann wusch und rasierte er sich, schob den Alukoffer unter das Fußende seiner Matratze und fiel ins Bett. Wenige Minuten später schlief er tief und fest.

Schon um sieben klingelte sein Handy. Er berichtete kurz, was passiert war, und Reger wurde unruhig. »Die müssen die ganze Zeit an Ihnen dran gewesen sein, Grenko. Vielleicht wäre es doch klüger …«

»Nein!«, unterbrach Sascha ihn. »Ich bin mir sicher, dass ich den Mann abgehängt habe.«

Sie verabredeten sich für zehn Uhr auf dem Flughafen Köln/Bonn.

Reger saß in der Flughalle und las Zeitung. Die Morde an Vika F. im Holiday Inn und Carmen K. in der kleinen Pension in München waren auch heute auf der ersten Seite. Es war die Rede von rivalisierenden Banden aus dem Rotlichtmilieu. Die Pension, in der man Carmen K. gefunden hatte, war wohl einschlägig bekannt gewesen.

Als Sascha sich neben ihn setzte, reichte Reger ihm wortlos die Zeitung und betrachtete seinen jungen Mitarbeiter kummervoll.

»Grenko, wenn die in Bonn an Ihnen dran waren, dann wissen die auch, dass Sie als Simon Dörner unterwegs sind. Wenn Sie noch ein oder zwei Tage warten, besorge ich neue Papiere.«

Sascha schüttelte den Kopf, öffnete den Alukoffer und gab Reger die Nylontasche. »Darin sind alle Unterlagen in Kopie. Passen Sie gut darauf auf.«

Reger zögerte. »Wäre es nicht klüger, die Originale in Sicherheit zu bringen?«

»Nein, die gebe ich nicht aus der Hand.«

»Misstrauischer Hund«, knurrte Reger.

Dann griff er in seine Sakkotasche, händigte Sascha eine Flugreservierung aus und den Reisepass, ausgestellt auf Simon Dörner und mit einem Visum versehen.

»Simon Dörner ist Programmierer in der Firma Karlsmann Games in Frankfurt. Das Unternehmen arbeitet eng mit dem russischen Unternehmen Gamma 4 zusammen, die auch ein Werk in Almaty besitzen. Das nur, falls Sie nach dem Grund Ihrer Reise gefragt werden.« Aus seiner Jackentasche zog er einen Notizzettel und Bargeld. »Auf dem Zettel finden Sie unseren Kontakt in Almaty.«

Sascha betrachtete den Zettel, auf dem der Name Irina Bukaskina und eine Telefonnummer vermerkt waren. Er fächerte das Geld auf. Es mussten ungefähr dreitausend Euro sein. »Wenn Sie mehr brauchen«, sagte Reger ganz selbstverständlich, »rufen Sie an. Ich regele das dann über die Bukaskina.«

Er erhob sich und reichte Sascha die Hand. »Ich erwarte, dass Sie jederzeit für mich zu erreichen sind. Sollten Sie in einer Woche nicht wieder an Ihrem Arbeitsplatz sitzen, betrachten Sie sich als entlassen.« Ohne eine Antwort abzuwarten, drehte er sich um und verließ die Halle in Richtung Parkdecks.

Sascha sah ihm nach. Ihm war klar, dass er in Regers Unternehmen inzwischen eine wichtige Rolle spielte und viele der hochbezahlten Aufträge ohne ihn nicht erledigt werden konnten. Aber es gab andere, er war nicht unersetzlich. War er dabei, alles, was er sich in den letzten drei Jahren erarbeitet hatte, aufs Spiel zu setzen? Reger meinte, was er sagte, das hatte er oft bewiesen. Seine zweiunddreißig Mitarbeiter waren von ihm persönlich handverlesen, und er war ausgesprochen stolz auf seine Mannschaft, aber wenn jemand sich nicht an die Regeln hielt, warf er ihn gnadenlos raus.

Vor einigen Wochen hatten sie die Sicherung einer Vernissage übernommen. Der Künstler hatte Morddrohungen erhalten. Einer der langjährigen Fahrer Regers hatte den Wagen verlassen, ohne sich abzumelden. Er wollte sich im Restaurant gegenüber einen Kaffee besorgen. Er war in dieser Zeit zweimal angefunkt worden, und die Bodyguards in der Galerie meldeten an die Zentrale »Kontakt zum Wagen abgebrochen«.

Innerhalb von wenigen Minuten waren zehn weitere Männer vor Ort gewesen. Als sich der Sachverhalt geklärt hatte, erschien Reger persönlich. Der Fahrer hatte noch am selben Abend seine Papiere bekommen.

Der Flug ging über Amsterdam und sollte, inklusive der Wartezeit in den Niederlanden, sechzehn Stunden dauern. Als Sascha nach drei Stunden Aufenthalt in Amsterdam die Maschine nach Almaty bestieg, ließ er die anderen Fluggäste vor und achtete darauf, welche Passagiere auch auf dem Flug Köln–Amsterdam an Bord gewesen waren. Es waren vierzehn. Der Mann, der auf der Terrasse des Hotels gesessen hatte, war nicht dabei.

Er war bereits auf der Gangway, als er die Durchsage hörte. »Letzter Aufruf für Herrn Dmitri Kalugin, Flug 4512 nach Almaty. Bitte melden Sie sich an Gate 22.« Sascha blieb einen Augenblick stehen. Dmitri Kalugin? Man hätte die Strecke Köln–Amsterdam inzwischen auch spielend mit dem Auto schaffen können. Sascha ging an Bord. Selbst wenn es der Mann sein sollte, er würde es wohl nicht wagen, ihn im Flugzeug anzugreifen.

Reger hatte erster Klasse gebucht, und Sascha fragte die Stewardess nach dem Start, ob Herr Kalugin seinen Flug noch erreicht habe. Sie lächelte zufrieden. »Ja, in letzter Minute.«

Er nahm sein Laptop. Ihm fehlten die Programme, die er im Büro benutzte, aber er konnte es zumindest versuchen. Er gab Kalugin, Dmitri ein. Wider Erwarten landete er einen Treffer. Dmitri Kalugin war Übersetzer für slawische Sprachen und wurde als freier Mitarbeiter einer Dolmetschervermittlung geführt. Sitz des Vermittlungsbüros war Köln.

KAPITEL 17

U m fünf in der Frühe heulte die Sirene über das Gelände. Die Männer liefen zur Essensbaracke, drängelten an der Essensausgabe, und Ilja war einer der Letzten, der einen Blechnapf mit Hirsebrei und ein Stückchen Brot entgegennahm. Kaum dass er saß, jaulte die Sirene erneut und rief zum Morgenappell. Er schlang den Brei hinunter und steckte das Brot in die Hosentasche. Auf dem Weg zum Appellplatz hielt er Ausschau nach Rybaltschenko. Er lief um die Essensbaracke herum, rief nach ihm. Zwei andere verwahrloste Gestalten standen am Hintereingang zur Küche. Der Koch trat nach ihnen.

Auf dem Appellplatz standen sie in Zehnerreihen. Zwanzig Reihen zu je zehn Mann. Still standen sie, unbeweglich. Eine Viertelstunde? Zwanzig Minuten? Dreißig? Nichts geschah. Die Kälte der Nacht lag noch in der Luft, und als Ilja zu zittern begann, zischte Juri neben ihm: »Verdammt, wieso hast du keine Jacke?«

Es war ihnen nicht erlaubt zu reden, und Ilja flüsterte, dass er sie gegen Schuhe im Magazin eingetauscht habe, sie aber zurückbekäme, wenn er genug Tabak verdient habe. Stas stand hinter ihm und gab ein leises »Idiot« von sich.

Aus den Augenwinkeln nahm Ilja wahr, dass Juri mit einem kleinen, drahtigen Mann, der am anderen Ende der Reihe stand, Blicke wechselte. Er war auffällig gut gekleidet und wohl der Einzige, dessen Kopf nicht geschoren war. Sein dunkles Haar war ordentlich nach hinten frisiert. Er trug geputzte Lederschuhe, und für einen Moment meinte Ilja, an seinem Handgelenk eine Uhr aufblitzen zu sehen.

Endlich kam der Lagerkommandant, und sie zählten durch. In Fünferreihen, eskortiert von Aufsehern mit Hunden, ging es zum Tor hinaus den zwanzigminütigen Fußmarsch zum Schacht.

Zwei Reihen vor ihm ging Juri jetzt direkt neben dem Mann mit den geputzten Schuhen. Sie sprachen leise miteinander.

Eine Frau stand am Schachteingang, öffnete die Gittertür eines Käfigs, in dem zehn Männer Platz fanden und der sie hinunter zu ihren Arbeitsplätzen brachte. Sie bediente einige Hebel, und der Käfig senkte sich ruckelnd in die Tiefe. Die Männer machten ihr, während sie oben warteten, derbe Komplimente und unverhohlene Angebote. Die Frau hieß Ljudmila und nahm die Bemerkungen der Häftlinge mit einem gutmütigen Lächeln hin. Von Stas erfuhr er, dass sie eine »Bürgerin« war und in Workuta lebte. »War zehn Jahre im Frauenlager«, sagte er, »dann hat sie den Sprengmeister geheiratet.« Ilja verstand nicht, wie man freiwillig in dieser Einöde bleiben konnte und nicht in die Heimat zurückkehrte.

»Wovon denn?«, blaffte Stas. »Sie schicken dich vor das Lagertor und sagen: Du bist frei. Wie willst du nach Hause kommen, mit leeren Taschen?«

Die 35. Brigade arbeitete im Seitenstollen 10. Wenn der Sprengmeister, ebenfalls ein ehemaliger Häftling und jetzt »Bürger«, das kohlehaltige Gestein abgesprengt hatte, war es ihre Aufgabe, die Gesteinsbrocken auf Schubkarren zu laden und zu den Loren im Hauptstollen zu transportieren.

Juri teilte sie ein. Fünf Mann befüllten die Schubkarren, fünf schoben sie zum Hauptstollen, und zwei arbeiteten an den Loren. Sie hievten die Karren eine schmale Bretterrampe hinauf und kippten die Ladungen in die Loren. So entstand ein funktionierender Kreislauf. Die volle Schubkarre wurde neben die Lore gestellt und die zuletzt geleerte mit zurückgenommen, wo wieder eine befüllte auf sie wartete.

Ilja war der zweiten Gruppe zugeteilt, schob die Schubkarren hin und her. »Dreihundert Meter«, hatte Stas gesagt, »wir sind dreihundert Meter unter der Erde«, und Ilja kämpfte gegen die Beklemmung an, die der Gedanke bei ihm auslöste. Der Seitenstollen war an etlichen Stellen so niedrig, dass Ilja nur gebückt gehen konnte. Sein Rücken schmerzte bald unerträglich. Seine Muskulatur war vom wochenlangen untätigen Sitzen in der Zelle und im Waggon geschwächt. Der Kohlenstaub lag wie schmutziger Nebel in der Luft, machte das Atmen schwer und klebte auf der Haut. Schon nach zwei Stunden merkte er, dass er langsamer wurde, dass er den Kreislauf ins Stocken brachte. Ihm war klar, dass das Schieben der Karren die leichteste Arbeit war und dass Stas und ein Mann, den sie

Lew nannten, an den Loren den schwersten Teil übernahmen.

Nach einer weiteren Stunde, die Ilja nur mit Mühe schaffte, gab es eine halbe Stunde Pause. Sie sammelten sich im Hauptstollen, wo die Luft nicht ganz so drückend schien, und setzten sich neben die Loren. Ein Eimer Wasser mit einer Kelle darin machte die Runde. »Was machen wir?«, fragte einer der Männer. Juri schnaubte. »Er ist zu groß«, sagte er schließlich, und Ilja begriff, dass es um ihn ging.

»Beladen«, sagte Juri entschieden, »da kann er uns nicht viel versauen.«

Ilja schloss die Augen, dachte an Rybaltschenko und an Stas' Worte: »Wir schleppen keinen mit durch.«

Ohne nachzudenken, sagte er: »Ich schaffe das. Ich muss mich daran gewöhnen, aber ich schaffe das.«

Die Männer schwiegen, und die Stille kroch in die Seitenstollen, breitete sich aus, und er wusste, dass sie nicht daran glaubten.

Juri stand auf und teilte mit kurzen Kommandos die Gruppen neu ein. Beim Beladen der Schubkarren arbeitete Stas jetzt neben Ilja, und Juri blieb bei den Loren. Nach den ersten beiden Füllungen gab Stas Ilja seine Handschuhe und zeigte ihm, wie man sich bewegen musste, um möglichst wenig Kraft zu investieren. Ilja besann sich auf die mathematischen Regeln der Musik, stellte sein inneres Metronom auf sechzig Schläge. Wie betäubt arbeitete er sich mit den immer gleichen Bewegungen diesen Takt entlang, stumpf wie eine Maschine.

Nach drei Stunden gab es eine weitere halbstündige Pause. Er taumelte durch den niedrigen Stollen zu den

Loren. Sein Körper schmerzte, und als er auf dem Boden saß und einer der Männer ihm eine Kelle Wasser reichte, wartete er auf das vernichtende Urteil. Aber niemand kommentierte seine Arbeit. Stattdessen sagte Juri: »Du bleibst beim Beladen.«

Er zog das Stück Brot aus seiner Hosentasche, das er morgens für Rybaltschenko eingesteckt hatte, das er ihm doch hatte geben wollen, wenn sie zurück im Lager waren. Er aß es gierig und beschämt.

In den nächsten drei Stunden fand er nicht zurück in seinen Rhythmus, merkte, dass seine Schubkarren nicht so voll waren wie die der anderen. Als sie endlich in den Käfig stiegen, stand er ans Gitter gelehnt und meinte, den Weg ins Lager nicht mehr zu schaffen. Es war still im Aufzug, die schwarzen Gesichter erschöpft und ausdruckslos. Oben nahm Ljudmila sie in Empfang, und jetzt machte ihr niemand, wie noch am Morgen, Komplimente oder zweideutige Angebote.

Zwei Wachmänner brachten sie zu einer Holzhütte. Über der Tür stand »Waschraum«. Vor dem Eingang zogen sie sich aus und klopften den Kohlestaub aus Hosen, Hemden und Jacken. Juri bekam ein Stück Seife ausgehändigt. Das Wasser in den Schüsseln war kalt, die Seife wurde von Mann zu Mann gereicht, und als sie die Hütte verließen, streckte ein Wachmann die Hand aus und Juri gab die Seife zurück.

Sie wurden zum Lager eskortiert, der gutgekleidete Mann ging wieder neben Juri. Man sah ihm seinen Arbeitstag nicht an. Immer noch hatte keiner der Männer etwas zu Iljas schlecht gefüllten Schubkarren gesagt. Der Abendhimmel schimmerte in der Ferne rosa, und Ilja dachte an Gerschow. »Dort liegt Gerschow, genau unter diesem Stück Himmel«, dachte er, und für einen Moment sehnte er sich danach. Nach dieser Gerschowruhe.

Er ging außen, Stas neben ihm. Immer wieder rutschte und stolperte er auf dem schlammigen Weg. Stas griff jedes Mal nach ihm. »Wenn du die Reihe verlässt«, schimpfte er flüsternd, »gilt das als Fluchtversuch und sie knallen dich ab. Also pass gefälligst auf.« Wie betäubt nickte er und dachte: »Sollen sie doch.«

Auf dem Appellplatz zählten sie erneut durch. Ilja wankte. Er hörte Juri »Hundert Prozent, zwölf Männer« rufen und konnte es nicht glauben.

An der Essensausgabe wiederholte Juri die Angaben und schob Ilja vor sich her. Er bekam die erste Schüssel Suppe und ein großes Stück Brot. Obwohl die Schüssel gut gefüllt war, nahm Juri sie Ilja aus der Hand und reichte sie zurück. »Fett«, schimpfte er, »wir brauchen Fett!« Der Koch schöpfte knurrend aus einem anderen Topf eine weitere Kelle mit undefinierbaren Fischstücken dazu.

Ilja aß gierig. Er spürte, wie mit jedem Löffel Suppe, mit jedem Bissen Brot ein wenig Leben in ihn zurückkehrte. Seine Hände schmerzten, er konnte kaum den Löffel halten. Als nur noch ein kleiner Rest in der Blechschüssel war, fiel ihm Rybaltschenko ein. Vielleicht würde er vor der Baracke sein. Und noch während er das dachte, steckte er sich das letzte Stückchen Brot in den Mund. Zutiefst beschämt kaute er, spürte Tränen aufsteigen, verdeckte die Augen mit der Hand. Er war sich fremd geworden.

Als er die Baracke verließ, sah er Rybaltschenko an einer der Seitenwände kauern, den Oberkörper hin und her schaukelnd. Er ging nicht zu ihm. Voller Abscheu für sich selbst lief er zur Schlafbaracke, wollte nur noch schlafen und vergessen.

Die Männer seiner Brigade saßen mit anderen Häftlingen vor der Baracke. Auf Steine gelegte Bretter dienten als Bänke. Sie rauchten. Als er näher kam, sah er den Mann aus dem Magazin eilig davongehen. Juri stand auf und reichte Ilja die Jacke, die er verpfändet hatte. »Du wirst mit einem Urka nie wieder einen Handel machen. Wenn du ein Problem hast, kommst du zu mir, ist das klar?«

Ilja nahm die Jacke und bedankte sich. Kolja, der Barackenälteste, rückte auf und machte ihm Platz, aber er schüttelte den Kopf und ging wortlos zu seinem Schlafplatz.

Seine letzten Gedanken galten der Jacke. Er meinte, dass die Rückgabe etwas mit dem auffälligen Häftling zu tun hatte, dem Mann, mit dem Juri auf dem Weg zum Schacht geredet hatte.

KAPITEL 18

Aivars war bald mehr als nur ein Arbeitskollege, wurde ein guter Freund. Er wohnte am Stadtrand, in einem winzigen Zimmer hinter einer Schusterei, in der bis in die Nacht Licht brannte und beständig ein feines Klopfen zu hören war. Sonntags ging Galina mit den Kindern zum Krankenrevier und besuchte Olga, und manchmal trafen sie sich danach auch mit Aivars. Sie schlenderten durch die Straßen, und Aivars erzählte den Kindern Geschichten aus Lettland, sprach von Feen, Trollen und Seeräubern, und Galina hörte das Heimweh in seiner Stimme.

Lydia machte aus ihrer Abneigung keinen Hehl, nannte ihn abfällig den »Letten«. Galina beruhigte sie, sagte: »Du musst dir keine Sorgen machen. Du gehörst doch zu mir und den Kindern. Wir verlassen dich doch nicht.« Aber Lydia blieb misstrauisch.

Wie im Jahr zuvor kam der Winter über Nacht. Im November blies der Wind über die unendliche Ebene und trieb der Arbeitskolonne den Schnee ungebremst entgegen. Immer wieder mussten sie die Baustellen freischaufeln, um dann mit Pickeln den gefrorenen Boden zu lockern. Eingepackt in sämtliche Kleidungsstücke, die sie besaßen, sahen sie aus wie Larven kurz vor der Verpuppung. Die Bewegungen waren ungelenk und anstrengend, und sie schafften nur einen Bruchteil der vorgegebenen Strecke. An Galinas Fingerknöcheln zeigten sich erste Erfrierungen. Unter blassen Hautstellen lagen schmerzhafte Schwellungen.

Der Lohn für den Oktober war karg gewesen, aber was ihnen im November ausgezahlt wurde, reichte zum Leben nicht aus. Im Dezember schrieb Galina erneut einen Bittbrief an Meschenow. Ihre Finger schmerzten, und die feinen Bewegungen beim Schreiben fielen ihr schwer. Ihre einst so schön geschwungene Schrift lag jetzt zittrig und kantig auf dem Papier. Sie schrieb:

»… Haben Sie etwas von Ilja gehört? Ein Lebensseichen? Wissen Sie, wo er sich aufhält? Dass er mich nicht erreichen kann, ist mir ja verständlich, aber ich kann mir kaum vorstellen, dass er Sie, werter Michail Michajlowitsch, seinen väterlichen Freund und Lehrer, vergessen hat.«

Zum Ende hin bat sie ihn erneut um etwas Geld, entschuldigte sich für die unsaubere Schrift und sprach ihren Dank aus.

Der Arzt, der das Schreiben mit nach Moskau nahm, kam Anfang Januar zurück. Inzwischen war der Hunger bei Galina, Lydia und den Kindern ein ständiger Gast. Sie ernährten sich von immer dünner werdender

Getreidesuppe und warteten sehnlich auf Meschenows Antwort. Der Brief, den Olga ihr am 14. Januar 1950 überreichte, war nicht von Meschenow, das erkannte Galina bereits an der Schrift auf dem Kuvert. Geschrieben hatte ihn Meschenows Tochter Sonja. Er war kurz und endgültig. Ihr Vater sei sehr krank, und der Verdacht, er habe Kontakt zu Ilja Wassiljewitsch Grenko, sei unerhört.

Ihr Schicksal, Galina Petrowna, ist bedauernswert, und mein Vater hat mich angewiesen, Ihrer Bitte zu entsprechen und Ihnen noch einmal Geld zu schicken. Er ist sehr krank, und der Brief hat ihn außerordentlich aufgewühlt. Ich erwarte, dass Sie sich zukünftig nicht mehr an ihn wenden und seiner Gesundheit nicht weiteren Schaden zufügen.

Galina empfand Bedauern für Meschenow, aber gleichzeitig machte sich Zorn in ihr breit. Sie hatte Sonja vor einigen Jahren kennengelernt. Damals war sie ein schüchternes Mädchen von zwölf oder dreizehn Jahren gewesen, die Ilja angehimmelt hatte. Inzwischen musste sie achtzehn oder neunzehn sein. Wortwahl und Schrift zeigten eine ausgesprochen selbstbewusste junge Frau, und sie war wohl inzwischen verheiratet, denn der Brief war mit Sonja Michajlowna Kopejewa unterschrieben.

Der Umschlag enthielt die gleiche Summe wie im Vorjahr.

Ein letztes Mal!

Sie nahm das Geld, las noch einmal die Zeile: »… ist es

unerhört anzudeuten, mein Vater könne Kontakt zu einem Landesverräter haben …«, und warf den Brief in den Ofen.

In den Monaten danach lebten sie so sparsam wie möglich, saßen abends im Dunkeln, um kein Petroleum für die Lampen zu verschwenden, ließen die Mäntel im Haus an und hielten das Feuer im Ofen, wann immer es ging, klein.

Im Mai 1950 verbreitete sich unter den Arbeitern in Windeseile ein Gerücht. In Alma-Ata, hieß es, würden neue Fabriken gebaut und Arbeitskräfte gesucht. Die Arbeitsbedingungen und die Bezahlung seien besser und, was das Wichtigste war, auch Verbannte konnten sich an die Kommandantur wenden und um eine Verlegung nach Alma-Ata ersuchen.

Aivars war entschlossen, den Antrag zu stellen. Er hatte von fruchtbarem Land gehört, vom Tian-Schan-Gebirge, von Wäldern und fischreichen Flüssen. »Weg aus dieser öden Steppe«, flüsterte er eindringlich. »Die Winter sind milder dort, die Sommer länger. Es heißt, am Stadtrand hätten viele einen eigenen kleinen Gemüsegarten. Ich bin sicher, dass wir ein besseres Leben haben werden.«

Er hatte »wir« gesagt. Sie sah in seinen Augen diesen Schimmer, der mehr war als Freundschaft und der sich in ihren Augen nicht widerspiegelte. Aivars war zuverlässig, hatte eine ruhige überlegte Art, und auch die Kinder mochten ihn gern. Sie konnte sich vorstellen, mit ihm zu leben, und wenn sie zu zweit wären, dann könnten sie dem Hunger, der hier im nächsten Winter unvermeidlich auf sie zukommen würde, vielleicht entgehen.

Aber da war auch Lydia. Sie galt als nicht arbeitsfähig, ihr würde man einen Wechsel des Verbannungsortes nicht bewilligen.

Als Galina zu Hause zum ersten Mal vorsichtig von Alma-Ata sprach, brach Lydia in Tränen aus, und der inzwischen dreieinhalbjährige Ossip fiel in das Weinen ein und klammerte sich an die alte Frau.

Am nächsten Tag sagte Galina zu Aivars, dass sie nicht fortkönne, dass sie Lydia nicht alleine zurücklassen dürfe. »Ohne Lydia«, sagte sie, »hätte ich die Zeit hier nicht überstanden. Ich kann sie nicht zurücklassen.«

»Dann müssen wir eine Erlaubnis kaufen«, antwortete er ganz selbstverständlich.

Eine Woche später investierte Galina einen Teil des letzten Geldes von Meschenow in die Bestechung eines Angestellten der Kommandantur. Mit klopfendem Herzen standen sie vor dem Schreibtisch. Aivars schob die Anträge auf Ortswechsel zusammen mit seinen, ihren und Lydias Papieren über den Tisch.

Zwischen die Blätter hatten sie einen ganzen Monatslohn gelegt. Der Angestellte entdeckte das Geld, sah sie misstrauisch an und studierte dann die Dokumente. Wortlos ging er mit den Papieren und dem Geld in einen hinteren Raum. Galina spürte ein Zittern in den Knien, sah, dass Aivars der Schweiß auf der Stirn stand. Es dauerte mehrere Minuten, und sie musste sich zwingen, stehen zu bleiben, sich nicht umzudrehen und kopflos davonzulaufen. Endlich kam der Mann zurück, händigte Aivars die Papiere aus und blaffte: »Der Nächste.«

Als die schwere Tür der Kommandantur hinter ihnen zufiel, wankte Galina. Aivars zog Lydias Dokument hervor. »Nicht arbeitsfähig«, stand unverändert da, aber darunter war hinzugefügt: »Verlegung des Verbannungsortes von Karaganda nach Alma-Ata.«

Waren sie gerannt? Hatte sie gesungen? Sie wusste es später nicht mehr. Sie wusste, dass sie gedacht hatte: Endlich haben auch wir einmal Glück.

Lydia küsste Aivars und nannte ihn zum ersten Mal bei seinem Namen.

Am Tag vor ihrer Abreise verwerteten sie die Getreidereste und backten mehrere Brote.

In aller Frühe packten sie ihre dürftige Habe in zwei Koffer, breiteten Decken auf dem Boden aus, legten die beiden Töpfe, das Geschirr, die Petroleumlampe, Lydias Puppen und Stoffreste hinein und schnürten ein tragbares Bündel.

An diesem Morgen zog Galina nach langer Zeit wieder die Reisetasche hervor, nahm die Mappe mit den Zeitungsausschnitten und die losen Kartonseiten mit den Fotos zur Hand. Für einen Augenblick dachte sie darüber nach, alles zurückzulassen, endgültig abzuschließen mit dem alten Leben, das inzwischen so fern war, fremd und unwirklich. Sie strich über das Foto, das sie kurz nach der Geburt Ossips aufgenommen hatten. Wie selbstverständlich ihr dieses Familienglück und der Wohlstand gewesen waren. Wie unantastbar.

Ilja saß neben ihr, den zweijährigen Pawel auf seinem Schoß, den Blick auf Ossip gerichtet, den sie im Arm hielt. Wie verantwortungsvoll er gewirkt hatte. Er hatte gesagt, dass seine kleine Familie sein größtes Glück sei und wie sehr er sie auf seinen Reisen vermissen würde. Dieses Foto hatten sie für ihn gemacht. Es hatte ihn auf seine Konzerttourneen begleitet, aber bei seiner Flucht hatte er es zurückgelassen. Hätte sie daran erkennen müssen, dass er bereit gewesen war, ein neues Leben ohne sie zu beginnen?

Entschlossen packte sie das Bild zurück und stellte die Tasche auf Lydias Handwagen, mit dem sie ihre Habe zum Bahnhof zogen. An jenem Morgen, so meinte sie später, habe sie sich für Aivars entschieden.

Er erwartete sie auf dem Bahnhof.

Auch andere saßen mit ihren ärmlichen Besitztümern ängstlich und hoffnungsvoll zugleich auf den Holzbänken. Aivars wirkte geradezu ausgelassen. Er nahm sie in den Arm und erzählte, dass es, schon einen Tag nachdem sie ihre Papiere erhalten hatten, keine Reiseerlaubnis für Verbannte mehr gegeben hatte. »Zu viele«, sagte er, »zu viele wollen weg, und wir haben es geschafft, Galina.«

Es gab keine feste Abfahrtszeit, der Zug sollte im Laufe des Tages eintreffen. Die Reise würde etwa drei Tage dauern, aber sie wussten alle, dass es auch doppelt so lange werden konnte. Gegen Mittag hörten sie in der Ferne das schwere Stampfen der Lok, und die Menschen griffen aufgeregt nach ihren Koffern und Bündeln. Das Gedränge war groß, der Zug überfüllt. Galina und Lydia reichten Aivars das Gepäck durchs Fenster, dann bestieg Lydia mit Ossip auf dem Arm den Zug. Galina nahm Pawel an die Hand und wollte die drei schmalen Tritte hinaufsteigen, aber Pawel war, seit der Zug eingefahren war, ganz still und steif geworden. Jetzt, als er sich keinen Schritt vorwärtsbewegte, wurden auch bei ihr die Bilder ihrer letzten Reise wieder lebendig. Sie bekam kaum Luft, war wie erstarrt. Die

Nächte, die Schreie der Frauen, der alkoholschwere Atem der Wachmänner, die Angst, der Hunger.

Der schrille Ton einer Trillerpfeife ertönte. Lydia rief mit Panik in der Stimme ihre Namen aus dem Zugfenster. Aivars sprang heraus, hatte intuitiv verstanden, was in ihnen vorging. Er nahm Pawel auf den Arm, sprach zu dem Kind, versuchte mit seinen Worten gleichzeitig sie zu erreichen: »Das hier ist ein anderer Zug, eine andere Reise. Es wird nichts passieren, das verspreche ich.« Mit zitternden Knien und von Aivars geschoben, bestieg sie im letzten Moment den Zug.

Lange saß sie zusammengekauert auf der schmalen Holzbank und starrte vor sich hin. Hörte das Rattern der Räder unter sich, und jedes »Ratata-Ratata« weckte vergessen geglaubte Bilder an den Transport von Moskau nach Karaganda. Sie waren schon über eine Stunde unterwegs, als Aivars einen Mitreisenden ansprach, der eine Flasche Wodka bei sich hatte. Die Flüssigkeit brannte ihr in der Kehle, holte sie zurück in die Wirklichkeit und vertrieb die Erinnerungen. Sie hob den Blick, nahm wahr, dass die Fenster nicht mit Brettern vernagelt waren, dass sie hinaussehen konnte, wo das karge Land an ihnen vorbeizog. Pawel, der immer noch auf Aivars' Schoß saß, schien sich gefangen zu haben.

Endlich lächelte sie. »Es wird schon gutgehen«, sagte sie zu den Kindern und wusste doch, dass sie sich damit selbst Mut zusprach.

Alma-Ata sollte die richtige Entscheidung gewesen sein. Das mildere Klima, der Blick auf das Tian-Schan-Gebirge mit seinen bewaldeten Hängen und schneebedeckten Gipfeln, das fruchtbare Land mit den Obstwiesen, alles war wie ein Versprechen. In einer Siedlung am Stadtrand bekamen sie eine Wohnung, die aus zwei kleinen Zimmern mit einem Waschbecken bestand. Die Toilette war auf dem Flur.

Sie meldeten sich auf der Kommandantur. Aivars wurde auch hier im Straßenbau eingesetzt, Galina in einer Textilfabrik. Die Arbeit war hart, aber sie kamen zurecht, und nach einem Jahr bekam Aivars ein Stückchen Brachland, sechs Kilometer außerhalb der Stadt, zur Bewirtschaftung zugesprochen. Er baute aus rohen Brettern eine Datscha, pflanzte Obstbäume, und Lydia legte einen Gemüsegarten an.

Mit seiner stillen Zuverlässigkeit gewann Aivars Galinas Zuneigung. An einem Abend, den sie alleine in der Datscha verbrachten, gab sie sich ihm hin, nahm wie eine Ertrinkende seine Zärtlichkeit in sich auf. Endlich, so schien ihr, war sie angekommen. Angekommen in einem neuen Leben.

Die Jungen besuchten die Schule, Lydia machte sich von Frühling bis zum Spätherbst täglich zu Fuß auf den Weg zur Datscha. Im Sommer konnte sie sogar Teile ihrer reichhaltigen Ernte auf dem Wochenmarkt verkaufen. Das unstete Wanken ihres Kopfes verlor sich nun ganz.

Einmal im Monat meldeten sie sich wie Hunderte andere auf der Kommandantur. Dieser monatliche Gang erinnerte sie daran, dass sie immer noch Verbannte waren. Dieser Gang und Aivars' Heimweh, das in seinen Augen lag, wenn sein Blick in die Ferne schweifte und er von Lettland erzählte. Das Heimweh, das in seiner Stimme lag, wenn er, nachdem sie miteinander geschlafen hatten, sagte: »Irgendwann werden wir frei sein.

Dann gehen wir nach Hause, und du wirst meine Frau.«
In solchen Momenten strich sie ihm zärtlich durch sein
dichtes Haar und schwieg.

Jahre später würde sie sagen: »Wir hatten ausreichend
zu essen und waren voller Zuversicht. Sieben Jahre
lang.«

KAPITEL 19

E r hatte versucht zu schlafen, aber die Information, dass Kalugin aus Köln kam, machte ihn unruhig. Gegen ein Uhr in der Nacht verließ er seinen Sitzplatz, sagte der Stewardess, dass er sich ein wenig die Beine vertreten wolle, und schlenderte den Gang entlang.

Die meisten Passagiere schliefen, einige wenige verfolgten über Kopfhörer eine Komödie auf den kleinen Bildschirmen. Der Mann, der auf der Hotelterrasse ein Buch gelesen hatte, war nicht an Bord. Erleichtert kehrte Sascha zurück an seinen Platz.

Die Abfertigung in Almaty verlief problemlos. Immer wieder sah er sich um, prägte sich die Gesichter der männlichen Passagiere ein. Da er nur Handgepäck mit sich führte, gehörte er zu den Ersten, die den Zoll passierten. Zielsicher kam eine Frau auf ihn zu. Sie trug Jeans und eine kurze, gewebte Jacke in verschiedenen Rottönen. Das braune Haar war zu einem kunstvollen Knoten zusammengesteckt. Dunkle Augen taxierten ihn kritisch, bevor sie ihm die Hand entgegenstreckte. Die hohen Wangenknochen gaben ihrem Gesicht etwas Asiatisches. Ihr Alter war schwer zu schätzen. Vermutlich war sie ungefähr in seinem Alter.

»Sascha Grenko? Mein Name ist Irina Bukaskina. Ich hoffe, Sie hatten einen guten Flug«, sagte sie in gebrochenem Deutsch. Er ergriff ihre Hand, begrüßte sie auf Russisch und sah sie erleichtert aufatmen.

»Sie sprechen Russisch. Das ist gut. Hier entlang bitte.« Sie ging ihm voraus in Richtung Ausgang. Auf dem Parkplatz bestiegen sie einen alten dunkelgrünen Lada, der an etlichen Stellen mit grauer Grundierung behandelt worden war.

Der Morgen war kühl. Im Norden, über dem schneebedeckten Gipfel des Pik Talgar, lag bereits das sommerliche Blau des anbrechenden Tages. Sascha war als Kind zweimal zum 9. Mai, dem Tag des Sieges, der das Ende des Zweiten Weltkrieges feierte, in Alma-Ata gewesen. Die Bilder seiner Erinnerung hatten nichts mit der Stadt gemein, die sie jetzt durchquerten. Eine Silhouette aus modernen Bürotürmen lag vor dem Gebirge, Kräne ragten auf, und die breiten Straßen pulsierten wie Blutbahnen durch die Stadt.

Damals waren Paraden durch die Straßen gezogen. Die Menschen hatten dicht gedrängt am Straßenrand gestanden, und er hatte die Hand der Mutter fest umklammert. Von der Parade hatte er nicht viel gesehen, aber die Marschmusik meinte er noch im Ohr zu haben. Auf dem Heimweg war er fest davon überzeugt gewesen, dass Alma-Ata die größte Stadt der Welt war.

Irina fuhr ins Zentrum. Ihre Wohnung lag im sechsten Stock eines verwitterten Siebziger-Jahre-Blocks am

Rande eines Parks. Die Eingangstür schien mehrmals aufgebrochen worden zu sein, der Aufzug war mit Graffiti übersät und roch nach Schweiß und Urin. Umso mehr überraschte ihn die geschmackvoll eingerichtete kleine Wohnung. Sorgfältig restaurierte alte Möbel, kombiniert mit funktionalem Glas und hellem Holz. Im Wohnzimmer lagen große bunte Sitzkissen auf einem alten Perserteppich. In der Mitte stand ein niedriger Tisch.

Das Fenster gab den Blick auf den Park frei. In der Grünanlage glitzerten zwischen hohen alten Bäumen kleine Teiche. Der Gebirgszug schien in der klaren Morgenluft unmittelbar hinter der Stadt zu beginnen.

Sie zeigte ihm das Bad und zog sich zurück. Als er geduscht und sein letztes frisches T-Shirt angezogen hatte, fand er sie in der Küche. Auf der Arbeitsfläche stand ein reichverzierter alter Samowar neben einer modernen Espressomaschine. Irina bot ihm Brot und Marmelade an. Sie lächelte entschuldigend. Ein Grübchen zeigte sich auf ihrer linken Wange und gab ihrem Gesicht eine interessante Asymmetrie. »Ich bin selten zu Hause, darum habe ich immer nur das Nötigste da.« Sie hatte die Jacke ausgezogen, trug ein Top, das ihre gebräunten Arme frei ließ.

Sie legte eine Mappe auf den Tisch, und während sie Teesud in ein Glas goss und heißes Wasser dazugab, kam sie zur Sache.

»Sie haben um zehn Uhr eine Verabredung mit Ihrer Tante. Drüben im Park. Sie ist bereit, mit Ihnen zu sprechen.«

Sascha schluckte. »Drüben im Park« und »Sie ist bereit, mit Ihnen zu sprechen«, das klang so distanziert, so gar nicht nach Tjotja Alja, wie er sie in Erinnerung hatte.

Irina schien seine Gedanken zu erraten und sagte: »Ihre Tante war mir gegenüber ausgesprochen misstrauisch. Sie wollte einen öffentlichen Platz, und ich habe ihr den Park vorgeschlagen.«

Sascha schluckte. »Weiß sie, warum ich hier bin? Ich meine … weiß sie, was mit Vika geschehen ist?«

»Nein. Ich habe ihr lediglich gesagt, dass ich sie in Ihrem Auftrag ausfindig gemacht habe und dass Sie sie gerne wiedersehen würden. Ich hatte den Eindruck, dass sie mir nicht so recht glaubte.«

Sascha betrachtete sie nachdenklich. »Was machen Sie eigentlich beruflich, und was haben Sie mit Reger zu tun?«

Irina lächelte. »Misstrauen scheint bei Ihnen in der Familie zu liegen. Reger kenne ich persönlich nicht, ich habe lediglich einmal mit ihm telefoniert.« Nach einer kurzen Pause ergänzte sie: »Er hat einen Freund kontaktiert, und der hat den Auftrag an mich weitergegeben.« Die Frage, was sie beruflich machte, beantwortete sie nicht.

Sie blickte auf einen alten Wecker, der neben der Spüle stand. Dann schob sie ihm einen Wohnungsschlüssel über den Tisch. »Sie müssen los. In der Mitte des Parks gibt es eine Holzbrücke. Ihre Tante wird dort sein.«

Er hätte sie nicht erkannt. Ihr Haar war von grauen Strähnen durchzogen, sie war noch rundlicher geworden, und in seiner Erinnerung war sie größer gewesen. Alja hingegen schien ihn sofort zu erkennen, kam ziel-

strebig auf ihn zu und blieb dicht vor ihm stehen.
»Mein Saschenka. Du bist es wirklich«, sagte sie, hob ihre Hand und strich ihm vorsichtig über die Wange. »Du siehst aus wie dein Vater«, flüsterte sie, während ihr Tränen über die Wangen rollten, »so kräftig und groß wie Ossip.«
Sascha folgte seinem Impuls und drückte sie an sich.
»Die Zeit hat diese langersehnte Begegnung umgekehrt«, dachte er. »Wie habe ich mir vor achtzehn Jahren gewünscht, hierher zurückzukommen und auf diese Weise von ihr in die Arme genommen zu werden.«
Er ließ sie los. Sie wischte sich die immer neu aufsteigenden Tränen aus den Augenwinkeln und fragte aufgeregt: »Wo wohnst du? In einem Hotel? Nein, das geht aber nicht. Du musst mit zu mir kommen, Saschenka. Wo sind deine Sachen? Hast du Hunger? Komm, mein Junge, lass uns deine Sachen holen und zu mir fahren.«
Er küsste die kleine Frau auf die Stirn und strich ihr behutsam mit dem Handrücken über die Wange. »Hör zu, Tjotja. Das geht jetzt noch nicht. Lass uns hier reden. Ich komme dich bald besuchen. Versprochen.«
Er sah die Enttäuschung in ihrem Blick, legte seinen Arm um ihre Schultern, und sie gingen nebeneinanderher zu einem der Teiche. Er wusste nicht, wo er anfangen sollte. Tjotja Alja fragte nach Vika.
»Warum hast du deine Schwester nicht mitgebracht, Saschenka? Wie geht es der kleinen Vikuscha?« Munter plapperte sie weiter: »Ach, was rede ich denn da. Sie ist ja auch schon erwachsen.«
Über ihnen zwitscherten Vögel, Spaziergänger schlen-

derten vorbei, und Sascha meinte, es nicht über die Lippen zu bringen. Nicht jetzt, nicht hier.

In Gedanken suchte er nach Formulierungen, nach Sätzen, die das Leid, das er ihr bereiten würde, lindern könnten. Er ergriff den Arm der Tante, führte sie zu einer Bank unter einer breiten Ulme. Durch das Blattwerk fiel gesiebtes Licht.

Er fand keine Umwege, keine Floskeln, schluckte mehrere Male und sprach dann von Viktorias Tod. Die Tante krümmte sich wie unter Schmerzen.

Er hielt sie, zog tröstend ihren Kopf an seine Brust, so wie sie es getan hatte, wenn er sich als Junge verletzt oder gestritten hatte.

Langsam beruhigte sie sich, schneuzte sich die Nase und nickte ihm zu. Jetzt wollten ihre Fragen kein Ende nehmen. Er erzählte von Deutschland, davon, wie sein Leben verlaufen war. Dass er abgerutscht war und im Gefängnis gesessen hatte, ließ er weg. Es war egal, wie er es formulierte, Tjotja Alja würde sich Vorwürfe machen, würde sich schuldig fühlen. Die Tante tätschelte immer wieder seine Hand und flüsterte: »Ach, Jungchen« oder »Ach, mein Saschenka«. Zum Schluss erzählte er von den Ereignissen im Hotel, von den Papieren, die Vika hinterlegt hatte, und fragte sie, was sie darüber wisse. Als er schwieg, griff sie in die bunte Kunststofftasche, die sie neben sich gestellt hatte, holte eine Thermoskanne und zwei Teegläser hervor und schenkte ein.

Sie tranken den stark gesüßten Tee. Er drängte sie nicht. Ganz unvermittelt begann sie zu erzählen.

»Diese Papiere sind ein Fluch, Sascha, bei Gott, sie bringen nur Tod, und zum Ende hin, kurz bevor sie starb, hat auch deine Babuschka Galina das eingesehen. ›Domorow‹, hat sie gesagt. ›Ach, hätte Sergei Domorow uns doch nie gefunden.‹ Ich weiß nur wenig darüber. Damals waren dein Vater und Pawel ja noch Kinder, und ich habe deinen Onkel erst 1971 kennengelernt. Es muss Ende der fünfziger Jahre gewesen sein. Deine Großmutter lebte damals mit Aivars, der alten Lydia und ihren Söhnen in einer Arbeitersiedlung am Stadtrand. Sie glaubte ihren Mann Ilja im Ausland, war davon überzeugt, dass er sie und die Kinder ihrem Schicksal überlassen hatte. Aber dann stand Sergei Domorow vor der Tür und brachte diesen Brief. Ach, ein Brief war es nicht mal, es war ein Dosenetikett. Galina war tagelang nicht ansprechbar. Sie schämte sich, weil sie ihrem Gefühl nicht getraut hatte, weil sie all die Lügen geglaubt hatte.«

Alja atmete schwer. »Es ging um diese Geige, und Domorow versprach Galina, der Sache in Moskau nachzugehen. Ich meine, er schrieb ihr einige Monate später, dass die Geige unauffindbar sei und Kurasch seine gerechte Strafe bekommen habe. Aber Galina reichte das nicht. Sie verbiss sich in eine Art Bußeschwur und gelobte, Iljas letzten Wunsch zu erfüllen. Sie meinte wohl, ihm das schuldig zu sein. Aber sie war verbannt, durfte Alma-Ata nicht verlassen. Erst einige Jahre später fuhr sie nach Moskau. Was dort wirklich geschah, weiß ich nicht genau. Sie ging an Krücken, als sie zurückkam.

Als ich Pawel kennenlernte, war das Schicksal deines Großvaters und diese Moskaureise wie ein unsichtbares Band zwischen Galina und ihren Söhnen, es war, als würden sie gemeinsam auf etwas Bestimmtes warten.

Manchmal gab es Andeutungen über die Stradivari, aber es ging wohl immer um den Ruf deines Großvaters, und das Instrument, so war jedenfalls mein Eindruck, war der einzige Beweis, dass er damals verhaftet worden war. Manchmal sprachen Pawel oder Ossip davon, nach Moskau zu fahren, aber Galina verbot es. Sie sagte immer: ›Es ist nicht die Zeit.‹ Ich glaube, sie hatte Angst um die beiden.«

Sascha stellte sein Teeglas neben sich auf die Bank. »Aber sie hatten doch Großvaters Brief. Und Domorow. Er war mit ihm im Lager gewesen. Er war doch ein Zeuge.«

Alja lächelte. »Du hast falsche Vorstellungen, Saschenka. Einflussreiche Leute hatten deinen Großvater verschwinden lassen. In den Zeitungen hatte man ihn zu einem Verräter gemacht. Niemand war daran interessiert, das aufzuklären, ganz im Gegenteil. Und ich glaube, dass Galina das auf ihrer Reise nach Moskau verstanden hat.«

Sie räusperte sich. »1990, als die Ausreiseerlaubnis für deine Eltern und euch Kinder eintraf, sah Galina endlich eine Chance, nach der Geige zu forschen. Sie gab Ossip alles mit, was sie aus der Zeit vor ihrer Verbannung besaß. Aus dem sicheren Westen sollte Ossip die Geige ausfindig machen. Schon wenige Wochen nach eurer Ankunft in Deutschland schrieb dein Vater, dass er einen Anwalt eingeschaltet habe. Ossip schrieb, dass der Anwalt sich an das Ministerium für Innere Angelegenheiten in Moskau gewandt habe und dass sie auf Antwort warteten. Der Brief klang optimistisch. Schließlich war damals alles im Umbruch. Kasachstan hatte wenige Wochen zuvor seine Souveränität innerhalb der Sowjetunion erklärt, und auch Russland, so schien es, veränderte sich. Galina blühte regelrecht auf. Sie sagte: ›Iljas Porträt wird, wie alle großen Schüler des Tschaikowsky-Konservatoriums, in der Galerie aufgehängt werden, und die Geige wird wieder im Besitz der Grenkos sein.‹«

Tjotja Alja nahm den letzten Schluck Tee und starrte auf den Teich, auf dessen spiegelglatter Oberfläche das Sonnenlicht tanzte.

»So hatte sie sich das vorgestellt, aber dann kam der 25. November. Wir erfuhren von Pawels Unfall erst am Abend.« Alja rollte das Teeglas zwischen ihren Handflächen, als müsse sie es neu formen. »Wir durften ihn nicht mal mehr sehen. Vom Gerüst gefallen, sagten sie, und dass sein Gesicht zertrümmert sei.« Alja stellte das Glas zur Seite und zog ihre Strickjacke über dem Bauch zusammen. »Natürlich glaubten wir das. Derartige Unfälle waren nicht selten. Aber drei Tage später kam der Brief aus Deutschland. Er war von einer deutschen Behörde und enthielt die Nachricht, dass deine Eltern kurz vor Pawel ebenfalls verunglückt waren.«

Tjotja Alja schüttelte den Kopf, lehnte sich zurück und sah ihn an. »Galina war immer eine stolze und stille Frau gewesen. Ich habe nie einen Menschen so schreien hören wie sie an diesem Morgen. Zwei Jahre lebte sie noch, aber sie war nicht mehr sie selbst. Sie verfiel vor meinen Augen. Sie war immer schon dürr gewesen, aber jetzt aß sie kaum noch, war nur Haut und Knochen. Sie war fest davon überzeugt, dass alles ihre Schuld gewesen sei, und redete zum Schluss wirres Zeug. Weil sie all die Lügen über

Ilja geglaubt habe, habe Gott ihr die Söhne genommen.«

Alja lehnte sich zurück. »Und jetzt auch noch Vikuscha.«

Sie strich ihm über die Wange: »Sascha, fahr nach Hause. Bitte. Nicht du auch noch.« Wieder wurden ihre Augen feucht. Sie ergriff seine Hand, sagte eindringlich: »Saschenka, man kann die Dinge nicht ungeschehen machen. Du bist der letzte Grenko. Was bedeutet ein reingewaschener Name, wenn ihn keiner mehr trägt.«

Sie saßen lange so. Endlich fragte Sascha: »Willst du denn gar nicht wissen, wer verantwortlich ist für den Tod von Onkel Pawel, meinen Eltern und Vika?«

Die Antwort war endgültig. »Nein!« Sie stand auf, nahm ihre Tasche, und gemeinsam spazierten sie die schmalen Wege zwischen den Teichen entlang.

»Dieser Domorow«, fragte Sascha vorsichtig, »weißt du, ob er noch lebt?«

Sie lachte freudlos auf. »Er müsste heute weit über neunzig sein. Nein, ich glaube nicht.« Sie blieb stehen. »Galina hat einmal gesagt, dass er die Tätowierungen der Wory w sakone trug. Mit solchen Leuten legt man sich nicht an, Sascha. Ich habe manchmal gedacht, vielleicht hat er die Geige gefunden. Es hieß, sie sei sehr wertvoll.«

Sascha nickte. »Das stimmt. Je nachdem, in welchem Zustand es ist, bekommt man heute für so ein Instrument mehrere Millionen Dollar.«

Sie schnappte nach Luft, bekreuzigte sich und wiederholte: »Mit solchen Leuten legt man sich nicht an, Sascha.«

Sie schrieb ihm ihre Adresse und Telefonnummer auf, sagte zum Abschied noch einmal eindringlich: »Fahr heim, Saschenka. Am besten heute noch.«

Als er Irinas Wohnung betrat, saß sie auf dem schmalen Balkon in der Sonne. Sie hatte ihre Knie angezogen, die Fersen der nackten Füße auf die Stuhlkante gestellt und rauchte. Auf dem Tisch lag ein Fotoapparat mit Teleobjektiv.

Sie sah das Misstrauen in seinem Blick, noch bevor sie seine scharfe Stimme hörte. »Was soll das?«, schleuderte er ihr entgegen.

»Setzen Sie sich«, sagte sie ruhig, nahm die Kamera und hielt sie ihm hin. »Sehen Sie die Bilder durch und sagen Sie mir, ob Sie jemanden erkennen.«

Die Begegnung mit der Tante, die vertraute Stimme und Sprache, all das hatte Sascha unvorsichtig werden lassen, hatte ihm dieses uralte Kindergefühl von Sicherheit gegeben. Er war unaufmerksam gewesen.

Irina hatte offensichtlich alle Parkbesucher, die sich während des Treffens in der Nähe befunden hatten, fotografiert. Ein Mann, vielleicht Ende dreißig, in Polo-shirt und khakifarbener Freizeithose, war auf mehreren Bildern zu sehen. Er zoomte das Gesicht näher heran. Es war nicht der Mann mit dem Buch. Aber er erkannte ihn. Er hatte im Flugzeug gesessen.

Sascha zog den Zettel der Tante aus seiner Tasche, doch Irina schüttelte den Kopf. »Lassen Sie das. Sie werden sie nur unnötig erschrecken. Der Mann ist nicht Ihrer Tante gefolgt, sondern Ihnen.«

Er legte die Kamera zurück. »Hören Sie, Irina«, und ihr Vorname kam ihm ganz selbstverständlich über die Lippen. »Der Mann hat im Flugzeug gesessen, und ich wette mit Ihnen, dass er als Dmitri Kalugin gereist ist.«

Irina stand auf. »Damit beschäftigen wir uns später. Ich habe Domorow, oder besser gesagt seinen Sohn, ausfindig gemacht. Das Flugzeug nach Moskau geht in drei Stunden.«

KAPITEL 20

Am zweiten Tag hatte Stas gesagt: »Halte durch. Übermorgen ist Sonntag. Sonntag ist arbeitsfrei.« Damit hatte Ilja in diesen ersten Tagen ein Ziel, auf das er hingearbeitet hatte. Mit jeder Karre, die er füllte, kam er diesem Ziel näher: diesem Tag der Ruhe.

Seine Hände waren wund, die Muskulatur brannte wie Feuer, und sicher hatte er wieder unter dem Soll gearbeitet, aber Brigadier Juri Schermenko rief auch an den folgenden Abenden: »Hundert Prozent, zwölf Mann.« Erst am dritten Tag bekam Ilja in der Pause mit, dass zwischendurch Urki aus dem Stollen gegenüber mit Schubkarren kamen und sie in die Loren, die die 35. Brigade zu füllen hatte, leerten. Als er Stas darauf ansprach, sagte der kurz: »Geschäfte! Überlass das Juri.«

Am Sonntag heulte die Sirene wie jeden Morgen um fünf. Nach dem Frühstück folgte der Morgenappell. Der Lagerkommandant las nach dem Zählen einige Namen vor. Kolja war dabei. Die Aufgerufenen hatten Posterlaubnis, gingen hinüber zur Verwaltungsbaracke, holten Briefe oder Päckchen ab, die aus der Heimat gekommen waren.

Obwohl es verboten war, den Sonntag auf den Schlafplätzen zu verbringen, sagte Juri zu ihm: »Geh zur Latrine und pinkele über deine Hände, so heilen die Blasen schneller ab. Und dann leg dich wieder hin. Kolja weckt dich, wenn eine Kontrolle auftauchen sollte.«

Er schlief bis zum Mittag. Anschließend unterhielt er sich mit Kolja, der neben dem Ofen saß und in einer Blechdose Wasser erhitzte. »Komm, Jungchen«, sagte der Alte freudig, »meine Tochter hat mir Tee und etwas Zucker geschickt.« Vorsichtig und in kleinen Schlucken tranken sie gemeinsam aus der Blechdose.

Ilja erfuhr, dass der gutgekleidete Häftling Sergei Domorow hieß und ein »Wor w sakone«, ein »Dieb im Gesetz«, war und die Autorität der Urki im Lager. Diese Kriminellen hatten ihren eigenen Ehrenkodex und feste Regeln, nach denen sie sich unbedingt zu richten hatten.

»Er muss mit zur Mine, aber er arbeitet nicht. Das ist gegen seine Ehre. Ein Wor w sakone arbeitet niemals für den Staat.«

Ilja fragte ihn, was Juri mit Domorow zu tun hätte.

Kolja zog einen kleinen Beutel aus seiner Tasche und drehte die grobgeschnittene Machorka in ein Stück Zeitungspapier ein.

»Bis zum letzten Sommer waren die Urki die Herren im Lager. Sie kontrollierten die Essensbaracke, das Magazin, das Lebensmittellager, und sie machten ihre Geschäfte mit den Wachmannschaften. Die Lagerleitung duldete das, denn dafür leisteten die Urki Spitzeldienste und sorgten für Ruhe innerhalb des Lagers. Aber dann kam Juri, und mit ihm Stas, Lew, Gregor und all die anderen. Sechsunddreißig Männer. Das waren auch

Politische, aber eben keine Beamten, Juden, Priester, Lehrer oder Bauern, wie ich einer bin.«

Er lächelte, und seine großen Zahnlücken wurden sichtbar.

»Die waren alle in der Roten Armee gewesen. Offiziere und Soldaten, und sie hatten alle schon ein paar Jahre im Lager von Taischet hinter sich. Bei ihrer Ankunft gab es im Magazin den ersten Ärger. Wir Politischen mussten dem Urka in der Kleiderkammer Machorka geben, wenn wir gute Kleidung wollten. Und das verlangte er auch von den Neuen.«

Kolja lächelte. »Seither grinst er schief. Stas hat ihm mit einem Holzspan die Wange aufgeschlitzt.« Kolja zog genüsslich an seiner krummen Zigarette.

»Außerdem warfen sie die Urki hinaus, die hier in der Baracke als Spitzel dienten.«

Der Alte schüttelte den Kopf. »Wir haben gedacht, das ist unser Ende. Domorow schickte seine Leute noch in derselben Nacht, aber Juri und die anderen erwarteten sie. Das Ergebnis waren fünf tote Urki.«

»Und die Wachen?«, fragte Ilja.

»Nein, nein, Jungchen. Die Wachmannschaften verlassen das Gelände nach dem Abendappell. Die hocken oben auf ihren Türmen und bewachen die verbotene Zone, falls einer abhauen will.«

Kolja warf seinen Zigarettenstummel in den Ofen.

»Am nächsten Morgen war die Durchreiche der Essensausgabe geschlossen. Die Urki, etwa vierzig Männer, saßen schon zusammen und aßen. Innerhalb von Sekunden war der Tisch umstellt. Stas und Gregor packten die Köpfe der Männer links und rechts neben Domorow und brachen ihnen mit nur einer Handbewegung das Genick. Juri hielt Domorow ein geschliffenes Blechstück von einer Dose an den Hals. Sie traten die Tür zur Küche ein und gaben Essen aus. Während wir eilig aßen, stand Juri mit dem wehrlosen Domorow am Tisch, bis wir fertig waren. Tagsüber, in der Mine, blieb es ruhig. Erst auf dem Rückweg ins Lager schubsten sie feige drei von Juris Männern aus den Linien, und die Wachleute erschossen sie. Jeder konnte erkennen, dass das abgesprochen war.«

Kolja machte ein schmatzendes Geräusch. »Tja, und damit hatten Domorows eigene Leute den Ehrenkodex der Wory w sakone verletzt. Er kam noch am selben Abend und bot an, die vier Urki, die dafür verantwortlich waren, an Juri zu übergeben. Juri lehnte ab, und Domorow erledigte das selber. Am nächsten Abend ließ der damalige Lagerkommandant Beresch nach dem Abendappell Wachmannschaften auf dem Gelände patrouillieren.«

Kolja zeigte mit einer kurzen, wedelnden Bewegung der linken Hand auf seinen Hals. »Am nächsten Morgen waren die beiden Wachmänner, die Juris Männer erschossen hatten, ebenfalls tot. Sie lagen mit durchschnittener Kehle hinter der Krankenbaracke. Wir wurden auf den Appellplatz getrieben, sollten so lange stehen, bis jemand reden würde, denn das Problem waren nicht nur die beiden toten Wachmänner, das eigentliche Problem war, dass deren Gewehre fehlten.«

Kolja zuckte mit den Schultern. »Sie durchsuchten alle Baracken, fanden sie aber nicht. Blieb also nur Baracke 3. Das war Domorows Residenz, und an die hatte Beresch sich noch nie herangetraut. Wir standen bis zum späten Nachmittag. Schließlich ließ Beresch die Nummer 3 durchsuchen. Domorow, der in der ersten Reihe auf dem Platz stand, sah ihn ganz ruhig an. Man konnte zusehen, wie Beresch, der nervös auf und ab marschierte, der Angstschweiß in den Kragen seiner schönen Uniform tropfte.«

Kolja verstaute die leere Blechdose, aus der sie getrunken hatten, zwischen zwei Balken hinter dem Ofen.

»Sie fanden die Gewehre nicht. Beresch blieb nichts anderes übrig, als elf Tote, davon zwei Wachmänner, und den Verlust von zwei Gewehren an die Lagerhauptverwaltung nach Workuta zu melden und um Hilfe zu bitten. Er wusste wohl, dass das seine einzige Chance war, wenn er überleben wollte. Auf dem Appellplatz ließ er sich jedenfalls nicht mehr blicken.«

Kolja lachte meckernd und zeigte einen dunkelbraunen Zahnstummel.

»Schon am nächsten Tag kamen vier Verwaltungsbeamte aus Workuta. Beresch wurde ausgetauscht, und vierzehn Häftlinge landeten im Isolator. Auch Juri und Domorow. An jedem neuen Tag, an dem die Gewehre nicht auftauchten, sollte einer der Männer erschossen werden.«

Die Sirene heulte und zeigte damit an, dass der freie Tag zu Ende ging.

Als sie zur Essensbaracke hinübergingen, fragte Ilja: »Wie viele Männer sind erschossen worden?«

»Keiner!«, sagte der Alte zufrieden. »Die Gewehre lagen am nächsten Morgen auf dem Appellplatz.«

»Und Domorow?«

»Der hat mit Schermenko eine Art Waffenstillstand ausgehandelt, und Gott gebe, dass er noch lange hält.«

An diesem Abend schaffte Ilja es, ein gutes Stück seines Brotes nicht aufzuessen, sondern in die Tasche zu stecken. Er dachte an Koljas Päckchen mit Tee und Zucker aus der Heimat. Er hatte keine Posterlaubnis, dachte an Galina und fragte sich, ob sie inzwischen wusste, wohin man ihn gebracht hatte.

Als er die Essensbaracke verließ, sah er sich nach Rybaltschenko um. Jemand packte ihn am Arm und zog ihn zur Seite. Es war Stas. »Sie haben ihn gestern über den Zaun geworfen und verscharrt«, sagte er ganz selbstverständlich und ging davon.

»Über den Zaun geworfen. Verscharrt.« Die Worte fielen in ihn hinein, fielen ins Bodenlose. Der Hunger und die kräftezehrende Arbeit, das spürte er genau, würden auch ihn Schicht für Schicht entblößen, bis nur noch dieser rohe Kern übrig war, der rücksichtslos und bar jeder menschlichen Regung nichts als überleben wollte. Begonnen hatte es schon. Auf dem Transport, als er nach den anderen getreten hatte, um seinen Platz zu sichern. An dem Abend vor drei Tagen, als er das Brot, das er Rybaltschenko hatte geben wollen, gierig aufgegessen hatte. Wie lange noch, bis auch er nicht mehr von »Toten«, sondern von »über den Zaun Geworfenen« sprach? Wie lange noch, bis auch er ihnen diesen letzten Rest Menschenwürde nahm?

Er dachte daran, wie es gewesen wäre, wenn Rybaltschenko vor einem Jahr in Moskau, als er noch nicht in Ungnade gefallen war, gestorben wäre. Es hätte eine pompöse Trauerfeier gegeben, an der auch Abgesandte des Kremls teilgenommen hätten. Moskau hätte getrauert.

Er erschrak, als er sein eigenes bitteres Lachen hörte.

Seine Geige. Wenn er doch wenigstens die Geige noch hätte.

Rybaltschenko hatten sie nicht nur das Klavier genommen, sondern auch das Gehör. Das hatten sie Ilja gelassen. Warum?

Lange starrte er über den Stacheldrahtzaun hinweg in die Dunkelheit. Nicht weit entfernt hörte er Stimmen und die Schritte von Männern, die zu ihren Baracken gingen. Vom Tor her bellte ein Hund. Wie von selbst stellten sich die Klänge ein.

Er war noch nicht lange am Konservatorium gewesen. Rybaltschenko hatte in einem der kleinen Säle tief versunken und nur für sich gespielt. Ilja hatte wie gebannt am Eingang gestanden und sich nicht entziehen können. Es war die Klaviersonate Nummer 12 von Mozart. Nie zuvor hatte er Kraft und Lebenslust mit einer immer wiederkehrenden, zärtlichen Trauer so innig miteinander verbunden gehört. Als Rybaltschenko endete, hatte er sich davongeschlichen. Sein Spiel hatte etwas Existenzielles, etwas Nacktes gehabt, und er war sich wie ein Voyeur vorgekommen.

Die Stimmen auf dem Lagergelände waren verebbt. Auf dem Weg zur Baracke schob er seine Hände in die Taschen. Er zog das Brot hervor und aß es auf. Und da spürte er ihn wieder, diesen Moment der Scham, für all die Brotstücke, die er Rybaltschenko nicht gegeben hatte.

KAPITEL 21

Sieben Jahre lebten sie schon in Alma-Ata. Stalin war seit vier Jahren tot, und Chruschtschow hatte ein Jahr zuvor eine Amnestie erlassen. Aivars' Verbannung wurde aufgehoben, aber Galina behielt ihren Status, musste sich weiterhin auf der Kommandantur melden. Aivars schrieb nach Lettland, machte Verwandte ausfindig, und monatelang kämpften Heimweh und seine Liebe zu Galina und den Kindern in ihm. Sie fürchtete seine Entscheidung, aber eines Nachts zog er sie an sich und flüsterte: »Ich habe mich entschieden. Ich gehe nicht ohne euch.«

Sie hatten die Datscha nach und nach erweitert, und die Sommerferien verbrachten die Kinder zusammen mit Lydia dort draußen. Es war ein sonniger Julisonntag, als Aivars und Galina die drei auf der Datscha besuchten. Lydia hatte einen gutgefüllten Picknickkorb gepackt, und sie gingen den viertelstündigen Fußweg an den kleinen See.

Im Wasser musste zunächst ein breiter Streifen Schilf überwunden werden. Sie bogen die hohen, scharfkantigen Pflanzen auseinander. Ihre Füße sanken in den weichen Schlick. Dann war kein Boden mehr zu spüren, und sie schwammen hinaus. Lydia winkte ihnen vom Ufer aus zu. Galina legte sich auf den Rücken und ließ sich treiben. Sie hörte das fröhliche Rufen ihrer Söhne, Aivars' Lachen, das Aufspritzen von Wasser, wenn sie einander jagten. Der Tag war von außergewöhnlicher Helligkeit. Sie schloss die Augen, spürte dieses Perlen in der Brust. Dieses Glück! Später saßen sie im hohen Gras und ließen sich von der Sonne trocknen, während Lydia ihr immer wieder Brot und Wurststücke abschnitt und sie aufforderte, doch zu essen. »Du bist viel zu dünn«, schimpfte die Alte, »du siehst aus, als müssten wir immer noch hungern. In guten Zeiten muss man essen, damit man die schlechten, die immer wieder kommen, übersteht.«

Am Nachmittag entdeckten Pawel und Ossip im Schilf ein verwittertes, halbversunkenes Boot. Aivars zog es an Land, begutachtete es, und am Abend trugen sie es über Kopf wie einen riesigen Hut zur Datscha, wo er es mit den Jungen in den nächsten Wochen wieder herrichten wollte. Unter dem Boot klangen ihre Stimmen fremd und voll, und Galina stimmte ein Lied an.

Ein schöner Tag, der ihr im Gedächtnis bleiben würde. Sie aßen noch gemeinsam zu Abend, bevor Galina und Aivars sich auf den Heimweg machten. Als sie sich der Stadt näherten, lag die Sonne rund und rot wie ein Kürbis über den Dächern. Sie gingen Hand in Hand. Sie fühlte die Restwärme des Tages auf den nackten Armen, lauschte Aivars' ruhiger Stimme neben sich, der die Reparatur des Bootes plante.

Auf dem Flur zu ihrer kleinen Wohnung trat ein Nachbar auf sie zu. »Da war ein Mann aus Moskau. Er wollte Sie sprechen, Galina Petrowna.«

Sie hielt Aivars' Hand fester, spürte, wie ihr Magen sich zusammenzog, und war erstaunt, wie selbstverständlich sie dachte: »Ilja! Er hat uns gefunden und jemanden geschickt.« Es war, als habe der Satz all die Jahre in ihr geschlafen. Als habe sie ihn in sich getragen und auf den Tag gewartet, an dem sie ihn aufwecken würde. Sie sah Aivars an, strich ihm zärtlich über die Wange. »Du musst dich nicht sorgen«, flüsterte sie.

Es war schon nach zehn, als es an der Wohnungstür klopfte. Ein drahtiger Mann um die fünfzig, das Gesicht verwittert, der Blick direkt. Ein kleines Nicken mit dem Kopf, dann sagte er: »Sind Sie Galina Petrowna Grenko, die Frau von Ilja Wassiljewitsch Grenko?«

Galina schluckte angestrengt, bevor sie ein leises »Ja« herausbrachte.

Er lächelte. »Sie sind tatsächlich so schön, wie er immer behauptet hat.« Dann wurde er wieder ernst. »Darf ich hereinkommen. Ich habe einen Brief für Sie.«

Sie trat zur Seite und bat ihn mit einer Handbewegung einzutreten. Er setzte sich an den Tisch, an dem schon Aivars saß. Als er Aivars die Hand entgegenstreckte, rutschte der Ärmel seines Hemdes hoch und der Ansatz einer Tätowierung wurde sichtbar.

Er stellte sich vor. »Sergei Sergejewitsch Domorow. Ich war in Workuta zusammen mit Ilja Wassiljewitsch im Lager.«

Galina lehnte an der Wohnungstür, starrte den Mann an, während die Worte »Lager« und »Workuta« durch ihren Kopf taumelten. Sie konnte sie nicht einordnen. Kantig lagen sie zwischen ihren eigenen, vertrauten Iljawörtern, Iljasätzen. »Flucht. Wien. Verrat. Er hat uns im Stich gelassen. Seine Musik war ihm wichtiger.« Und ihren Iljabildern. Wie er auf den großen Bühnen dieser Welt spielte. Die hohe Gestalt mit der geliebten Geige. Wie er versunken, Zeit und Raum vergessend, spielte. Wie er sich verbeugte. Sein jungenhaftes Lächeln.

Der Mann, der sich Sergei Sergejewitsch Domorow nannte, sprach zu ihr, aber seine Stimme erreichte sie nicht. Er nahm ein Papier aus der Brusttasche. Sie sah es. Es war gefaltet und abgegriffen. Sie hörte ihn »… vor acht Jahren geschrieben« und »… gebeten, Sie zu suchen« sagen. Ein Schwindel erfasste sie, hob ihren Körper an, schleuderte sie auf die Rückseite ihres neuen Lebens. Die längst vergessen geglaubte Zeit, diese letzten Tage in Moskau gerieten in Bewegung.

Domorow sprach weiter. »… keine Kraft mehr«, sagte er, »… sich erschießen lassen«, sagte er, und Galina lehnte immer noch an der Tür, schnappte wie eine Ertrinkende nach Luft. Dann hielt sie sich die Ohren zu und schrie: »Lügen! Wie können Sie es wagen! Lügen, alles Lügen!« Ihre Beine zitterten. Aivars sprang auf, legte den Arm um sie und führte sie zu einem Stuhl. Er holte eine Flasche Wodka, Salzgurken und Brot aus dem Schrank und stellte drei Gläser auf den Tisch. Sie sah zu, wie er reichlich Wodka eingoss und Domorow ein Glas zuschob. »Er soll gehen«, dachte sie. »Warum lädt Aivars diesen Lügner zum Trinken ein?«

Der Wodka brannte ihr in Kehle und Magen. Domorow sagte: »Ilja Wassiljewitsch hatte keine Posterlaubnis. Er hat mich damals gebeten, diesen Brief herauszuschmuggeln, aber meine Leute konnten Sie unter der Moskauer Adresse, die Ilja mir gegeben hatte, nicht finden.« Er sah Galina auf seine direkte Art an. »Wir hörten von Ihrer Verbannung. Es hieß Karaganda, aber auch dort waren Sie nicht zu finden.«

Der Wodka belebte Galina, lenkte ihre Gedanken in geordnetere Bahnen.

»Glauben Sie wirklich, man hätte mich in die Verbannung geschickt, wenn Ilja gar nicht geflohen wäre?«, schleuderte sie Domorow entgegen. »Warum hätte man das tun sollen?«

»Um die Lüge von Iljas Flucht glaubwürdig zu machen. Die Familien von Landesverrätern wurden verbannt. Es wäre merkwürdig gewesen, wenn man Sie verschont hätte«, antwortete er ruhig.

Aivars goss Wodka nach. Domorow nahm das gefüllte Glas. »Ilja sagte mir, dass er den Pförtner gebeten hatte, Ihnen von seiner Verhaftung zu erzählen. Hat er das nicht getan?«

Galina starrte an ihm vorbei. Woher wusste er davon? Im Zimmer war es still. Eine Motte flog unter den papiernen Lampenschirm, der über dem Tisch hing. Der Flügelschlag und das Klopfen, wenn sie wieder und wieder gegen die Glühbirne stieß, füllten den Raum mit einem surrenden Takt, und in diesem Takt schien sich Domorows Frage zu wiederholen. »Hat er das nicht getan?« wurde zur Anklage, zum Schuldspruch, und die Motte stieß ihren Körper immer heftiger gegen die Glühbirne, und Galina dachte an Jarosch, an seine aufgeregten Gesten, an den nächsten Tag, an dem er angeblich krank geworden war, an den jungen Mann in der Pförtnerloge, der drohend zum Telefonhörer gegriffen und sie geradezu angefleht hatte zu gehen. Und an Kurasch. Kurasch, der ihre Frage nach Ilja so selbstverständlich zurückgegeben hatte. »Wo Ihr Mann ist? Das wüsste ich gerne von Ihnen.«

Immer noch lag der abgegriffene Zettel auf dem Tisch. Zum ersten Mal dachte sie: »Ilja war in einem Lager. Ilja ist tot.« Sie spürte die Tränen nicht. Mit zitternder Hand griff sie nach dem Papier und faltete es auseinander. Die Buchstaben waren ungelenk und viel zu klein. Nein, das hatte Ilja nicht geschrieben, das war nicht seine steil aufsteigende, mit verspielten Rundungen versehene Schrift.

Sie begann zu lesen, schaffte es bis zu der Zeile: *Man hat mir im Namen des Verhöroffiziers Antip Petrowitsch Kurasch zugesagt, dass du mit den Kindern unbehelligt in Moskau leben kannst, wenn ich ein Geständnis unterschreibe. Das habe ich getan.*

Das Papier fiel zu Boden. Unter dem Lampenschirm war es jetzt still. Die Motte krabbelte orientierungslos über den Küchentisch.

Ilja hatte sie nicht verraten, nicht zurückgelassen. Sie hatte den Lügen geglaubt, hatte ihm nicht vertraut. *Sie* hatte *ihn* verraten.

Domorow erzählte vom Lager, sagte, Ilja habe davon gesprochen, Galina würde zusammen mit seinem alten Professor von Moskau aus etwas unternehmen und seine Freilassung erwirken. Sie hielt sich die Ohren zu, flehte ihn an, aufzuhören.

Als er ging, versprach er, sich nach der Geige zu erkundigen. »Ich finde Kurasch«, sagte er, »und er wird reden, darauf können Sie sich verlassen, Galina Petrowna.«

KAPITEL 22

Irina verschlief den Flug.

Er sah auf die Uhr. Er hatte versucht, Reger zu erreichen, bisher ohne Erfolg. Er wollte wissen, wie weit die polizeilichen Ermittlungen in Deutschland waren.

Tjotja Aljas Bitte, sofort nach Hause zu fliegen, hatte ihm unvermittelt vor Augen geführt, dass er genau das nicht tun konnte. Sie würden ihn verhaften. Selbst wenn er die Papiere vorlegen würde, wer sollte ihm glauben? Der Tod der Eltern galt als Unfall, und er ahnte, wie man den Rest der Geschichte auslegen würde. Eine wertvolle Geige, und der Kleinkriminelle Sascha Grenko, der versuchte, sie seiner Schwester abzujagen.

Vikas Notizzettel war ihm eingefallen und dass er einen Fehler gemacht hatte. Den Umschlag mitsamt der Notiz hatte er im Handschuhfach des Leihwagens in Ingolstadt zurückgelassen. Nur die Unterlagen aus dem Schließfach waren ihm wichtig erschienen.

Er musste Reger erreichen, herausfinden, ob die Polizei den Wagen und die Notiz gefunden hatte.

Er betrachtete die schlafende Irina. Bisher war sie all seinen Fragen zu ihrer Person ausgewichen, hatte immer wieder geschickt das Thema gewechselt.

Das Wort »unnahbar« fiel ihm ein und erinnerte ihn an den ersten Bericht der Jugendstrafanstalt, den er Jahre später hatte einsehen können. Darin hatte gestanden: »Sascha Grenko ist ein Einzelgänger, schließt keine Freundschaften und wirkt unnahbar.«

Er blickte zum Fenster hinaus. Unter ihm drängten sich Wolkenfelder aneinander, weiß und unberührt wie endlose Schneelandschaften.

In dem Bericht hatte auch gestanden: »Grenko ist nicht in der Lage, Vertrauen aufzubauen. Er spricht mehrere Sprachen, verweigert aber alle Bildungsangebote und hat keinen Schulabschluss. Eine Entwicklungsprognose ist schwierig.«

Aber schon ein Jahr später hatte Nils seine Umlaufbahn gekreuzt und sie grundlegend verändert. Nils war Informatiker und bot im Gefängnis einmal pro Woche einen Computerkurs an. Eine Welt, die Sascha sofort fasziniert hatte. Plötzlich war da ein Ziel gewesen. Informatiker werden. Man hatte ihn milde belächelt und den Kopf geschüttelt. Nur Nils nicht.

Er widmete sich wieder seinem Laptop.

Über Witali Domorow, Sergei Domorows Sohn, fand er eine Randnotiz in der Moskowskaja Prawda. Er hatte eine Weihnachtsfeier für Obdachlose finanziert. In der Nowaja Gaseta gab es einen kritischen Artikel über Domorow, der offensichtlich eine Privatbank besaß. Zwischen den Zeilen wurde angedeutet, dass er sein Vermögen mit dem Ausverkauf der Sowjetunion gemacht hatte.

Im Russian Journal war zu lesen, dass Domorow bei der Einweihung eines Kinderheimes zugegen gewesen war, dessen Bau er großzügig gefördert hatte.

Er fand keine Homepage der Bank und auch nirgendwo einen Adresseintrag.

Wie hatte Irina Domorow ausfindig gemacht?

Vor dem Flughafen handelten sie mit einem inoffiziellen Taxifahrer einen Festpreis für die Fahrt nach Moskau aus. Neue Industriegebiete lösten sich links und rechts der Autobahn mit langgezogenen Birkenwäldern ab. Ab und an passierten sie ärmliche Dörfer, die wie Reste aus einer anderen Zeit am Rand der dichtbefahrenen sechsspurigen Straße lagen. Als sie sich der Stadt näherten, kündigten graue, verwitterte Trabantenstädte wie ausgestoßene Kinder die große, reiche Mutter Moskau an.

Bürotürme aus Stahl und Glas glitzerten in der Sonne, und im alten Moskauer Zentrum waren die Straßen wie Hochwasser führende Flüsse, die von Nebenflüssen gespeist wurden und sich an den Kreuzungen stauten. Werbebanden, hoch über die Straßen gespannt und an monumentalen Gebäuden befestigt, priesen in grellen Farben Automarken, Banken, Mode- und Juweliergeschäfte an.

Irina bat den Fahrer, sie zu einem Hotel in der Nähe einer Metrostation zu bringen. Der Mann bog in eine schmale Seitenstraße ein, und hier endlich kam die Stadt zu Atem und beruhigte sich. Geschäftshäuser mit aufwendig renovierten Fassaden aus der Zarenzeit reihten sich aneinander. Er hielt vor einem der Gebäude mit neugotischer Fassade. Die moderne Glasschiebetür mit der goldenen Hotelaufschrift fügte sich perfekt ein, nahm dem Gebäude nichts von seinem Charme.

»Ein gutes Hotel«, sagte der Mann zufrieden. Dann zeigte er auf das Ende der Straße. »Die Arbatskaja und die Metrostation.«

Sie mieteten zwei Einzelzimmer für eine Nacht und trafen sich eine halbe Stunde später in der klimatisierten Hotelbar. Irina hatte sich umgezogen und erwartete ihn bereits. Sie trug Jeans, und ihre Füße steckten in knallroten Turnschuhen. Unter den hochgesteckten Haaren war ihr Nacken erstaunlich nackt, erstaunlich verletzlich.

»Du weißt, wo Domorow sich aufhält?«, fragte er, nachdem sie Wasser und Kaffee bestellt hatten. Irina schüttelte den Kopf und schob ihm einen Zettel mit einer Telefonnummer zu.

»Nein, keine Ahnung. Aber ich weiß, wie du ihn erreichen kannst.«

»Verrätst du mir, woher du die Nummer hast?« Er gab sich Mühe, es beiläufig klingen zu lassen.

Sie verschränkte die Arme und betrachtete ihn spöttisch. »Es ist nicht wichtig, woher ich sie habe.«

Sascha zuckte mit den Schultern. »Ich habe keinen Adresseintrag gefunden. Mein Eindruck ist, dass Domorow nicht von jedermann gefunden werden will.«

»Du hast russische Wurzeln, aber du bist kein Russe mehr. Du sprichst und denkst wie ein Europäer«, sagte sie, und auf ihrer Stirn zeigte sich eine lange, schnurgerade Falte. »Druschba. Verstehst du?«

»Freundschaft?«

»Ja, Freundschaft. Freundschaft ist wichtig. Wenn man viele Freunde hat, kann man viel herausfinden.« Sie lächelte. »Ruf an. Vielleicht können wir heute noch mit ihm sprechen.«

Er wählte, und die freundlich routinierte Stimme einer jungen Frau meldete sich. »Russian Credit, was kann ich für Sie tun?«

Er zögerte und sagte dann, dass er Witali Domorow zu sprechen wünsche. Es entstand eine kleine Pause.

»Herr Domorow ist nicht im Haus. Kann ich etwas ausrichten?« Die Stimme klang jetzt abweisend.

Er nannte seinen Namen und bat halbherzig um Rückruf.

Irina betrachtete ihn prüfend. »Was ist?«

Er nippte an seinem Kaffee und berichtete von Tjotja Aljas Bedenken. »Sie sagt, Sergei Sergejewitsch Domorow sei ein Wor w sakone gewesen. Was ist, wenn er die Geige doch bei Kurasch gefunden hat? Wenn sie in seinem Besitz ist oder er sie zu Geld gemacht hat?«

Irina schüttelte entschieden den Kopf. »Niemals! Sergei Sergejewitsch war ein Wor w sakone der alten Schule und hätte ein solches Versprechen nie gebrochen. Ihr Ehrenkodex war unumstößlich. Niemals hätte er die Geige einfach behalten.«

»Aber alle, die von dem Versprechen wussten, sind ermordet worden«, sagte Sascha.

»Nicht von Sergei Domorow!«, antwortete sie mit erstaunlicher Gewissheit und fügte hinzu: »Was seinen Sohn Witali angeht ...«, sie zog die Schultern hoch, »über ihn weiß ich nicht viel. Es heißt, dass auch er ein Wor w sakone ist, aber man hört auch, dass ihr Ehrenkodex in den neunziger Jahren gelitten hat. Heute gibt es Mitglieder, die mit Kinderprostitution und Drogenhandel ihre Geschäfte machen. Das wäre damals undenkbar gewesen.«

Sascha betrachtete sie aufmerksam. »Woher weißt du das alles?«

Sie wich seinem Blick aus und schwieg.

Auf dem Holzwürfel, der zwischen ihren Ledersesseln als Tischchen diente, standen die leeren Kaffeetassen. In einer schmalen Vase blühte eine einzelne weiße Calla. Alles schien zu warten. Ein junger Kellner in gestärktem weißen Hemd, dunkelroter Weste und passender Fliege kam und fragte, ob er noch etwas bringen könne. Und auch er reihte sich ein, auch er wartete.

Sascha bestellte zwei weitere Kaffee, und als der junge Mann gegangen war, beugte Irina sich vor.

»Domorow war fünfzehn Jahre in Lagern und hatte zuvor schon den größten Teil seiner Jugend in Gefängnissen verbracht. Er trug die tätowierten Sterne auf den Knien und über dem Herzen und damit die höchsten Auszeichnungen der Wory w sakone. Als er 1993 starb, kam seine Beerdigung einem Staatsbegräbnis gleich. Damals blühten in Moskau die Bandenkriege, fast täglich gab es irgendwo eine Schießerei. Zu Domorows Begräbnis kamen sie alle, versammelten sich friedlich, um ihm die letzte Ehre zu erweisen.«

Fast flüsternd fuhr sie fort. »Sascha, du glaubst, es geht hier nur um die Geige, aber da irrst du dich.« Mit dem Kinn deutete sie auf das Handy. »Witali Domorow wird sich melden. Darauf kannst du dich verlassen.«

Sie ging zum Fenster und blickte auf die Straße, wo Menschen mit gesenkten Köpfen vorbeieilten. Sie hatte

das »Du«, das ihm ganz selbstverständlich heraus-
gerutscht war, aufgenommen, und er mochte es, wie sie
seinen Namen aussprach.

»Kann ich ihn sehen? Ich meine … den Brief, kann ich
ihn sehen?«, fragte sie.

Sascha massierte seine Nasenwurzel und überlegte. Irina betrachtete ihn.

»Du misstraust mir.«

Er stutzte kurz und sagte dann: »Stimmt.«

Als er zu einer Erklärung ausholen wollte, fiepte sein
Handy. Domorow meldete sich und ließ ihn kaum zu
Wort kommen.

»Wo sind Sie?«

Sascha nannte das Hotel.

»Was wollen Sie?« Domorow klang fordernd und neugierig zugleich.

»Ihre Hilfe«, sagte Sascha aufrichtig.

Eine Pause entstand.

»Haben Sie den Brief?«

»Ja.«

Wieder Schweigen.

»Gut. Dann lasse ich Sie abholen. Sagen wir, um achtzehn Uhr. Bringen Sie den Brief mit.«

Dann legte Domorow auf.

Sie hatten noch eine Stunde Zeit. Sascha zog sich, ohne
noch einmal auf Irinas Bemerkung einzugehen, auf sein
Zimmer zurück und wählte Regers Nummer.

»Na endlich. Wo stecken Sie?«, begrüßte Reger ihn.

Sascha sagte, dass er bereits in Moskau sei, und fragte
nach dem Stand der Ermittlungen in Deutschland.

»Verdammt! Wo in Moskau?«, fragte er ungehalten.

Sascha nannte ihm das Hotel.

»Hmm«, knurrte Reger, und dann sagte er: »Es gibt gute und schlechte Nachrichten. Sie gelten als flüchtig, aber die haben noch nicht raus, unter welchem Namen und wohin. Außerdem hat die Hotelangestellte aus dem Holiday Inn ihre Aussage revidiert. Sie sagt jetzt, dass es auch sein könne, dass Sie den anderen Mann verfolgt hätten.«

Sascha hörte den Klang von feinem Porzellan. Reger rührte Zucker in seine Teetasse.

»Jetzt die schlechten Nachrichten. Die haben Ihre Wohnung durchsucht.« Reger räusperte sich. »Kann da was anbrennen? Ich meine, haben Sie Daten, Programme oder Informationen …«

Sascha unterbrach ihn. »Nein! Meinen Laptop habe ich hier. Der Rechner in meiner Wohnung hat nur eine externe Festplatte, und die ist im Büro.«

Er hörte Reger erleichtert aufatmen. Einen Augenblick war es still in der Leitung. »Hören Sie, Grenko, man hat Ihre Fingerabdrücke in der Pension gefunden.«

»Ich bestreite doch auch gar nicht, dass ich da war.« Sascha schnaubte verächtlich. »Mann, die wissen doch, dass beide Frauen mit derselben Waffe erschossen wurden und ich nicht auf meine Schwester geschossen habe.«

»Ja, aber von dem Täter im Hotel haben sie gar nichts außer einer vagen Beschreibung. Sie hingegen konnten identifiziert werden, und Sie hatten nach dem Anschlag auf Ihre Schwester den Schlüssel zu deren Schließfach. Die Gäste der Hotelbar sagen alle aus, dass Sie zu keinem Zeitpunkt mit Ihrer Schwester gesprochen haben, und der Barmann ist sich sicher, dass Vika Sie nicht kannte, Sie sie aber genau beobachtet hätten.«

Sascha schluckte. Es vergingen einige wortlose Sekunden. Er sah, wie Vika ihren Blick durch die Bar schweifen ließ, wie ihre blauen Augen über ihn hinwegglitten. Der Barmann hatte ja recht. Sie hatten sich nicht gekannt. Nicht mehr.

Er hörte Reger rufen: »Grenko, sind Sie noch dran?«

»Sie müssen mir einen Gefallen tun. Es geht um den Leihwagen in Ingolstadt. Vika hatte mir mit dem Schließfachschlüssel auch einen Notizzettel zukommen lassen. Den habe ich im Handschuhfach zurückgelassen.« Er nannte den Autoverleih. »Wenn die Polizei den Zettel nicht hat, dann ...«

Reger fiel ihm ins Wort. »Ich kümmere mich darum.«

Noch einmal setzte Sascha an. »Hören Sie, ich habe noch eine Bitte. Können Sie einen Dmitri Kalugin für mich überprüfen? Er ist freier Übersetzer und arbeitet für ein Büro in Köln.«

Reger antwortete nicht sofort. Dann fragte er: »Was ist mit dem?«

»Er war in Almaty, und so wie es aussieht, hat er das Treffen mit meiner Tante beobachtet. Irina Bukaskina hat ... Hallo? Reger!«

Die Verbindung war abgebrochen.

KAPITEL 23

Der Winter kam im September.

Die Lastwagen mit den Lebensmitteln schafften es nur noch selten durch die vereiste, mit meterhohen Schneewehen bedeckte Tundra. Die Suppen im Lager wurden dünner, der morgendliche Brei wässriger, die Brotrationen kleiner. Der Hunger blieb auch nach dem Essen, und die Kälte schien sich in ihren Knochen einzunisten und sie nie zu verlassen.

Schon im Oktober erfüllten die meisten Brigaden nicht mehr die vorgeschriebene Arbeitsleistung, und im November lag auch die Brigade von Juri Schermenko nur noch bei siebzig Prozent.

Morgens ließ die Lagerleitung sie auf dem Appellplatz warten. Bei minus vierzig Grad hüpften sie auf der Stelle, schlugen die Arme an den Körper und rieben sich die Gesichter, um Erfrierungen zu verhindern, während vier Seki einen Weg zwischen Kommandantenbaracke und Appellplatz freischaufelten.

Wenn der Kommandant endlich kam, beschimpfte er sie, nannte sie »Saboteure und faules Pack«, und Anfang Dezember verkündete er, dass die freien Sonntage bis auf einen freien Tag im Monat gestrichen seien.

Die weiße kalte Stille, in der Himmel und Erde nahtlos ineinander übergingen, fraß jede Kontur, brachte eine Orientierungslosigkeit, die Ilja bis ins Mark erschütterte. Selbst die Erinnerung verlor sich darin. Das Bild von Galina und den Kindern wurde blass, löste sich Stück für Stück auf.

Am schlimmsten aber waren die plötzlich losbrechenden Stürme. Am 12. Januar waren sie nach zehn Stunden Arbeit auf dem Weg zurück ins Lager, als sich wieder einmal ein solcher Sturm zusammenbraute. Ilja hörte schon zwei, drei Minuten, bevor er sie erreichte, das ferne sphärische Sirren, das sich verdichtete und zu einem Grollen wurde.

»Ein Sturm«, rief er. »Das Seil. Wir brauchen das Seil.« Kurze Zeit später wurde die Welt zu einer undurchdringlichen Wand, selbst oben und unten löste sich auf. Jeder Schritt führte ins Nichts. Gefrorener Schnee, hart wie Sandkörner, peitschte ihre Gesichter. Blind klammerten Seki und Wachleute sich an das Tau, um nicht verlorenzugehen. Loszulassen bedeutete den sicheren Tod, und schon oft hatten sie abends auf dem Appellplatz gestanden und einer hatte gefehlt. Neben Ilja, auf der anderen Seite des Seiles, ging Juri. Vor Ilja stapfte Domorow blind vorwärts.

Ilja sah ihn fallen. Das Seil wurde nach unten gerissen, und er stolperte beinahe über den Mann. Instinktiv griff er nach unten, bekam Domorows Mantelkragen zu fassen und zerrte ihn mit sich. Er spürte, dass auch er, wenn er Domorow nicht losließe, das Seil verlieren würde. Juri schnappte nach Iljas Handgelenk, gab ihm

Halt. Ilja verlor den Mantelkragen und dabei auch seinen Handschuh. Er sah Domorows Arm hilflos ausgestreckt, bekam den Ärmel zu fassen. Über mehrere Meter zog er ihn auf diese Weise mit sich. Mit letzter Kraft und einem fast unmenschlichen Schrei schaffte er es, den Mann hochzureißen und ihn zurück an das Seil zu ziehen.

Der Sturm tobte eine weitere halbe Stunde, immer wieder sanken sie bis zur Hüfte in Schneewehen ein, und erst, als sie das Lager fast erreicht hatten, ließ das Brausen und Sirren nach, wurde es langsam still. Als sie an diesem Abend durchzählten, fehlten vier Seki und zwei Wachmänner. Sie standen da und nahmen es hin. Im Frühjahr, wenn der Schnee schmolz, würde man sie finden.

Ilja schob seine fühllose linke Hand unter seinen Mantel, aber der Schmerz, der sich unweigerlich einstellte, wenn die Hand wieder durchblutet wurde, erreichte die aufgeplatzten Finger nicht.

In der Essensbaracke aß er über seinen Napf gebeugt, nahm die anderen kaum wahr. Die Linke hielt er im Schoß unter dem Mantel. Die Fingergelenke waren angeschwollen, auf dem Handrücken bildeten sich rötliche Blasen. Er hatte diese Erfrierungen bei anderen Seki gesehen. Er hatte Zehen, Finger und Nasenspitzen aufplatzen und eitern sehen und immer gedacht: nicht meine Hand. Alles, aber nicht meine linke Hand.

Die Fühllosigkeit seiner Finger schien sich auszubreiten, nahm ihn ganz in Besitz. Zittrig und ungeschickt führte er den Löffel mit der wässrigen Suppe zum Mund. Er wollte nicht denken!

Er wollte nicht denken: Ich werde nicht mehr spielen. Nie mehr!

Stas, der ihm gegenübersaß, bemerkte es zuerst. »Grenko, was ist? Was ist mit deiner Hand?«

Ilja hörte ihn wie durch einen Nebel. Er blickte nicht auf, löffelte mechanisch den letzten Rest der Suppe. Er konnte die Hand nicht hervorholen, konnte ihren Anblick nicht ertragen.

Juri griff nach seinem Arm, zog die Hand aus dem Mantel.

Ilja sah nicht hin, schabte mit dem Löffel über den Boden des Napfes und führte den leeren Löffel wieder und wieder zum Mund.

Aus den Augenwinkeln erblickte er die beiden Finger, die nicht schmerzten, die nicht mehr zu ihm gehörten. Juri rief etwas. Ilja sah Domorow auf den Tisch zukommen, und er dachte: Warum hab ich ihn nicht liegen lassen? Im gleichen Augenblick spürte er das Zucken seiner Schultern und ließ den Kopf auf den Tisch sinken. Später wusste er nicht, ob er geweint hatte, weil er nie mehr die Geige spielen würde oder weil er so gedacht hatte. Später wusste er nur, dass er in dem Augenblick verstanden hatte, dass nicht nur seine Hand endgültig zerstört war.

Sie brachten ihn hinüber in die Krankenbaracke. Normalerweise hätte man ihm die Hand verbunden und ihn dann zurückgeschickt, aber Domorow verschwand, flüsterte mit dem Arzt und sagte dann: »Du bleibst hier!«

Zum ersten Mal nach fast neun Monaten schlief er in einem sauberen Bett. Sosehr er sich danach gesehnt hatte, jetzt nahm er es kaum wahr. Eine Müdigkeit, eine tiefe, allumfassende Müdigkeit, ließ ihn stunden-lang schlafen, aber die bodenlose Erschöpfung verließ ihn nicht mehr.

Am dritten Tag amputierten sie ihm den kleinen Finger ganz und den Ringfinger bis zum zweiten Glied.

Er durfte weitere vier Tage im Krankenrevier bleiben. Ein Privileg, von dem er wusste, dass er es Domorow zu verdanken hatte.

Der kam jeden Abend vorbei und erkundigte sich. Am letzten Abend sagte er: »Ich schulde dir was, Ilja Was-siljewitsch. Sag mir, wenn ich was für dich tun kann.«

KAPITEL 24

Aivars hatte Galina in der Fabrik für zwei Tage krankgemeldet. Sie verbrachte diese Zeit mit dem Brief. Am dritten Tag ging sie wieder zur Arbeit, nähte mechanisch Hunderte von Ärmeln in graue Jacken. Abends hörte Aivars hilflos zu, wie sie sich die Schuld an Iljas Schicksal zusprach, sie Schicht für Schicht überstreifte, so wie man Kleidungsstücke anlegt.

An den Sonntagen ging sie nicht mehr mit hinaus auf die Datscha, nahm stattdessen die Mappe mit den alten Fotos und Zeitungsartikeln zur Hand, um den Tag mit ihren Erinnerungen an Ilja zu füllen. Die stille, abwartende Geduld, mit der Aivars sie in Karaganda gewonnen hatte, schien sich jetzt zwischen ihnen auszubreiten, schaffte eine immer schwerer zu überwindende Distanz.

Manchmal sagte er etwas in ihren Kummer hinein. »Galina, sie wollten ihn loswerden. Es war weder deine noch Ilja Wassiljewitschs Schuld.« Oder: »Er hatte einen Ausreiseantrag für euch gestellt. Das war ihnen Grund genug.« Und: »Du kannst es nicht ungeschehen machen. Du musst jetzt an deine Söhne denken.«

Dann nickte sie, stimmte ihm mit dieser Kopfbewegung zu und schwieg.

Erst mit Ende der Sommerferien, als Pawel und Ossip nach Hause kamen, verlor sich ihre Apathie. Hatte sie über all die Jahre mit den Jungen kaum über den Vater gesprochen, so saß sie jetzt stundenlang mit ihnen zusammen über die Fotos und Zeitungsausschnitte gebeugt und erzählte vom Vater und seinem Schicksal. Den Namen Kurasch sprach sie so hasserfüllt aus, dass selbst Aivars sich erschrak.

Der Herbst war Warten. Domorow hatte keine Adresse hinterlassen. Lydia erntete, kochte das Obst ein und machte Gemüse in Essig- und Salzlaken haltbar. Aivars und die Kinder brachten sonntagabends die Gläser mit Marmeladen und eingelegtem Gemüse in ihren Rucksäcken mit nach Hause. Die Bäume wurden rot und gelb, dann braun und schließlich kahl. Sie machten die Datscha winterfest, und mit den ersten Frostnächten kam Lydia zurück in die Wohnung am Stadtrand.

Vier Monate waren vergangen, und Galina meinte schon, nie wieder etwas von Domorow zu hören.

Am 22. November saß Lydia mit einem Fremden in der Küche, als Galina von der Arbeit nach Hause kam. Auf dem Tisch standen Teetassen, Wodkagläser, und auf einem Teller dufteten frische, mit Quark gefüllte Piroggen.

Es war warm im Zimmer. Der Mann hatte seine Hemdsärmel bis zu den Ellbogen aufgekrempelt. Seine Unterarme zeigten großflächige Tätowierungen, und Galina wusste sofort, in wessen Auftrag er gekommen war. Er erhob sich, übergab ihr einen unbeschrifteten Umschlag und sagte: »Bitte lesen Sie. Ich warte.«

Verehrte Galina Petrowna,
ich habe Antip Petrowitsch Kurasch gefunden und muss berichten, dass sich die Geige nicht in seinem Besitz befindet. Er hat erklärt, dass die Verhaftung Ihres Mannes nicht den üblichen Weg gegangen ist. Es war ein Sondereinsatz, der direkt vom Ministerium für Staatssicherheit angeordnet worden war und als Geheimsache behandelt wurde. Die Geige wurde, kurz nachdem Ilja Wassiljewitsch aus der Lubjanka abtransportiert worden war, abgeholt. Kurasch bekam ein Jahr später die Anweisung, alle Unterlagen im Zusammenhang mit Ihrem Mann zu vernichten. Auch diese Anweisung kam direkt von einem Mitarbeiter des Ministeriums für Staatssicherheit.
Es tut mir leid, Ihnen keine besseren Nachrichten überbringen zu können. Ich werde selbstverständlich, so wie ich es versprochen habe, weiterhin nach der Geige forschen und mich wieder melden. Kurasch ist tot. Das war ich Ilja Wassiljewitsch schuldig.
Ich bitte Sie, diesen Brief, sobald Sie ihn gelesen haben, dem Überbringer wieder auszuhändigen oder ihn vor seinen Augen zu verbrennen. Sollten Sie eine Nachricht für mich haben, geben Sie sie ihm.

Hochachtungsvoll
Sergei Sergejewitsch Domorow

Sie las den Brief mehrere Male, und die Sätze »Kurasch ist tot. Das war ich Ihrem Mann schuldig« hinterließen eine ungeahnte Genugtuung.

Sie schrieb Domorow einige Zeilen des Dankes und bat ihn, sich nach Iljas Mentor Professor Michail Meschenow zu erkundigen.

Zum letzten Mal habe ich Anfang 1950 von ihm gehört. Damals war er sehr krank, aber vielleicht hat er sich erholt und lebt noch. Näheres können Sie sicher am Tschaikowsky-Konservatorium erfahren.

Als sie dem Fremden die beiden Briefe aushändigte, zündete er Domorows Brief an und zerdrückte die Asche auf einem Teller. Dann zog er seinen Mantel an, steckte ihre Zeilen in die Brusttasche und verließ mit kurzem Gruß die Wohnung. Er hatte sich nicht vorgestellt und in der ganzen Zeit lediglich höflich gedankt, wenn Lydia ihm den Teller mit den Piroggen gereicht oder sein Glas mit Wodka nachgefüllt hatte.

Kuraschs Tod, so schien es ihr, verringerte ihre Schuld, ließ sie wieder freier atmen. Sie war zuversichtlich. Mit Domorows Hilfe würde sie es schaffen, Iljas letzten Wunsch zu erfüllen. Er würde die Geige finden. Keiner ihrer Söhne würde je ein großer Geiger werden. Sie waren inzwischen zehn und zwölf Jahre alt. Aber der eigentliche Wert der Stradivari war ihre Beweiskraft. Das Instrument würde belegen, dass Ilja das Land nie verlassen hatte.

Einige Tage später saß sie in der Fabrik an ihrer Nähmaschine. Es war kalt, und die Frostschäden in den

Fingern, die sie sich in Karaganda in der Wäscherei und bei der Straßenarbeit zugezogen hatte, schmerzten wie in jedem Winter und machten sie steif und ungeschickt. Sie dachte daran, Aivars, der jetzt reisen durfte, zu bitten, nach Moskau zu fahren. Wochenlang beschäftigte sie sich mit dem Gedanken, ohne ihn auszusprechen.

An einem Februarabend standen sie in der Küche, und sie trug nach langem Zögern ihre Bitte vor. Die Worte tropften ihr von den Lippen, fielen zwischen ihnen auf den Küchenboden, und sie wusste augenblicklich, dass es ein Fehler war.

Er verzog schmerzvoll das Gesicht, als habe sie nach ihm geschlagen. Tränen traten ihm in die Augen, und er zog sie wortlos in die Arme, hielt sie fest, wie er es so oft getan hatte. Und doch war es anders. Sie spürte, während sie eng umschlungen standen, dieses letzte Mal. Dieses Zeichen des endgültigen Abschieds, wie man sie auf Bahnhöfen in hilflosen Gesten entdeckt und auf Friedhöfen in den Gesichtern der Zurückgebliebenen sieht.

»Ich bin so einsam«, sagte er, »ich bin so unglaublich einsam neben dir und diesem toten Mann.«

Sie sprachen die ganze Nacht.

Er sagte: »Du schickst mich, einen Toten zurückzuholen. Das kann ich nicht. Ich lebe nur noch neben euch her, Galina. Mein Heimweh ist an manchen Tagen körperlicher Schmerz. Ich ertrage das nicht mehr.«

Sie weinten.

Es war ein klarer Maimorgen im Jahre 1958. Die Farben des Frühlings zeigten sich unangemessen fröhlich, als Aivars alles zurückließ.

Er bestieg einen Zug in Richtung Moskau. Nicht um Galinas Bitte nachzukommen, sondern um weiterzureisen. Nach Lettland. Nach Hause.

Der Zug war lange fort, als Galina, Lydia und die Kinder immer noch auf dem Bahnsteig standen und ihm nachblickten. Jahre später, als sie zum ersten Mal vom »Fluch der Geige« sprach, meinte sie, in diesem Abschied die endgültige Weggabelung zu erkennen.

KAPITEL 25

Pünktlich um achtzehn Uhr hielt ein schwarzer Volvo-Geländewagen vor dem Hotel. Der Fahrer, ein Mann um die dreißig, der trotz der Hitze Schlips und ein Leinensakko trug, kam zielstrebig auf sie zu.

»Folgen Sie mir.«

Sascha und Irina standen auf. Der Mann schüttelte den Kopf. »Nur Grenko«, sagte er bestimmt.

Irina schnaubte verächtlich.

»Rufen Sie Domorow an und sagen Sie ihm, Grenko kommt nur in meiner Begleitung.«

Der Fahrer ignorierte sie.

»Nur Sie«, wandte er sich an Sascha, drehte sich um und ging zum Wagen.

Irina stampfte auf und wollte weiter protestieren, ließ sich dann aber resigniert in einen der Sessel fallen, als Sascha ihr signalisierte, dass das schon in Ordnung sei.

»Durak«, warf sie ihm hinterher, »Dummkopf.«

Die Tür des Wagens schloss sich mit dem satten Ton, den er von den gepanzerten Fahrzeugen kannte, die Security Reger im Personenschutz einsetzte.

Sie fuhren in Richtung Norden, wechselten immer wieder in kleine Stichstraßen, die wie Speichen eines Rads in die großen Ringstraßen eingewoben waren. Menschenmassen quollen aus den Metrostationen, zielstrebig und mit ernsten Mienen drängten sie auf die Gehwege. Der Feierabend läutete sich ein und schien die Pulsfrequenz der Stadt noch zu erhöhen.

Kurz nachdem sie die Moskwa überquert hatten, fuhren sie in die Tiefgarage eines mehrstöckigen Gebäudes, das von außen einen unscheinbaren Eindruck machte. Als sie ausgestiegen waren, verlangte der Fahrer: »Drehen Sie sich um. Hände auf das Autodach und Beine auseinander.«

Saschas Blick wanderte zwischen Fahrstuhl und Tiefgarageneinfahrt hin und her. In Gedanken überschlug er, welcher Fluchtweg der bessere wäre.

»Ich muss sicher sein, dass Sie nicht bewaffnet sind«, erklärte der Mann fast entschuldigend.

Sascha entschied sich, der Aufforderung nachzukommen. Als der Mann ihn abgetastet hatte, gingen sie nicht zu dem Fahrstuhl, den Sascha ins Visier genommen hatte, sondern zu einem Aufzug, der versteckt hinter einer Mauer lag. Der Fahrer öffnete ihn mit einer Codekarte. In der Kabine gab es keine Knöpfe für die jeweiligen Etagen, sondern ein Tastenfeld, in das ein Zahlencode eingegeben wurde.

Oben angekommen, schob sich die Fahrstuhltür auseinander, und sie betraten eine Art Eingangshalle. Auf dem dunklen Parkett lagen Orientteppiche, Säulen stützten die stuckverzierte Zimmerdecke. Eine junge Frau kam auf sie zu und sagte in ihr Headset: »Sie sind da.« Es dauerte einige Sekunden, bis ein kurzes Summen zu hören war. Die Frau öffnete eine Seitentür und führte ihn in einen Flur. Vor einem zweiflügeligen Eingang blieben sie stehen, und wieder ertönte ein Summen.

Als Sascha das große Zimmer mit Wintergarten betrat, blieb die Frau zurück. Schwere dunkelbraune Ledermöbel, blaugraue, handbemalte japanische Seidentapeten an den Wänden und eine Terrasse mit Blick über die Moskwa und die dahinterliegende Stadt. Witali Domorow saß mitten im Zimmer hinter einem schweren Mahagonischreibtisch.

Er musste um die siebzig Jahre alt sein, war auf diese asketisch sehnige Art, wie man sie bei Marathonläufern sieht, geradezu dürr. Unter einem vollen grauen Haarschopf blickten braune Augen aufmerksam durch eine randlose Brille.

»Bitte kommen Sie, Alexander Ossipowitsch Grenko«, sagte er, stand auf und führte Sascha zu einer Sitzgruppe.

Alexander Ossipowitsch Grenko! Zum ersten Mal nach all den Jahren hörte er jemanden seinen vollen Namen sagen. Es klang so fern und gleichzeitig so vertraut, dass es ihn für einen Moment verunsicherte.

Die Frau kam herein, servierte Eiswasser und Weißwein in einem silbernen Weinkühler. Domorow lächelte. »Den müssen Sie probieren«, sagte er, »er stammt von meinem Weingut in der Ukraine, in der Nähe von Cherson.« Und dann fragte er ohne Umschweife: »Haben Sie den Brief dabei?«

Sascha zog eine Kopie aus seiner Jackentasche und legte sie auf den Tisch.

Domorow ließ sich Zeit, studierte das Papier Zeile für Zeile.

Der Wein trug das Aroma großer Wälder, lag fruchtig und gleichzeitig herb auf der Zunge.

Als Witali Domorow die Kopie des Dosenetiketts endlich auf den Tisch zurücklegte, sagte er ruhig: »Eine Kopie. Mein junger Freund, Sie enttäuschen mich. Wo ist das Original?«

Sascha nickte. »Ja, eine Kopie. Aber was hätte ich davon, Ihnen eine Fälschung vorzulegen? Ich will schließlich Ihre Hilfe.«

Domorow taxierte ihn und verzog den Mund zu einem Lächeln. »Meine Hilfe«, sagte er, und es klang ironisch. Dann wechselte er abrupt das Thema.

»Wie schmeckt Ihnen der Wein? Er ist wunderbar, nicht wahr?«

Ohne eine Antwort abzuwarten, kam er auf das Thema zurück. »Meine Hilfe wollen Sie«, stellte er fest. »Wie haben Sie sich die vorgestellt? Oder sollte ich fragen, ich welcher Höhe?«

Sascha stutzte einen Augenblick, dann schüttelte er den Kopf. »Ich will kein Geld von Ihnen«, sagte er, und seiner Stimme war anzuhören, dass ihm der Gedanke völlig abwegig war. Dann berichtete er, was er von seiner Tante erfahren hatte, vermied es aber, sie zu erwähnen. Er sprach von den Unfällen des Onkels und der Eltern. Die jüngsten Ereignisse und Vikas Tod verschwieg er.

Witali Domorow hörte aufmerksam zu. In seinem Gesicht war keine Regung zu erkennen.

Als Sascha geendet hatte, nahm Domorow sein Weißweinglas, stand auf und trat hinaus auf die Terrasse. Sascha folgte ihm. Unter einem überdimensionalen Sonnenschirm stand eine moderne Sitzgruppe mit blütenweißen Polstern. Sie traten an das Geländer und ließen den Blick über die Moskwa und die Stadt schweifen.

Es dämmerte bereits. Am Abendhimmel schoben sich Streifen von Lachsrot und Schwefelgelb ineinander. Wolkenkratzer reckten sich neben bunten Zwiebeltürmen, Neogotik, Klassizismus und byzantinische Baukunst standen ganz selbstverständlich nebeneinander. Moskau war seit Jahrhunderten die Schnittstelle zwischen Asien und Europa und hatte sich nie für eine Seite entschieden.

Sascha dachte an den Originalbrief, der sich unter der Sohle in seinem linken Schuh befand. Im Hotel hatte er darüber nachgedacht, ihn Irina zur Verwahrung zu geben, aber sein Misstrauen hatte gesiegt.

Er drehte sich um. Domorows Residenz, eine extravagante Villa aus Rundsäulen und Glas, musste vor nicht allzu langer Zeit auf das Dach dieses Hochhauses gebaut worden sein. Ein Bauplatz mindestens zwanzig Stockwerke über dem Boden. Es war still hier oben. Mitten in der Millionenmetropole diese Stille. Das unruhige Gewimmel tief unter ihnen erinnerte an Insekten.

Domorow betrachtete ihn aufmerksam. »In dem Brief werden die Namen Meschenow und Schermenko erwähnt. Sagen Ihnen diese Namen etwas?«

Sascha schüttelte den Kopf. »Nur das, was aus dem Brief hervorgeht. Meschenow scheint ein Kontakt aus Großvaters Zeit als Musiker zu sein. Wahrscheinlich hier in Moskau. Schermenko war wohl einer der Mithäftlinge in Workuta.«

Domorow taxierte ihn und schwieg mehrere Sekunden. Dann sagte er: »Meschenow war Professor am

Tschaikowsky-Konservatorium. Er ist 1960 verstorben. Ihr Großvater war einer seiner Schüler.«

Dann wechselte er wieder das Thema. »Sagen Sie mir, warum Sie nicht von Ihrer Schwester sprechen.«

Sascha ließ sich seine Überraschung nicht anmerken und sagte ruhig: »Sie sind gut informiert.«

Domorow bewies, dass er noch viel mehr wusste.

»Sie haben viele Jahre keinen Kontakt zu ihr gehabt. Was wissen Sie über sie?«

Sascha schluckte. Nichts, müsste er jetzt antworten, aber es kam ihm nicht über die Lippen.

Domorow schien keine Antwort zu erwarten, war mit seinen eigenen Gedanken beschäftigt.

»Sie sagten, Ihre Eltern hätten damals einen Anwalt eingeschaltet und der habe sich hier an das Ministerium für Innere Angelegenheiten gewandt. Ist das richtig?«

»Ja. Ich kann Ihnen das Schreiben zeigen.«

»Was haben Ihre Eltern noch unternommen?«

»Nichts! Wenige Tage später waren sie tot.«

»Und Ihre Schwester? An wen hat sie sich gewandt?«

»Auch ihr Anwalt hat eine Kopie des Briefes an das Ministerium geschickt und die Herausgabe der Geige an die rechtmäßige Besitzerin gefordert.«

Sie lehnten an dem Geländer. In der Ferne legte sich das Abendrot wie ein Passepartout um Türme und Dächer. Unten flammten erste Lichter auf, Straßenlaternen malten gleichmäßige Bogen und Geraden durch die Stadt. Scheinwerfer strahlten hie und da imposante Bauwerke an. Als der Himmel endgültig Nacht zeigte, lag Moskau unter ihnen wie ein aus Leuchtfäden gewebter Teppich.

Sascha berichtete, was in den letzten Tagen passiert war. Als er geendet hatte, ging er in die Offensive.

»Was hat Ihr Vater damals von Kurasch erfahren?«

Ein kleines Zucken im Gesicht seines Gesprächspartners, dann ein Lächeln. Und wieder bewies Domorow, dass er umfassend informiert war.

»Wie ich sehe, hat Ihre Tante nichts ausgelassen.« Dann schüttelte er den Kopf. »Hören Sie, Grenko, Ihr Großvater hat meinem Vater das Leben gerettet, und der hat alles getan, um die Geige zu finden. Sie war nicht auffindbar.«

Domorow deutete auf die leeren Weingläser in ihren Händen. »Kommen Sie, wir gehen wieder hinein.«

Im Wintergarten hantierte er mit der Weinflasche und neuen Gläsern.

»Nun, Alexander Ossipowitsch, ich werde Ihnen helfen.« Er reichte Sascha ein neues Glas Wein. »Aber ich muss eine Bedingung stellen.«

Er nahm genüsslich einen Schluck und legte eine Hand auf Saschas Schulter. »Ich möchte den Brief, mein Freund. Das Original!«

Sascha schwieg, suchte in seinem Gedächtnis nach der Stelle in den Zeilen seines Großvaters, die er offensichtlich nicht entschlüsselt hatte. Warum war der Brief für Witali Domorow von Bedeutung?

Und dann sagte Domorow etwas, das ihn vollends verunsicherte. Ganz ruhig, ganz freundlich blickte er ihn an. »Mein junger Freund, Sie sind hier in Moskau, und an Ihrer Seite steht lediglich Irina Bukaskina. Eine kluge Frau, keine Frage, aber sie verfolgt sicher eigene Interessen. Sie haben sich auf gefährliches Terrain begeben, und in Deutschland werden Sie gesucht, nicht wahr?«

Immer noch lag seine Hand auf Saschas Schulter. »Ich kann einiges für Sie tun. Hier … und in Deutschland.«

Sascha dachte an den Mann mit dem Buch.

»Sie wissen, wer meine Schwester getötet hat?«

Domorow zuckte mit den Schultern.

»Sagen wir, ich kann ihn finden. Die deutsche Polizei niemals.«

Plötzlich regte sich etwas in Sascha. Eine Art Aufbegehren.

»Und die Geige?«, fragte er, während sich in seinem Kopf die Gedanken neu sortierten, wie Dominosteine, die all die Jahre falsch aneinandergereiht waren.

Die Geige war wichtig. Wichtig für sein eigenes Leben. Nicht nur, weil er in Deutschland unter Verdacht stand, sondern weil mit ihr alles begonnen hatte. Er musste die Geschichte seiner Familie verstehen, dann könnte er die Erklärung für all jene Ereignisse finden, die ihm immer so willkürlich erschienen waren.

Domorows antwortete nicht, sagte stattdessen wie nebenbei: »Mein Fahrer wird Sie in Ihr Hotel bringen, und Sie geben ihm den Brief!« Mit der linken Hand machte er eine allumfassende Geste. »Im Gegenzug werde ich Ihnen helfen.«

Sascha setzte alles auf eine Karte und schüttelte den Kopf. »Ich habe das Original in Deutschland gelassen«, log er routiniert. »Sie bekommen es, darauf gebe ich Ihnen mein Wort. Ich will den Mörder meiner Schwester und die Geige.«

Domorows Augen wurden hinter seiner Brille schmal. Es vergingen mehrere Sekunden. Die Stille sammelte sich, lag wie eine Drohung zwischen ihnen. Endlich nickte der graue Kopf.

»Nun gut. Hier in Russland sagt man: ›Ist dein Wort ohne Wert, ist es dein Leben auch.‹« Ganz freundlich sagte er das. Ganz selbstverständlich.

Auf der Fahrt zurück zum Hotel saß Sascha schweigend neben dem Fahrer, versuchte die Ereignisse und Fakten zu ordnen. Beging er gerade einen Fehler? Und Irina? Was hatte Domorow gemeint, als er sagte, sie verfolge eigene Ziele? Er würde sie heute noch zur Rede stellen und sich gegebenenfalls von ihr trennen.

Der Wagen hielt unmittelbar vor dem Hotel. Immer noch in Gedanken vertieft, stieg er aus und ging neben dem Fahrer auf das Foyer zu. Es war weit nach Mitternacht, aber Moskau war ruhelos, kannte keinen Schlaf.

Warum er sich umsah, konnte er später kaum erklären. Eine Angewohnheit. Die erlernten Reflexe seiner Kinder- und Jugendzeit. Aus dem Augenwinkel sah er es. Auf der anderen Straßenseite trat ein Mann aus einem Torbogen. Das Anheben. Die ausgestreckten Arme.

Er warf sich mit aller Kraft gegen den Fahrer. Sie gingen zu Boden, als der erste Schuss in die Glastür des Hotels einschlug. Domorows Mann zog eine Waffe, und sie krochen beide in den Schutz des gepanzerten Wagens. Weitere Schüsse fielen, Menschen flüchteten schreiend in Hauseingänge. Dann wurde es still. Saschas Herz raste, als er zum Heck des Autos kroch und über die Straße blickte. Auf dem Bürgersteig gegenüber lag ein Mann mit weit ausgebreiteten Armen.

Erste Passanten traten vorsichtig zurück auf den Gehweg, sahen sich um und eilten davon. Keine Menschentraube um den Mann am Boden. Innerhalb von Sekunden war die Straße menschenleer.

Sascha erhob sich. Die Waffe des Toten war in den Rinnstein gerutscht. Er wollte hinübergehen, aber der Fahrer hielt ihn fest. Mit schussbereiter Waffe suchte er die Fenster der gegenüberliegenden Häuser ab. Dann zog er Sascha am Arm mit sich in die Hotellobby.

Der Mann an der Rezeption und der junge Kellner, der Sascha und Irina am Nachmittag bedient hatte, kamen leichenblass aus der Deckung des Tresens.

»Packen Sie«, zischte der Fahrer, »und kommen Sie zum Hinterausgang. Beeilen Sie sich.« Dann lief er zum Wagen und fuhr davon.

Sascha nahm die Treppe hinauf in den dritten Stock und schlug mit der Faust gegen Irinas Zimmertür. »Irina, ich bin es. Mach auf.«

Nichts rührte sich.

KAPITEL 26

Ilja stand wieder in der morgendlichen Kälte auf dem Appellplatz. Er war der Letzte in der vierten Reihe, stand ganz rechts. Neben ihm schlug Stas die Arme um den Körper und fluchte leise vor sich hin. Die Wachtürme waren seit Wochen unbesetzt. Kein Sek würde im Winter versuchen, aus dem Lager zu entkommen. Eine Flucht wäre der sichere Erfrierungstod. Die Wachmannschaften standen im Schutz der Baracken und rauchten. Etwa dreißig Meter. Dreißig Meter müsste er laufen, um in die verbotene Zone zu gelangen. Im Krankenrevier hatte er es im Geiste Hunderte Male durchgespielt. Die Wachleute würden »Stehen bleiben!« rufen. Er würde weiterlaufen, weiter auf den Zaun zu. Dann würden die ersten Schüsse fallen. Wenn sie ihn nicht tödlich trafen, musste er sich aufrappeln, versuchen weiterzulaufen, bis der tödliche Schuss fiel. Er würde ihn noch hören. Es wäre das Letzte, was er hören würde.

Er atmete mehrere Male tief durch, zitterte am ganzen Körper. Es war nicht nur die Kälte.

Jetzt! Jetzt!

Seine Beine gehorchten ihm nicht, die Füße waren wie festgefroren.

Er sah den Lagerkommandanten auf den Platz kommen. Die Wachmänner traten aus dem Schutz der Baracken, und einer stellte sich auf Höhe der vierten Reihe hin, nur zwei Meter von Ilja entfernt. Er müsste ihn umstoßen, um an ihm vorbeizukommen. Der Mann war kräftig. Wenn er es nicht schaffte, wenn der Kerl ihn einfach festhielt, dann würde er im Isolator landen. Erfrieren. Verhungern. Nein! So nicht.

Dieses Denken. Wenn nur dieses ständige Denken nicht wäre. Wenn er doch loslaufen könnte wie ein Hase. Gedankenlos.

Sie zählten durch. Er rief seine Nummer, und damit war es vorbei. Er hätte nicht sprechen dürfen, nicht dieses Lebenszeichen von sich geben. Jetzt boykottierte sein Körper, so schien es ihm, seinen Entschluss endgültig.

Der Weg zur Mine. Aus der Bewegung heraus ginge es sicher leichter. Seine Füße wären nicht wie angewachsen, der Schritt aus der Reihe würde leichter fallen. Nicht denken! Nicht darüber nachdenken!

Sie gingen zum Tor hinaus. Vor ihm Juri, neben ihm Stas. Das erste Tageslicht zeigte sich am Horizont. Malvenfarbenes Rot. Malvenfarbene Lebensgier. Mit dem Ärmel wischte er sich über die Augen. Er saugte die kalte Luft tief in die Lunge.

Heute nicht. Heute noch nicht.

Juri Schermenkos Brigade war geschwächt vom Hunger. Die Kälte tat das Übrige. Sie schafften nur einen Bruchteil ihres Solls. Ilja gehörte jetzt, trotz seiner amputierten Finger, zu den Leistungsfähigen. Juri bat ihn, die Arbeit an der Lore zu übernehmen.

Die Finger, die er nicht mehr besaß, schmerzten. Es war, als hingen sie an unsichtbaren Nerven- und Muskelfäden, und es gab diesen absurden Impuls, sie um den Griff der Schubkarre zu legen. Phantomschmerzen. Und er dachte, so ist es nicht nur mit meinen Fingern, so ist es mit meinen Zähnen, die ohne Speise kauen, mit meinem leeren Magen, der immerzu arbeitet. Da ist nichts mehr. Ilja Wassiljewitsch Grenko ist nur noch ein Phantom.

Morgen. Morgen würde er in die Gewehre rennen.

KAPITEL 27

Am 1. Februar 1962 ging Galina wie an jedem Ersten eines Monats in die Kommandantur. Es war ein klarer, kalter Tag. Eine wenige Zentimeter hohe Schneedecke knirschte unter ihren Füßen.

In der Eingangshalle der Kommandantur stellte sie sich in die Schlange der Wartenden. Normalerweise legte sie ihre Papiere vor, und der alte Beamte Kusnezow ging eine Liste durch, machte sein Häkchen, und sie konnte gehen. Seit Jahren war es dieser mürrische dicke Mann gewesen, aber heute saß auf seinem Platz ein Fremder, und die schlichte Prozedur dauerte deutlich länger. Sie hörte, wie der Neue einen Mann anschnauzte: »Nein! Ihre Frau hat gefälligst selber zu erscheinen, das ist die Vorschrift!«

In der Warteschlange rumorte es. Auch Galina hatte die Papiere von Lydia dabei, die der alte Kusnezow immer ohne Einwände auf seiner Liste abgehakt hatte. Jetzt schob sie sie in ihre Manteltasche. Lydia würde selbst kommen müssen.

Als sie ihre Papiere auf den Schreibtisch legte, begutachtete der Mann sie ausgiebig, ging die Liste durch, blätterte, nahm ein weiteres Schreiben zur Hand, und sein Blick wanderte suchend und vergleichend hin und her. Dann schüttelte er den Kopf und ging mit ihren Ausweispapieren und den Listen in ein Hinterzimmer.

Galina schlug das Herz bis zum Hals. Sie überlegte fieberhaft. Was mochte mit ihren Papieren nicht stimmen? Oder hatte jemand sie denunziert? Hatte sie irgendetwas Unüberlegtes gesagt? Sie spürte, wie ihre Schultern sich versteiften, ihr Atem schneller ging.

Der Mann kam zurück und musterte sie eingehend. »Sie wurden im Mai 1948 verbannt. Ist das richtig?«, fragte er in befehlsgewohntem Ton.

Galina nickte stumm, spürte das Zittern in ihren Händen.

Er schüttelte den Kopf und sah sie fast mitleidig an. »Ja, können Sie denn nicht rechnen? Ihre zehn Jahre sind doch längst um.«

Ihr wurden die Knie weich. Sie erinnerte sich an jenen Morgen, als man ihr das Schreiben entgegengehalten hatte.

»Karaganda«, hatte sie gelesen, »Entzug der Bürgerrechte«, aber dann hatte der Mann das Papier wieder an sich genommen. Sie hatte es nie wirklich lesen können.

Der Beamte drückte einen Stempel quer über ihr Ausweispapier. »Bürgerin«, stand da. Ein Datumsstempel folgte, den er mit fast kindlicher Handschrift signierte. Er zeigte auf das andere Ende der Halle. »Sie müssen sich neue Papiere besorgen. Gehen Sie den Gang entlang«, und jetzt schwang Verachtung in seiner Stimme ob dieser ungeheuerlichen Dummheit.

Wie taub saß sie in dem schmalen Büro einer uniformierten Frau gegenüber, die mit unerträglicher Langsamkeit etliche Formulare ausfüllte, während Galina ihre Augen nicht von dem Stempel lösen konnte, von dem dicken, blauen, leicht verschmierten Wort: »Bürgerin«. Erst als sie die Kommandantur verlassen hatte und auf dem Weg zur Fabrik war, sammelten sich die drei Jahre und acht Monate, die sie eigentlich schon frei war, in ihrer Brust und wurden flammender Zorn. Ein Zorn auf den stoischen alten Kusnezow, der ihre Meldung mechanisch abgehakt hatte, ohne auch nur einmal in die Unterlagen zu sehen. Aber vor allem war sie zornig auf sich selbst, weil sie ganz selbstverständlich von lebenslanger Verbannung ausgegangen war. Weil sie sich schon vor Jahren abgefunden hatte.

Kollegen und Freunde, deren Verbannung nach zehn, fünfzehn oder zwanzig Jahren geendet hatte, waren fortgegangen oder lebten als freie Bürger in der Stadt, aber es hatte immer geheißen, dass die Familie eines Landesverräters lebenslang verbannt war.

Als sie wieder an ihrer Nähmaschine saß und schmale Stehkragen an Hemden nähte, kam sie langsam zur Ruhe. Sie dachte an Aivars, der sich nie wieder gemeldet hatte. Es war ihr Fuß, der als Erstes innehielt, das mechanische Treten des Pedals verweigerte. Sie starrte die Nadel an, die jetzt wartend über dem Stoff schwebte. Er war im Mai 1958 fortgegangen. Vor drei Jahren und acht Monaten.

Sie wusste nicht, wie lange sie so gesessen hatte. Die Kollegin warf ein weiteres Hemd auf den Stapel neben ihrer Nähmaschine und flüsterte: »Galina, was träumst du? Du kommst nicht nach.«

Als ihr Fuß den Arbeitstakt wiederaufnahm, konnte sie nur noch eines denken. Moskau! Sie würde nach Moskau reisen. Sie würde Iljas Geige finden und seinen Namen reinwaschen.

Am Abend jammerte und bekreuzigte Lydia sich unentwegt, sagte gebetsmühlenartig: »Gegen die da oben kommst du nicht an, Galina. Fahr nicht.« Sie verstieg sich sogar in die These, dass der alte Kusnezow es nicht aus Bequemlichkeit übersehen, sondern das Schicksal selbst eingegriffen habe, um Galina all die Jahre vor dieser Dummheit, die sie jetzt begehen wollte, zu bewahren.

Galina lächelte, drückte die Alte an sich und neckte sie. Das Wort »frei« tanzte in ihrem Kopf durch tausend offene Türen.

Sie konnte Briefe schreiben.

Der erste ging an das Tschaikowsky-Konservatorium. Sie erkundigte sich darin nach Meschenow. Einen weiteren Brief schickte sie auf gut Glück an Editas alte Adresse – die Freundin aus Moskauer Zeiten. Das Konservatorium antwortete nicht, aber nach sechs Wochen kam ein Brief von Edita. »Ich weine vor Glück«, schrieb sie, und dass sie kaum erwarten könne, Galina und die Jungen wiederzusehen.

Im April verabschiedete Galina sich von Lydia und ihren Söhnen, die, inzwischen fünfzehn- und siebzehnjährig, im Wohnungsbau arbeiteten. In spätestens einem Monat wollte sie zurück sein. Dieses Mal bestieg sie den Zug ohne jedes Zögern. Dieses Mal bestieg sie ihn mit dem sicheren Gefühl einer Bürgerin.

Die Reise dauerte zehn Tage.

Als der Zug am frühen Abend in den Jaroslawler Bahnhof einfuhr, erkannte sie, dass auch hier die Zeit nicht stehengeblieben war. An den Wänden der Bahnhofshalle waren die Gemälde von Korowin verschwunden. Es waren Landschaften und Alltagsszenen gewesen, die sie immer mit großer Bewunderung betrachtet hatte. Auch der Platz der drei Bahnhöfe hatte sich verändert.

In der Metrostation Komsomolskaja kaufte sie eine Fahrkarte und fuhr die steile, endlose Rolltreppe hinunter. Von neuem beeindruckte sie das stuckverzierte Gewölbe, das auf achteckigen Marmorsäulen ruhte. Von den Decken hingen imposante Kronleuchter, unter denen die Menschenmassen den Bahnsteigen entgegeneilten. Die Metro raste durch die Tunnel. In den Waggons standen die Passagiere stumm im tosenden Lärm der Fahrgeräusche.

Galina musste drei Mal umsteigen, weil sie sich nicht zurechtfand. Endlich erreichte sie den westlichen Stadtrand, fand den grauen Mietsblock, in dem Edita immer noch zu Hause war. Die Haustür stand offen, und sie ging hinauf in den zweiten Stock. Im Flur der Gemeinschaftswohnung hing das Telefon an der Wand, von dem aus sie vor fast vierzehn Jahren mit Meschenow gesprochen hatte. Vorsichtig klopfte sie an die Zimmertür. Mehrere Sekunden lang standen sie sich schweigend gegenüber. Dann zog Edita sie herein und umarmte sie stürmisch.

Sie saßen bis tief in die Nacht am Küchentisch. Immer noch stand dort dieses Sofa, auf dem Galina damals übernachtet hatte. Edita arbeitete weiterhin am Mchat-Theater als Schneiderin und Garderobiere. Sie erzählten Stunde um Stunde, sparten aber lange jenen verhängnisvollen Mai 1948 aus, konzentrierten sich ganz auf die Lebenswege danach. Es war bereits weit nach Mitternacht, als Edita endlich sagte: »Drei Mal war ich damals an eurer Wohnung, aber niemand öffnete. Einmal habe ich Meschenow vor dem Konservatorium abgefangen, aber auch er wusste nichts. Dann gab es diese große Aufregung im Theater, weil das über Ilja in der Zeitung stand. Alle sagten: Edita, besser, du hältst dich da raus. Ich dachte ...« Edita zog die Beine an und schien sich in der Ecke des Sofas zu verkriechen. »Es tut mir so leid, Galina, aber ich hatte Angst.«

Galina strich ihr über die Wange: »Du hättest nichts tun können, Edita. Und ...«, beschämt senkte sie den Kopf. »Selbst ich habe lange geglaubt, Ilja sei ins Ausland geflohen.«

Dann erzählte sie von Iljas Brief und von Domorow. Edita hatte eine große Familie und schon immer gute »Verbindungen« gehabt. Sie hatte Lebensmittel organisiert, an die schwer ranzukommen war, und wenn eine kleine Feier angestanden hatte, war sie es gewesen, die für den Wodka gesorgt hatte.

Vorsichtig fragte sie die Freundin: »Dieser Domorow ist ein Wor w sakone. Meinst du, man könnte ihn ausfindig machen?«

Edita nickte. »Ich kann mich mal umhören.«

Am nächsten Tag ging Galina durch die Straßen Moskaus zum Tschaikowsky-Konservatorium. In den breiten Alleen fiel das Sonnenlicht durch junges Blattgrün. Sie war zuversichtlich. Auf dem Platz vor dem großen Eingang gab es jetzt ein Tschaikowsky-Denkmal. Er thronte auf einem hohen Sockel und schaute mit einer gewissen Strenge in die Ferne.

Ganz selbstverständlich betrat sie die Eingangshalle. Zur Linken hingen die Porträts der verstorbenen ruhmvollen Lehrer und Schüler des Hauses. Sie fand Meschenows Bildnis. Auf dem kleinen Messingschild darunter stand 1884–1960. Zu spät! Zorn wallte in ihr auf, erneuter Zorn auf den alten Kusnezow und auf sich selbst. Zwei Jahre. Vor zwei Jahren hätte sie noch mit ihm sprechen können.

Sie trat wieder hinaus, ging um das Konzertgebäude herum hinüber zum Verwaltungstrakt. An der Bürotür mit der Aufschrift »Sekretariat« klopfte sie an. Eine ältere Frau saß hinter einem Schreibtisch.

»Mein Name ist Galina Petrowna Grenko.« Es dauerte zwei, drei Sekunden, dann zeigte sich im Gesicht der Frau, dass ihr der Name etwas sagte. Sie lehnte sich zurück und taxierte Galina kritisch.

»Meschenow«, fuhr Galina eilig fort, »Professor Michail Michajlowitsch Meschenow. Ich weiß, dass er verstorben ist, aber … ich bräuchte die Adresse seiner Tochter Sonja Michajlowna.«

Die Frau wich ihrem Blick aus.

»Ich weiß nicht …«, begann sie, aber Galina unterbrach sie.

»Professor Meschenow war der Lehrer und Freund meines Mannes, und ich will doch lediglich die Adresse seiner Tochter.«

»Sonja Michajlowna ist verheiratet«, lenkte die Frau ein. »Der Genosse Kopejew ist ein großer Förderer unserer Schule.«

Unruhig begann sie, Papiere zu sortieren. »Er arbeitet im Ministerium für Staatssicherheit. Ich kann Ihnen die Adresse nicht einfach geben.«

»Bitte!«, Galina trat dicht an den Schreibtisch. »Sie müssen mir helfen.«

Endlich sah die Frau sie wieder an.

»Ich kann das nicht entscheiden. Kommen Sie in zwei Stunden wieder.«

KAPITEL 28

Er lief den Flur weiter zu seinem Zimmer. Die Tür war nur angelehnt. Vorsichtig schob er sie auf. Irinas Reisetasche stand auf dem Tisch. Sie hockte neben seinem Bett und durchsuchte den Nachtschrank.

Keine Sekunde war Überraschung oder Verlegenheit in ihrem Gesicht zu erkennen.

»Du lebst«, sagte sie. »Gott sei Dank. Ich wollte die Unterlagen und den Laptop in Sicherheit bringen.«

Sascha stand für einen Augenblick ganz still, glaubte ihr kein Wort. Sie spürte es wohl und wich seinem Blick aus.

»Verdammt, Grenko«, zischte sie, »wir müssen jetzt hier weg. Du kannst später Bedenken gegen mich anmelden.«

Auf der Straße kam das Heulen von Sirenen näher, bläuliches Licht tanzte am Fenster vorbei.

Er nahm ihr den kleinen Koffer ab. »Komm, Domorows Fahrer wartet am Hinterausgang.«

Jetzt war sie es, die zögerte.

»Hast du Domorow den Brief überlassen?«

Er schüttelte den Kopf.

»Gut!« Sie atmete auf. »Das Beste wird sein, wir trennen uns. Gib mir den Originalbrief. Ich bringe ihn in Sicherheit.«

Wieder schüttelte Sascha den Kopf.

»Du bist ein sturer Bock«, schimpfte sie. »Es geht hier nicht nur um deine blöde Geige. Es geht … in dem Brief wird Schermenko erwähnt, Juri Schermenko, und darum will …«

Sascha packte ihren Arm. »Woher weißt du das?«

Sie riss sich los. »Von Reger.«

Unten verstummten die Sirenen. Stimmengewirr wehte herauf. Er trat ans Fenster. Vier Milizfahrzeuge hatten die Straße zugeparkt. Er sah zwei Beamte auf den Hoteleingang zugehen.

»Du hättest dir die Suche sparen können. Der Brief ist in Deutschland«, sagte er.

Irina lachte auf. »Du lügst. Aber das ist auch schon egal.«

Sie nahm ihre Reisetasche, und zusammen liefen sie zum Hinterausgang des Hotels.

Domorows Fahrer stand mit dem Wagen vor einer Laderampe und fluchte, als sie zu zweit das Auto bestiegen, gab aber sofort Gas. Das schwere Eisentor hinter der Rampe war geöffnet.

Sie bogen immer wieder ab, durchquerten mehrere Hinterhöfe. Dann klappte der Fahrer die Außenspiegel mit einem Knopfdruck ein, und sie fuhren durch eine Gasse, die wohl nur als Fußweg gedacht war.

Sascha hatte die Orientierung bereits völlig verloren, als sie unvermutet wieder auf dem Gartenring waren.

Der Fahrer zog sein Handy aus der Tasche und telefonierte.

»Sie ist dabei!«, knurrte er ins Telefon. Es folgte eine längere Pause, in der er zuhörte. Dann steckte er das Handy schweigend ein und fuhr in Richtung Nordwesten. Sie erreichten den Stadtteil Barrikadnaja, passierten großzügig angelegte Parks und Spielplätze und den Moskauer Zoo mit seinen Schwanenteichen, die im Licht der Scheinwerfer glitzerten. Sascha nahm das alles wie aus weiter Ferne wahr. Immer wieder ließ er die Ereignisse vor dem Hotel Revue passieren.

Der Fahrer war nicht zum Schuss gekommen. Wer also hatte den Angreifer erschossen? Hatte Irina eine Waffe? Hatte sie vom Fenster aus geschossen?

Der Wagen hielt in einer Seitenstraße, in der kleine Geschäfte sich aneinanderreihten. Sie betraten ein zweistöckiges Haus. Eine Neonreklame über dem Eingang kündigte einen Nachtclub an.

Eine schmale Treppe führte in den ersten Stock. Der Fahrer brachte sie in ein Zimmer, dessen Mittelpunkt ein großes Polsterbett war. Der Geruch von Anstrengung und Körperflüssigkeiten lag in der Luft. An der Wand gegenüber gab es ein Waschbecken mit Spiegel.

Der Fahrer blieb in der Tür stehen.

»Verlassen Sie das Zimmer nicht«, sagte er.

Sascha war hungrig und müde. »Was zu essen«, bat er. »Könnten wir was zu essen bekommen?«

Der Mann ging schweigend davon.

Irina schob die feinen Organzavorhänge auseinander und blickte auf die Straße.

Mit müder Stimme fragte Sascha: »Hast du geschossen?«

Irina drehte sich um. Ihr »Nein!« kam sofort. »Der Schütze stand in einem der Eingänge auf der anderen Straßenseite, aber ich habe ihn vom Fenster aus nicht erkennen können.«

»Und der andere, der auf uns geschossen hat … Hast du ihn erkennen können? War es der Mann aus dem Park in Almaty? War es Dmitri Kalugin?«

Sie atmete tief und schüttelte resigniert den Kopf. »Ich weiß es nicht. Er trug eine Schirmmütze. Ich konnte sein Gesicht nicht sehen.«

Sascha setzte sich auf das Bett. »Schermenko«, sagte er. »Was ist mit dem? Und sag mir endlich, was du mit der ganzen Sache zu tun hast …«, er zögerte nur kurz, »ansonsten kannst du morgen früh nach Almaty zurückfliegen. Dann bist du raus.«

Irina setzte sich neben ihn.

»Der Brief beweist, dass Juri Schermenko in Workuta war und Domorow und er sich gekannt haben.«

Sascha schüttelte müde den Kopf.

»Und? Jetzt rede schon, wer ist dieser Schermenko?« Irina hob beschwichtigend die Hände.

»Er war Offizier in der Roten Armee. Seine Einheit kämpfte in Polen, und sie sollten eine Brücke sprengen. Das gelang nicht. Schermenko sagte später aus, dass sie viel zu wenig Sprengstoff gehabt hätten, aber man verurteilte seine gesamte Einheit wegen Sabotage zu fünfzehn Jahren Arbeitslager. 1954, kurz nach Stalins Tod, kam Schermenko im Zuge einer Amnestie frei. Er wurde rehabilitiert und machte erneut Karriere in der Armee, war ab 1960 Inspekteur und kontrollierte die Armeebestände in der Ukraine. In den siebziger Jahren tauchten in Libyen Waffen, Fahrzeuge und Panzer auf, die zu den sowjetischen Armeebeständen gehörten und laut Schermenkos Militärbestandslisten in den Lagern und Fuhrparks in der Ukraine waren.«

Sie legte eine kleine Pause ein. Dann fuhr sie fort. »In all den Jahren war der alte Domorow regelmäßig in die Ukraine gereist, und es gab das Gerücht, dass er im Ausland ein großes Vermögen besaß. Schermenko hatte immer behauptet, dass er ausschließlich in einem Arbeitslager in Taischet gewesen sei und Domorow nicht kenne. Er wurde hingerichtet, und Domorow blieb unbehelligt. Der hatte wohl damals schon gute Kontakte, denn die entscheidenden Lagerunterlagen aus Workuta waren angeblich bei einem Feuer verlorengegangen.«

Sascha hörte aufmerksam zu. Als sie schwieg, sagte er: »Das ist dreißig Jahre her. Was spielt das noch für eine Rolle?«

Irina lachte. »Witali Domorow ist hier in Moskau ein einflussreicher Mann und vielen ein Dorn im Auge. Es gibt Leute im Kreml, die ihm gerne nachweisen würden, dass der Grundstock seines Vermögens mit dem Verkauf sowjetischen Eigentums verdient wurde und sein Vermögen somit Staatseigentum ist. Aber man geht zögerlich mit ihm um. Er ist gefürchtet.«

Der Fahrer kam zurück, stellte zwei McDonald's-Tüten und zwei Flaschen Cola auf den Beistelltisch neben dem Bett. Irina fragte ihn nach seinem Namen und ob er über Nacht bleiben würde. »Kyrill«, sagte er kurz und verließ das Zimmer. Ob er bleiben würde, sagte er nicht.

Sie aßen Hamburger, und unmittelbar danach musste

Sascha wohl vor Erschöpfung eingeschlafen sein. Als er aufwachte, lag er angezogen auf dem Bett. Mildes Tageslicht fiel ins Zimmer. Irina stand am Waschbecken und putzte sich die Zähne.

Der Schlaf hatte gutgetan. Er stand auf und ging ans Fenster. Der Volvo parkte immer noch vor dem Haus, oder vielleicht schon wieder. Kyrill, da war er sich sicher, würde nicht von seiner Seite weichen, solange Domorow den Originalbrief nicht in Händen hielt. Er drehte sich um und betrachtete Irina.

»Hat Reger dir den Brief gemailt?«

Irina spuckte Zahnpasta aus.

»Nein, er hat ihn mir am Telefon vorgelesen.« Ihre Blicke trafen sich im Spiegel, »… und ich weiß, dass du das Original dabeihast.«

»Mein Angebot von gestern Abend gilt«, sagte Sascha schroff. »Wenn du nicht endlich mit offenen Karten spielst, kannst du nach Hause fliegen.«

Sie zog Bluse und BH aus und begann sich zu waschen. Er legte sich wieder auf das Bett, betrachtete ihren makellosen Rücken. Unter dem rechten Schulterblatt hatte sie ein ovales Muttermal. Ein kleines Auge, das ihn ansah.

»Ich war freie Journalistin, hier in Moskau«, begann sie. »2004 habe ich mich mit Alexei Alexejewitsch Rybaltschenko beschäftigt, einem Pianisten, der 1948 das Land verlassen hatte. Mein Vater war ein großer Verehrer gewesen, und ich wollte einen Artikel über den Pianisten schreiben. Ich recherchierte im Ausland, wie seine Karriere nach der Flucht verlaufen war, aber ich konnte nichts finden. Er tauchte nirgendwo auf. Kein Wohnsitz, keine Konzerte. Nichts! Nicht in Europa, nicht in den USA oder Japan, nirgendwo. Ich wandte mich an das Konservatorium und äußerte den Verdacht, dass Rybaltschenko das Land vielleicht nie verlassen habe.«

Sie trocknete sich ab und zog ein frisches T-Shirt über. Das kleine Schulterauge verschwand. Sascha bedauerte das.

»Zwei Tage später war meine Wohnung durchsucht, mein Computer und alle Unterlagen über Rybaltschenko waren verschwunden. Ich arbeitete zur gleichen Zeit an Auftragsreportagen für zwei Zeitungen. Die Aufträge wurden mir entzogen, und ich bekam in den Wochen danach auch keine neuen.«

Sascha stützte seinen Ellbogen auf, hob den Kopf und versuchte herauszuhören, ob sie log. Das Handtuch immer noch in der Hand, setzte sie sich neben ihn.

»Ich hatte Freunde in Almaty und konnte dort für eine kleine Zeitung arbeiten, aber ich habe mich auch weiter mit Rybaltschenko beschäftigt. Vor zwei Jahren bekam ich einen Hinweis in Richtung Workuta. Ich fuhr hin und traf auf ehemalige Häftlinge, die geblieben waren und sich dort angesiedelt hatten. Immer wieder fiel der Name Sergei Sergejewitsch Domorow. Eines Abends lernte ich einen alten Mann kennen, den alle Stas nannten. Musiker, sagte der, habe es einige im Lager gegeben, er konnte sich aber nur an den Namen Grenko erinnern.«

Sascha setzte sich auf. »Was hat er gesagt?«

»Nachdem der Wodka an dem Abend reichlich geflossen war, erzählte er, Grenko sei der einzige Zivilist in ihrer Brigade gewesen. Alle anderen seien 1947 zusammen mit ihrem Offizier Juri Schermenko nach Workuta gekommen.«

»Hat er sonst noch was über meinen Großvater gesagt?«

»Nein. Ich habe nicht weiter gefragt. Damals war der Name Grenko für mich ja nicht von Bedeutung.«

Für einen Moment saßen sie stumm. Dann reichte sie ihm das Handtuch, und Sascha nahm Zahnbürste und Rasierapparat aus seinem kleinen Koffer.

»Wie ist dein Kontakt zu Reger zustande gekommen?«, fragte er.

»Regers Kontaktmann in Almaty. Er ist ein Freund von mir und weiß von meinen Recherchen über Rybaltschenko. Als Reger ihn anrief und sagte, dass es um einen Musiker geht, der in Workuta war … Na ja, er meinte, dass ich da die Richtige bin.«

Sascha ging zum Waschbecken und wusch sich.

»Meschenow?«, fragte er. »Was weißt du über Meschenow?«

»Er war Professor am Konservatorium. Starb Anfang der sechziger Jahre und wurde auf dem Nowodewitschi-Friedhof beigesetzt, ein Ehrenfriedhof, auf dem nur verdiente Russen einen Platz finden. Mehr weiß ich nicht.«

Sie stellte sich hinter ihn und nickte ihm im Spiegel zu.

»In der Halle des Konservatoriums gibt es eine Galerie der verdienten Schüler und Lehrer. Er hat dort einen Platz.«

Sie stand dicht hinter ihm. Er spürte ihren Atem auf dem Schulterblatt und gestand sich ein, dass er ihre Nähe mochte.

Leise sagte sie: »Es geht mir nicht nur um Regers gute

Bezahlung. Ich versaure als Lokalreporterin in Almaty, und ich habe gehofft … ich dachte … Der Brief ist für Domorow unbezahlbar. Du könntest an die Herausgabe noch eine Bedingung knüpfen.« Sie räusperte sich. »Für Domorow wäre es ein Leichtes, mir einen Neustart hier in Moskau zu verschaffen.«

Dann wandte sie sich ab. Er blieb einige Sekunden unbeweglich stehen, schmeckte der Vertrautheit des Augenblicks nach und genoss diese Sicherheit, mit der er wusste, dass sie die Wahrheit sagte.

Er zog das Polohemd vom Vortag wieder über und dachte daran, dass er im Laufe des Tages zwei oder drei T-Shirts kaufen müsste.

Bevor sie das Zimmer verließen, rief er Domorow an. Wieder meldete sich die unverbindliche Stimme, aber diesmal wurde er sofort verbunden.

»Einen Kontakt zum Konservatorium«, bat er, »können Sie das arrangieren? Und Meschenow. Können Sie herausfinden, ob er Verwandte hat?«

Schon eine Stunde später, sie saßen zusammen mit Kyrill unten in der Bar, aßen süße Piroggen und tranken Tee, rief Domorow zurück.

»Man erwartet Sie unter dem Namen Simon Dörner im Konservatorium. Sie sind Autor und schreiben für eine deutsche Musikzeitschrift einen größeren Artikel über Meschenow«, sagte er, und Sascha nahm zur Kenntnis, dass Domorow auch über seinen falschen Pass informiert war.

»Meschenow hat eine Tochter. Sonja Michajlowna, verheiratete Kopejewa«, kam es vom anderen Ende der Leitung, »und das ist sehr interessant. Kopejew arbeitete ab 1946 im Ministerium für Staatssicherheit. Er

hat auch heute noch die besten Kontakte zum FSB.«
Domorow gab ihm eine Adresse durch. »Diese Tür«,
sagte er abschließend, »kann ich Ihnen aber nicht öffnen.«

Kopejew! Sascha brauchte nur drei Sekunden, bis er
wusste, wo er den Namen schon einmal gelesen hatte.

KAPITEL 29

Es waren drei weitere Tage vergangen, in denen Ilja morgens über die schneebedeckte verbotene Zone blickte. Dieser kleine, lächerliche Funke Lebenswille, der Herr über seinen Körper war und diesen ersten Schritt sabotierte. Aber es war nicht nur das. Domorow hatte gesagt: Wenn ich etwas für dich tun kann …
An diesem Abend sprach Ilja ihn vor der Essensbaracke an. »Man sagt, dass du Post für Seki ohne Posterlaubnis weiterleiten kannst.« Seine Stimme bebte. »Einen Brief. Einen Brief an meine Frau in Moskau. Wäre das möglich?«
Domorow nickte sofort. »Schreib«, sagte er. »Ohne Adresse. Adressen nur mündlich.«
Ilja besorgte sich Papier aus der Küche. Es war nur das Etikett einer Bohnendose, aber die Rückseite konnte er benutzen. Der alte Kolja organisierte einen Kerzenstummel und einen Bleistift.
Ilja brauchte drei Abende. Er überlegte sich jedes Wort genau und schrieb so klein wie möglich. Es fiel ihm schwer, sich zu konzentrieren, und die filigranen Buch-

staben gerieten an manchen Stellen zittrig und ungelenk. Schon im ersten Satz steckte Abschied. Einige
Zeilen später schrieb er: *Mir sind zwei Finger erfroren
und mit ihnen auch alle Musik in mir.* Immer wieder las
er den Satz, den seine Hand, so schien es ihm, ganz alleine geschrieben hatte. Er schloss die Augen, suchte
noch einmal, so wie er es in der Lubjanka getan hatte,
nach Tönen und Klängen in seinem Innern. Die Stille in
ihm dröhnte.

Er war kein Musiker mehr.

Wenige Zeilen später bat er um Verzeihung für das, was
er tun würde, und es war wohl diese niedergeschriebe-
ne Bitte, die ihn erlöste, die den Weg freimachte.

Als er den Brief unterzeichnet hatte, wanderten seine
Gedanken noch einmal zu Gerschow, und die Ereignisse auf dem Transport schienen ihm jetzt hundert Jahre
entfernt. Er sah vor sich, wie er versucht hatte, den Alten aus dem Waggon zu ziehen, und meinte, noch einmal den Schuss zu hören. Gerschow war als Gerschow
gestorben.

Und Rybaltschenko. Rybaltschenko mit bettelnder
Hand neben der Essensbaracke. Rybaltschenko war
nicht als Rybaltschenko gestorben.

Nicht so!

So nicht!

Er würde den Gerschowtod wählen. Er würde als Ilja
Wassiljewitsch Grenko über den Rand der Welt fallen.

Er las seinen Brief noch einmal durch. Dann faltete er
die Ecken mehrmals zur Mitte. Kolja blies in die Rest-
glut des Ofens und zündete die Kerze an.

Wachs tropfte.

Versiegelte das Papier.

Besiegelte seinen Entschluss.

Am nächsten Morgen stellte er sich auf dem Appellplatz neben Domorow, steckte ihm den Brief zu und
flüsterte die Adresse.

Sergei Sergejewitsch Domorow steckte den Brief wortlos in seine Tasche. Sie waren schon auf dem Marsch
zur Mine, als er sagte: »Er wird ankommen. Ich verspreche es.«

KAPITEL 30

Galina brachte die zwei Stunden auf dem Vorplatz des Konservatoriums zu. Sie saß auf den Stufen zur Eingangshalle und versuchte, die neuen Informationen einzuordnen.

Sonjas Mann war bei der Staatssicherheit.

Immer wieder griff sie in ihre Handtasche und tastete nach Iljas letztem Brief. Sie würde ihn Sonja zeigen, und vielleicht konnte ihr Mann helfen.

Gleichzeitig gab es diese Unruhe in ihr. Sie meinte, sich zu erinnern, dass Sonja ihren Brief vor über zehn Jahren bereits mit Kopejewa unterschrieben hatte. Als Ilja verschwand, war sie verlobt gewesen, und Meschenow hatte damals gesagt, er habe einen guten Kontakt zum Ministerium. War das sein zukünftiger Schwiegersohn gewesen? War Kopejew damals schon …?

Und ganz unvermittelt mischten sich Erinnerungen an Domorows Besuch in ihre Gedankengänge. Sie hörte ihn sagen: »Kurasch hat seine Anweisungen direkt aus dem Ministerium bekommen.«

Sie schluckte an einer leichten Übelkeit, hob den Kopf

und hielt das Gesicht in die Sonne. Es würde sich aufklären. Sie hatte den Brief, und damit konnte sie Sonja beweisen, dass Ilja Unrecht geschehen war.

Eine Viertelstunde vor der Zeit ging sie hinüber zum Verwaltungsgebäude und klopfte erneut im Sekretariat an.

Die Frau sah ihr entgegen und sagte kurz: »Sonja Michajlowna wohnt an der Kotelnitscheskaja.«

Galina hatte keine Ahnung, wo das sein sollte, aber sie bedankte sich und ging davon. Kotelnitscheskaja! Die Stadt hatte sich in den letzten dreizehn Jahren sehr verändert, das hatte sie schon am Bahnhof und auf ihrem Weg heute Morgen bemerkt. Edita würde sicher wissen, wohin sie musste.

Als sie am Abend »Kotelnitscheskaja« sagte, machte Edita große Augen. »Das ist der Kotelnitscheskaja-Wolkenkratzer«, sagte sie fast atemlos. »Sie wohnt im Kotelnitscheskaja-Wolkenkratzer.«

Galina schluckte. Sie erinnerte sich. Damals war dieser Wolkenkratzer an der Mündung der Flüsse Moskwa und Jausa noch nicht fertig gewesen.

»In diesen Wohnungen«, und Edita flüsterte jetzt, »da leben nur besonders verdiente Bürger. Dieser Kopejew kann kein einfacher Beamter sein.«

Galina schwieg. Wieder schwappte in sanften Wellen eine Ahnung in ihr Bewusstsein. Eine Ahnung, die sie nicht greifen konnte, die sich jedem klaren Gedanken entzog, wie ein leichtes Zittern, das man nicht beherrscht.

Auch Edita hatte Neuigkeiten. Ein Freund hatte sich gefunden, der Domorow kannte. »Er wird ihm sagen, dass du hier bist und mit ihm sprechen möchtest.«

An diesem Abend musste Edita ins Theater und ihren Dienst als Garderobiere versehen. Galina schlief früh und zufrieden auf dem Sofa ein. Es lief doch alles gut. Morgen würde sie Sonja aufsuchen, und Sergei Sergejewitsch Domorow würde sich vielleicht auch melden.

Gleich morgens fuhr sie mit der Metro ans Flussufer. Als sie vor dem Kotelnitscheskaja-Wolkenkratzer stand, war sie für einen Moment eingeschüchtert. Der Turm wuchs breit und mächtig in das Blau des Himmels, und die Seitengebäude wirkten wie die ausgebreiteten Flügel eines riesigen Vogels.

Die Decke der Eingangshalle ruhte auf Marmorsäulen, Marmor auch an den Wänden.

Sie musste ihren Ausweis vorlegen, angeben, wen sie besuchen wolle und warum. Der Mann gab ihr den Ausweis zurück und musterte sie kritisch. Sie war ordentlich, aber ärmlich gekleidet. Sie dachte: Leute wie ich verkehren hier nicht.

»Sonja Michajlowna Kopejewa«, sagte sie. »Ich bin eine Freundin und möchte sie besuchen.«

Der Mann ging hinter einen Tresen und telefonierte. Sie hörte nicht alles, aber einmal sagte er: »Jawohl, Genosse Kopejew«, und dann: »Selbstverständlich, Genosse Kopejew, ich kümmere mich darum.«

Dann kam er auf sie zu und bat sie, in einer Sitzgruppe am Ende der Halle Platz zu nehmen.

Später konnte sie nicht erklären, warum sie tat, was sie dann tat. Es war etwas in seinem Blick gewesen, etwas feindlich Lauerndes. Es war etwas in der Art gewesen, wie er sie zu der Sitzgruppe geleitet hatte. Alles an ihm erinnerte sie an die Männer, die sie dreizehn Jahre zuvor abgeholt hatten.

Der Mann ging zurück hinter den Tresen und telefonierte erneut. Er saß mit dem Rücken zur Halle. Ihr Herz raste. Sie stand auf, schlich sich an der äußeren Wand entlang. Der Marmor, daran erinnerte sie sich später genau, strahlte Kälte aus. Als sie den Eingang erreichte, rief der Mann hinter ihr her, sie solle stehen bleiben.

Sie rannte los. Ohne Ziel rannte sie die Straße entlang, konnte nur denken: Nicht noch einmal. Nicht noch einmal. Sie wusste nicht, wie lange sie so gelaufen war, aber als sie endlich innehielt, stand sie auf einem Platz. Gegenüber lag die Metrostation Taganskaja. Atemlos kramte sie einige Kopeken aus ihrer Tasche und kaufte an dem Schalter eine Fahrkarte. Galina meinte, die Alte, die ihr die Karte durch die kleine Öffnung in der Glaswand zuschob, mustere sie misstrauisch. Eilig betrat sie die Metrostation, stellte sich auf die steile, unendlich lange Rolltreppe.

Auf der Mitte sah sie sich noch einmal um. Hinter ihr stand ein Milizionär. Er blickte sie direkt an.

»Ein Zufall«, sagte ihr Verstand.

Sie stieg einige Stufen hinunter. Der Mann blieb stehen.

»Er will nichts von dir«, sagte ihr Verstand.

Die alten Bilder stürmten ungehindert auf sie ein. Der Zug, die Wagen, die schreienden Nächte. Karaganda.

Sie umklammerte den Handlauf. Sie spürte, dass die Treppenstufen und der Handlauf nicht synchron liefen. Ihr Oberkörper wurde nach und nach vornübergezogen.

»Loslassen! Nachgreifen!«, sagte ihr Verstand.

Unten fuhr die Metro ein. Das Quietschen der Bremsen hallte tausendfach wider.

Eine Hand. Ein fester Griff an ihrem Unterarm. Sein Atem in ihrem Nacken. Seine Stimme. »Lassen Sie doch los. Lassen Sie sofort den Handlauf los ...«
Nein! Nein! Nicht noch einmal!
Sie machte eine halbe Drehung, versuchte die fremde Hand abzuschütteln. Dann verlor sie endgültig das Gleichgewicht.

KAPITEL 31

Njet!« Wieder hob Kyrill abwehrend die Hand, als Irina sich erhob, um Sascha ins Konservatorium zu begleiten. Sie lachte bitter, protestierte aber nicht weiter. Stattdessen sagte sie zu Sascha: »Ich weiß sowieso nicht, was du dir davon versprichst. Die werden die offizielle Lesart präsentieren und sonst gar nichts.«

Im Konservatorium wurde Sascha von einem jungen Mann mit gepflegtem Bart empfangen. Er hieß Sidorkin und verbreitete eine nervöse Unruhe.

»Ein Artikel über das Leben und Werk Meschenows in Deutschland«, sagte er, »selbstverständlich wird das Konservatorium alles tun, um behilflich zu sein.«

Er führte ihn in ein Seitengebäude und erklärte auf dem Weg, dass es ein Archiv gäbe, für das er zuständig sei. Sie betraten einen Flur, und er räusperte sich verlegen.

»Es ist leider nicht erlaubt, dass Sie Ihr Handy mit hinunternehmen«, lächelte er entschuldigend.

Sascha sah ihn skeptisch an. »Aber es wäre doch das Einfachste, wenn ich die Unterlagen abfotografiere.«

Sidorkins Lächeln erfror. »O nein, das geht auf keinen

Fall. Es tut mir leid, aber Sie müssen Ihr Handy abgeben.«

Sascha gab ihm sein Telefon, zog es dann aber noch einmal zurück und schaltete es ab. Der junge Mann brachte es in ein Büro, kam mit einem Block und einem Kugelschreiber zurück.

»Für Ihre Notizen«, sagte er freundlich. Der Raum lag im Souterrain, war langgestreckt, und an den Wänden zogen sich Regale voller Ordner und sorgfältig beschrifteter Kartons hin. Auf einem Tisch hatte Sidorkin bereits alles über Meschenow zusammengestellt.

Es gab vier Ordner und zwei Kartons.

Der junge Mann bat ihn, Platz zu nehmen, und setzte sich dazu.

Sascha sagte freundlich: »Sie müssen aber nicht die ganze Zeit hierbleiben. Ich sage Ihnen Bescheid, wenn ich fertig bin.«

»Oh, kein Problem. Ich werde Sie mit all meinem Wissen unterstützen.« Er lächelte verbindlich, öffnete den ersten Ordner und schob ihn Sascha zu.

Er war mit Notenblättern gefüllt, die handgeschriebene Kompositionen von Meschenow enthielten. Sascha hatte davon keine Ahnung, blätterte sie aber gewissenhaft durch. In dem zweiten Ordner befanden sich Aufsätze und Aufzeichnungen aus Vorlesungen. Sascha bemühte sich, sein Desinteresse nicht zu zeigen.

In den Kartons fand er Notizbücher, Zeitungsausschnitte und diverse Fotos. Auf der Rückseite der Bilder waren Datum und die Namen der abgebildeten Personen vermerkt. Er fand ein Bild, das Meschenow mit vier Jungen zeigte. Auf der Rückseite stand 1933 und an dritter Stelle der Name: Ilja Wassiljewitsch Grenko. Da war er dreizehn Jahre alt gewesen.

Ein anderes zeigte Saschas Großvater mit sechzehn auf einer Bühne. Meschenow neben ihm, den Arm väterlich um Iljas Schulter gelegt. Es gab viele Fotos der beiden und ebenso diverse Zeitungsartikel. Die Zeitungen sprachen zunächst von Meschenow und seinem begabten Schüler, aber die Artikel veränderten sich. Schon 1938 lautete eine Bildunterschrift: Ilja Wassiljewitsch Grenko mit seinem Lehrer. Und einige Jahre später feierten die Zeitungen den Schüler Grenko, und Meschenow war nur noch eine Randnotiz.

Er fand auch ein Foto von Meschenow zusammen mit dem Pianisten Rybaltschenko. Sascha dachte an Irina und dass sie dieses Bild vielleicht gerne gesehen hätte.

Das letzte interessante Bild war 1952 aufgenommen. Der Rückseite entnahm er, dass es Meschenow mit Tochter und Schwiegersohn zeigte. Das also war Kopejew. Er wirkte freundlich und unscheinbar, und Sascha musste an einen Versicherungsvertreter oder Verkäufer im Möbelhaus denken.

In den Notizheften hatte Meschenow Bemerkungen über die Begabung und Schwächen seiner Schüler gemacht. Mehrmals hob er Iljas Eifer und seinen sehr eigenen Zugang zur Musik hervor. 1946 schrieb er: *Ilja ist immer noch von großer Naivität, und mir scheint, dass es die kindliche Naivität ist, die seinem Spiel diese Leichtigkeit gibt.*

Eine der letzten Notizen lautete: *Ilja macht zu viele Konzertreisen. Er entfernt sich, und ich habe den Eindruck, dass ihm der Erfolg zu Kopf steigt.*

Obwohl Meschenow noch bis 1954 unterrichtete, endeten die handschriftlichen Aufzeichnungen über seine Schüler 1948.

Sascha fragte Sidorkin: »Warum enden die persönlichen Aufzeichnungen hier?«

Der junge Mann antwortete wie aus der Pistole geschossen. »Meschenow wurde damals sehr krank. Er unterrichtete danach nur noch sporadisch.«

»Dieser Ilja Wassiljewitsch Grenko war offensichtlich ein sehr begabter Schüler. Was ist aus dem geworden?«, stellte Sascha sich unwissend.

Der Mann räusperte sich.

»Eine unschöne Geschichte. Grenko war tatsächlich sehr begabt und Meschenows Lieblingsschüler. Er kümmerte sich um ihn wie um einen Sohn, aber Grenko zeigte sich undankbar. Nach einem Konzert in Wien ist er nicht mehr zurückgekommen. Meschenow hat das nicht verwunden. Danach wurde er krank.«

Sascha entschied sich zu provozieren.

»Das ist ja merkwürdig. Ich beschäftige mich schon lange mit russischen Musikern, und von diesem Grenko findet man auch in Europa nur Aufzeichnungen über Konzerte bis 1948.«

Sidorkin sah ihn direkt an und sagte abweisend: »Ich habe den Auftrag, Sie mit dem Leben und Werk von Professor Michail Michajlowitsch Meschenow vertraut zu machen. Über Grenko haben wir keine Unterlagen.«

Sascha erhob sich und dankte. Der Mann stand ebenfalls auf, und als wolle er darauf hinweisen, dass er Sascha durchschaut hatte, tippte er auf den leeren Block und sagte: »Vergessen Sie Ihre Notizen nicht, Herr Dörner.«

Als sie den Flur entlanggingen, hielt Sidorkin sich dicht neben ihm und sagte flüsternd: »Sie werden es nicht glauben, aber auch wir haben Internet, Herr Dörner, und auch wir wissen, dass die Geschichte um Ilja Wassiljewitsch Grenkos Flucht so nicht stimmen kann.«

Er holte Saschas Handy und sagte leise, aber nicht ohne Stolz: »Noch kann man unbequeme Wahrheiten hier nicht immer aussprechen, aber die Zeit wird kommen.«

Kyrill lehnte am Wagen und ließ sich die Sonne ins Gesicht scheinen, als Sascha das Konservatorium verließ und sein Handy wieder einschaltete.

Drei Anrufe in Abwesenheit in der letzten Viertelstunde. Alle von Reger. Vielleicht hatte er den Leihwagen und damit Vikas Notiz gefunden.

Sascha blieb auf den Stufen stehen und rief zurück.

»Wieso stellen Sie Ihr Handy ab?«, begrüßte Reger ihn.

»War der Zettel noch im Handschuhfach«, überging Sascha die Frage.

»Nein! Aber das ist auch nicht mehr wichtig«, blaffte Reger. »Sagen Sie mir lieber, mit wem Sie es da zu tun haben.«

Sascha zögerte. »Wieso? Was ist passiert?«

»Das kann ich Ihnen sagen. Vorhin erfahre ich, dass man letzte Nacht auf einem Rastplatz in der Nähe von München einen Toten gefunden hat und dass der die Waffe bei sich trug, mit der Ihre Schwester und die Frau in der Pension erschossen wurden.«

Sascha spürte Erleichterung, und gleichzeitig machte ihn diese Nachricht nervös. Domorow! Domorow hatte gesagt: Ich kann einiges für Sie tun. Hier und in Deutschland. Aber so schnell? Wenn Domorow mit dem Tod dieses Mannes zu tun hatte, dann hatte er ihn offensichtlich nicht erst suchen müssen. Dann hatte er die ganze Zeit gewusst, wer auf Vika geschossen hatte. Und das konnte doch nur bedeuten …

Reger sprach weiter.

»Der ist der Polizei auf einem Silbertablett serviert worden, und erzählen Sie mir jetzt nichts von einem glücklichen Zufall oder so einen Scheiß. Außerdem höre ich, dass auf Sie geschossen wurde.«

Sascha war mit seinen Gedanken noch bei Domorow, brauchte zwei Sekunden, bis er Regers letzten Satz begriff.

»Woher wissen Sie das?«, fragte er langsam, und seine Stimme triefte vor Misstrauen.

»Von der Bukaskina, verdammt noch mal! Die konnte ich ja wenigstens erreichen«, brüllte Reger.

Sascha fuhr sich mit der Hand über das Gesicht.

»Entschuldigung.« Er versuchte ein Lachen. »Ich glaube, ich werde langsam paranoid.«

Für einen Moment schwiegen sie beide.

»Kommen Sie zurück«, sagte Reger versöhnlich. »Sie wollten den Mann, der Ihre Schwester erschossen hat, und das hat sich erledigt.«

»Er war der Schütze«, antwortete Sascha, »aber die Fäden laufen hier zusammen.«

Wieder brüllte Reger los. »Natürlich laufen die Fäden da zusammen, aber was glauben Sie denn, wer Sie sind? Die schnippen doch nur mit dem Finger, wenn Sie denen in die Quere kommen.«

Während Reger weiterschimpfte, dachte Sascha: Meschenows Tochter. Mit Sonja Michajlowna Kopejewa musste er auf jeden Fall noch sprechen. Kopejew, dieser Name hatte unter dem Antwortschreiben des Innenministeriums gestanden. Das konnte kein Zufall sein.

Dann fiel ihm ein, was er Reger noch fragen wollte.

»Dmitri Kalugin«, fragte er. »Haben Sie etwas über ihn herausgefunden?«

»Aussiedler, genau wie Sie. Arbeitet als Übersetzer. Mehr gibt es über ihn nicht.«

»Ein oder zwei Tage noch«, wechselte Sascha das Thema, »dann bin ich zurück.«

Kyrill lehnte geduldig mit verschränkten Armen am Auto und wartete.

Sascha sah auf die Uhr. Es war bereits nach Mittag. Er reichte Kyrill den Zettel, auf dem er sich Kopejews Adresse notiert hatte.

»Können Sie mich da hinbringen?«

Kyrill betrachtete die Notiz.

»Das ist weit«, sagte er auf seine brummige Art, griff zum Handy und besprach Saschas Wunsch mit Domorow. Sascha dachte an den Originalbrief, den er immer noch im Schuh trug. Dieses fünfzig Jahre alte Dosenetikett war seine Lebensversicherung.

Kyrill setzte sich in den Wagen und gab die Anschrift in das Navigationssystem ein. »Anderthalb Stunden«, brummte er.

KAPITEL 32

Am 23. Januar 1949 aß Ilja morgens von dem harten Brot. Seit Wochen bestand die morgendliche Essensration aus einer Tasse dünnem Tee und diesen immer kleiner werdenden Brotstücken. Er dachte daran, es Stas zuzuschieben, überlegte es sich dann aber anders. Nicht weil er es selbst essen wollte, sondern weil er fürchtete, Stas würde seine Absicht erkennen und versuchen, ihn abzuhalten.

Als die Sirene sie auf den Appellplatz rief, ließ er sich Zeit, lehnte sich an die Essensbaracke und spürte dieselbe Entschlossenheit, mit der er in einem weit zurückliegenden Leben die Bühnen der Konzertsäle betreten hatte.

Am Tag zuvor hatte er Domorow den Brief übergeben. Er atmete die kalte Morgenluft ein und starrte in den noch dunklen Himmel, der am Horizont einem bleichen, farblosen Tag Platz machte.

Diesmal war sein Körper einverstanden. Mühelos, fast leicht ging er an den Baracken vorbei, sah die Männer aufgestellt in Reihen, frierend und wartend. Als er den Platz erreichte, trugen seine Füße ihn ganz selbstverständlich und ohne Eile nach rechts, auf die verbotene Zone zu. Er hörte die Rufe der Wachleute und war für einen Moment überrascht, dass es genau so war, wie er es sich vorgestellt hatte.

»Stehen bleiben«, hörte er, »bleib stehen.«

Und so wie er in der Musik der Stille zwischen den Tönen nachlauschte und gleichzeitig den nächsten erwartete, der ihn dann doch überraschte, hörte er mit Erstaunen den ersten Schuss. Wie in seinen Konzerten spürte er diese Leichtigkeit, die ihn anhob, ihn vorantrieb, dem nächsten Klang entgegen.

Seine Beine liefen jetzt von ganz alleine. Die Rufe, weitere Schüsse, der dünne Tag am Horizont, der nicht mehr seiner sein würde. Alles von erstaunlicher Klarheit.

Ein Schmerz im Rücken.

Er taumelte.

Weiter. Weiter.

Der Zaun.

Immer auf den Zaun zu.

Jemand rief seinen Namen.

Stas? Galina? Schermenko? Meschenow?

Gesichter fielen ineinander.

Weiter. Weiter.

Immer auf den Zaun zu.

Und dann – hindurch!

Einen Monat später übergab die Bürgerin Larissa, die an der Mine für den Lastenaufzug verantwortlich war, Domorow einen Brief. Er erkannte ihn.

Sie schüttelte den Kopf.

»Nicht zu finden«, flüsterte sie.

KAPITEL 33

Sie verließen Moskau in Richtung Podolsk. Die Straßen waren schlecht, und Sascha war froh, dass Kyrill diesen gutgefederten Volvo fuhr. Links und rechts der Straße zeigten sich immer wieder Ansammlungen von Wohnblocks, die verwahrlost und gleichzeitig wie unfertig auf Sandhügeln standen, so als sei man vor dreißig Jahren gestört worden und nicht mehr dazu gekommen, Straßen und Bepflanzungen anzulegen. Manchmal fehlte gar der Verputz auf dem Mauerwerk. Sascha versuchte es im Plauderton. »In Deutschland hat man den Mörder meiner Schwester tot aufgefunden«, sagte er so beiläufig, wie er konnte.

Kyrill blickte stur geradeaus. »Das ist doch gut für Sie, oder?«

»Ja, das ist gut für mich, aber es erstaunt mich sehr.«

Gut zehn Kilometer weiter sagte Kyrill endlich: »Ich weiß nicht, wie das in Deutschland ist, aber bei uns gibt es Druschba, verstehen Sie.«

»Freundschaft. Ja, ja, das ist mir bereits erklärt worden. Hat Domorow Druschba in Deutschland?«

Sie ließen weitere drei Kilometer hinter sich. Dann sah Kyrill zu ihm hin. »Du brauchst nicht hundert Rubel, sondern hundert Freunde. So sagt man bei uns.« Er nickte zufrieden und widmete sich wieder ganz der Straße.

Hinter Podolsk zogen sich Wälder im Wechsel mit riesigen Getreidefeldern und Brachland durch eine sanft auf- und absteigende Landschaft. Verfallene Dörfer mit windschiefen kleinen Holzhäusern, verwitterten Fensterläden und verwilderten Gärten lagen wie Relikte aus längst vergangenen Zeiten am Straßenrand.

Kyrill sagte: »Hier sterben die Alten.«

Er bog ab, und sie stießen unverhofft auf eine asphaltierte schmale Straße. Das Navigationsgerät behauptete: »Sie haben ihr Ziel erreicht.«

Nach zwei Minuten, hinter einer Kurve, endete die Straße abrupt vor einem schmiedeeisernen Tor, von dem zu beiden Seiten mannshohe Mauern abgingen.

»Scheiße. Ich hab's gewusst«, fluchte Kyrill.

Sascha stieg aus.

Durch die Stäbe des Tors sah er in einen parkähnlichen Garten, an dessen Ende ein großzügiges Herrenhaus stand. Das Jugendstilgebäude stammte wohl noch aus der Zarenzeit, war aber in allerbestem Zustand. Eine breite Treppe führte hinauf zum Eingang, hohe Rundbogenfenster zogen sich über die Fassade, an der auf einer Seite verschwenderisch Rosen bis zum Dach rankten.

Sascha registrierte mehrere Kameras am Haus und zu beiden Seiten des Tors. Scheinwerfer waren auf die Mauer montiert, die rund um das Gelände führte.

Es gab keine Gelegenheit, auf sich aufmerksam zu machen, aber er war sich sicher, dass man sie sah und beobachtete. Wie aus dem Nichts stand plötzlich ein Mann hinter dem Tor. Er trug eine Art Uniform. Auf seinem kurzärmligen blauen Hemd war das Emblem eines Sicherheitsunternehmens zu sehen. Am Gürtel trug er ein Funkgerät und ein Holster mit Pistole.

Sascha nannte seinen Namen. Kyrill saß immer noch bei laufendem Motor im Wagen.

»Ich möchte zu Sonja Michajlowna Kopejewa«, sagte Sascha. »Mein Name ist Grenko. Ich bin der Enkel von Ilja Wassiljewitsch Grenko. Er war ein Schüler von Sonja Michajlownas Vater. Sagen Sie ihr, ich bin extra aus Deutschland angereist und würde sie gerne sprechen.«

Der Mann musterte ihn eingehend und verlangte dann seinen Ausweis. Sascha hätte beinahe den falschen gegriffen, korrigierte sich aber in letzter Sekunde und reichte seinen echten Pass durch die Stäbe. Der Mann entfernte sich und sprach in sein Funkgerät.

Kyrill stieg aus. Er war sichtlich nervös. »Machen Sie bloß keinen Fehler«, sagte er. »Wenn wir reinkommen sollten, dann denken Sie gefälligst dran, dass wir auch wieder raus müssen. Kapiert?«

Instinktiv tat Sascha, was er immer tat. Er prägte sich die Standorte der Kameras ein und nahm zur Kenntnis, dass es ein funkgesteuertes System von Siemens war. Er vermutete, sechs oder sieben Jahre alt.

Der Wachmann war mit seinem Ausweis im Haus verschwunden, und sie warteten gut fünf Minuten, ehe er mit einem weiteren Mann, einem Bodyguard im grauen Anzug, zurückkehrte. Sie öffneten eine Seite des Tores und kamen heraus. Kyrills Ausweis wurde geprüft, und Sascha und Kyrill mussten sich an das Auto stellen und wurden abgetastet. Anschließend durchsuchten die Männer das Auto. Auf der Rückbank lag Saschas Koffer. Sie öffneten ihn, schoben die Papiere hin und her, nahmen den Computer heraus und legten ihn wieder zurück.

Unruhig dachte Sascha an Kyrills Waffe, aber dann stiegen die Männer aus, öffneten den zweiten Torflügel und winkten sie hinein. Kyrill fuhr im Schritttempo zum Haus. Der Bodyguard folgte ihnen.

»Sie bleiben im Auto«, kam die kurze Anweisung an Kyrill, als der aussteigen wollte.

Sascha betrat mit dem Mann das Haus. Sie gingen durch eine großzügige Eingangshalle, von der zu beiden Seiten Flure abgingen und eine geschwungene Treppe in die erste Etage führte.

Sascha wurde in eine Art Salon geführt, der in Grüntönen gehalten war. Die Stuckdecke war hoch, die Möblierung bestand aus wertvollen Antiquitäten. Auf dem schulterhohen Kaminsims standen Fotos in Silberrahmen. Ein Bild zeigte Meschenow, mit grauem Bart und freundlichen Augen. Auf einem anderen war ein Mann in Uniform mit dekorierter Brust zu sehen. Neben ihm eine zierliche Frau. Auf dem Bild mochten sie um die fünfzig sein, aber er meinte Nikita Iwanowitsch Kopejew und seine Frau Sonja, die er im Konservatorium auf einem Foto als junges Paar gesehen hatte, zu erkennen.

Sascha stellte sich ans Fenster und blickte in den Park hinaus. Er registrierte zwei weitere Kameras auf den Mauern, die offensichtlich das Gelände vor dem Grundstück überwachten. Links der Zufahrt stand ein kleines Wachhäuschen. Wahrscheinlich war es nur mit einem Wachmann besetzt, und ein zweiter saß an den Monitoren im Haus. Zusätzlich gab es diesen Bodyguard, vielleicht noch einen zweiten. Das alles analysierte Sascha mit professioneller Ruhe und ganz selbstverständlich.

Er tastete nach der Briefkopie in seiner Sakkotasche und dachte an das Original in seinem Schuh.

»Guten Tag.«

Die Frau, die mitten im Zimmer stand, war fast lautlos eingetreten. Sonja Kopejewa musste Ende siebzig sein, wirkte aber jünger. Sie war klein und im Alter rundlich geworden. Ihr graues Haar war kurz geschnitten, und über einer blauen Tunika baumelte eine Brille an einer Goldkette. Sie blickte ihn mit wachen braunen Augen an.

»Sie sind also der Enkel von Ilja Wassiljewitsch Grenko«, stellte sie fest. »Ich gebe zu, ich war ein wenig neugierig, kann mir aber nicht vorstellen, was Sie von mir wollen.«

Eine junge Frau kam herein. Sie schwiegen, während die Hausangestellte mit flinker Hand Tee und Gebäck servierte und sich lautlos entfernte.

Sonja Kopejewa bat ihn mit einer Handbewegung, in einem der grüngepolsterten Biedermeiersessel Platz zu nehmen.

»Bitte setzen Sie sich.«

Während sie Tee in die mit Goldrand verzierten Gläser goss, sagte sie: »Man sagte mir, Sie kommen aus Deutschland. Dann hat Ilja Wassiljewitsch Grenko nach seiner Flucht also noch einmal geheiratet«, stellte sie im Plauderton fest. Sie reichte ihm den Tee. Dann veränderte sich ihre Stimme. »Ich weiß nicht, was Sie von mir erwarten, aber ich kann nicht viel Gutes über Ihren Großvater sagen. Er hat zu viele Menschen mit seiner Flucht ins Unglück gestürzt. Wussten Sie, dass er damals bereits verheiratet und Vater von zwei Kindern war?« Sie suchte nach einer Regung in seinem Gesicht. »Seine Frau Galina, eine begabte und gefeierte Schauspielerin, wurde mit den Kindern in die Verbannung geschickt. Ich meine mich zu erinnern, dass es Karaganda war.« Sie atmete tief. »Und dann mein Vater! Er hat Ilja Wassiljewitsch geliebt wie einen Sohn, und mir war er zeitweise wie ein großer Bruder. Nach seiner Flucht wurde Vater krank. Er hat sich nie wieder erholt.«

Sascha hörte in ihrer Stimme den Vorwurf und hörte auch, dass Sonja Kopejewa an diese Flucht glaubte, immer geglaubt hatte.

Er spürte, dass er ihr nicht einfach den Brief zeigen konnte, dass er sie auf die Wahrheit vorbereiten musste.

»Sonja Michajlowna«, begann er leise, »mein Großvater hat nicht wieder geheiratet. Ich bin in Kasachstan geboren und aufgewachsen, bin der Enkel von Galina Petrowna Grenko.«

Er sah ihr Erstaunen. Mehrere Sekunden vergingen. Er sah zu, wie sie diese Information verarbeitete. Dann lächelte sie, und mit deutlich milderer Stimme sagte sie: »Jetzt bin ich doch froh, dass ich Sie empfangen habe. Ich erinnere mich, dass mein Vater Ihre Großmutter sehr geschätzt hat. Er hat ihr Schicksal immer sehr bedauert. Erzählen Sie. Wie kommt es, dass Sie in Deutschland leben?«

Sascha erzählte von seiner deutschstämmigen Mutter, durch die ihre Ausreise möglich gewesen war. Dann machte er eine Pause, trank von seinem Tee und sagte: »Meine Eltern lebten nur wenige Monate in Deutschland. Dann wurden sie umgebracht.«

Ihr erschrecktes »Das tut mir leid« klang aufrichtig.

Eine kleine Pause entstand. Sie tranken von ihrem Tee.

Dann sprach er es aus. »Sehen Sie, Sonja Michajlowna, mein Großvater hat sich nicht in den Westen abgesetzt.« Wieder vergingen mehrere Sekunden.

Dann schüttelte sie entschieden den Kopf und sagte scharf: »Was reden Sie da. Natürlich hat er das.«

Sie räusperte sich und fuhr mit der Milde eines Menschen, der es besser weiß, fort: »Ich kann natürlich verstehen, dass Galina Petrowna ihren Kindern und Enkeln die Wahrheit nicht zumuten wollte.«

Sascha zog die Briefkopie aus der Tasche und legte sie auf den Tisch.

Sonja Kopejewa beugte sich vor. »Was ist das?«

»Der letzte Brief meines Großvaters.«

Sie nahm ihn, faltete ihn auseinander und setzte ihre Brille auf.

Schon nach wenigen Sekunden schoben sich ihre Augenbrauen zusammen, und auf ihrer Stirn entstand eine steile Falte, die Verärgerung signalisierte. Trotzdem las sie bis zum Ende. Dann legte sie das Papier auf den Tisch zurück und sagte mit größter Beherrschung: »Bei allem Verständnis für Ihre Großmutter, aber das ist infam!«

Sascha hörte das Zittern in ihrer Stimme, als sie weitersprach.

»Galina Petrowna war Schauspielerin und sicher phantasiebegabt, aber dass sie nicht vor einer solchen Fälschung zurückschreckt, ist unglaublich!«

Sascha sah sie an. Seine Stimme war ruhig. Er erzählte ihr von seiner Schwester und wie er zu dem Brief gekommen war.

»Glauben Sie wirklich, dass meine Großmutter diesen Brief hätte schreiben können? Sehen Sie, von meiner Tante weiß ich, dass Babuschka in den sechziger Jahren nach Moskau gereist ist und nach der Geige gesucht hat. Warum hätte sie das tun sollen?«

Sonja Kopejewa lachte auf und beugte sich vor. »Lächerlich! Jetzt hören Sie mal gut zu, junger Mann. Ilja Wassiljewitsch hat die Geige am Abend seiner überstürzten Flucht meinem Vater geschenkt, und Galina hat das gewusst.«

Sie hob den Kopf und sah Sascha triumphierend an. »Ilja Wassiljewitsch hatte seine Flucht von langer Hand geplant. Ursprünglich wollte er zusammen mit seiner Frau und den Kindern fliehen. Er stellte hinter dem Rücken meines Vaters diesen völlig aussichtslosen und dummen Antrag, seine Frau und seine Kinder auf die nächste Konzertreise mitnehmen zu dürfen. Mein Vater erfuhr durch meinen Mann von diesem Antrag, und der sagte ihm auch, dass Ilja mit sofortiger Wirkung Reiseverbot habe.« Sie presste die Lippen aufeinander, schien für einen Moment unsicher, ob sie weitersprechen sollte. »Jetzt sage ich Ihnen etwas, das nicht einmal mein Mann weiß. Es war mein Vater, der Ilja an jenem Abend warnte. Und daraufhin entschloss Ilja Wassiljewitsch sich, noch in derselben Nacht zu verschwinden. Seine Geige konnte er nicht mitnehmen. Er schenkte sie meinem Vater aus Dankbarkeit und sicher auch, weil er wusste, dass sie bei ihm in guten Händen war.«

Sie lehnte sich zurück. »Ihre Großmutter hat diesen Umstand in den ersten Jahren der Verbannung auszunutzen versucht. Sie hat es nie direkt angesprochen, aber sie hat Briefe geschickt. Ihre Drohungen klangen freundlich, waren versteckt zwischen den Zeilen, und sie hat ganz offen Geld verlangt. Mein Vater hat sich darauf eingelassen und hat ihr tatsächlich Geld geschickt.«

Sie stand auf. »Die Geige befindet sich seit fast sechzig Jahren in unserem Besitz. Erklären Sie mir, wie das möglich sein sollte, wenn ihm – wie in diesem Papier steht«, und dazu machte sie eine wegwerfende Handbewegung in Richtung Tisch, auf dem die Kopie lag, »die Geige in der Lubjanka abgenommen wurde?«

Sie hatte sich in Zorn geredet, aber Sascha hörte noch etwas anderes. Er hörte einen leisen Zweifel in ihrer Stimme, so als stelle sie diese Frage nicht nur ihm, sondern auch sich selbst.

Er sortierte die neuen Informationen in Windeseile. War die Geige hier im Haus? Sonjas Mann hatte die Anfrage seines Vaters von 1990 abschlägig beantwortet. Seine Unterschrift war unter dem Papier gewesen, während die Geige im Besitz seiner Familie gewesen war.

Sollte er es ihr sagen?

Er stand auf und spielte den Geläuterten.

»Dürfte ich sie sehen?«, fragte er leise. »Ich würde sie gerne einmal sehen.«

Sonja Kopejewa zögerte, dann nickte sie, ging zur Tür und drückte auf einen Knopf.

Der Bodyguard kam herein.

»Begleiten Sie uns ins Musikzimmer«, wandte sie sich an ihn und winkte Sascha, ihr zu folgen.

Sie gingen den Flur entlang und betraten ein helles Eckzimmer. In der Mitte des Raumes stand ein schwarzer Steinway-Flügel. Auf dem Deckel spiegelte sich die Sonne. Es roch nach Politur und nach selten genutztem Raum.

Sie führte ihn zu einer Glasvitrine, die auf einem zierlichen Unterschrank mit geschwungenen Beinen stand. Darin lag in einem geöffneten Geigenkoffer die Stradivari auf einem samtblauen Futteral. Sascha beugte sich vor. Im Innern des Instruments klebte ein verwitterter und an den Rändern bereits abgelöster Geigenzettel. »Antonius Stradiuarius Cremo ...«, konnte er entziffern. Darunter stand »Faciebat Anno 17...« Der Rest des Zettels war abgeblättert.

Er betrachtete sie ruhig und konzentriert. Es war nicht mal eine Woche her, dass er von ihr erfahren hatte, und jetzt lag sie vor ihm. Für diese Geige war seine Familie gestorben, und damit, so schien es ihm, hatte sie sein ganzes Leben bestimmt.

Er wusste nicht, was er beim Anblick der Geige erwartet hatte, aber jetzt spürte er nichts. Keine Erleichterung, keine Freude. So wie die Dinge lagen, würde er weder den Wunsch des Großvaters erfüllen können und die Geige wieder in den Besitz der Grenkos bringen, noch den von Babuschka Galina, ihren Mann zu rehabilitieren.

Sascha verharrte wohl schon zu lange dort, denn Sonja Kopejewa klatschte in die Hände und sagte ungeduldig: »Kommen Sie.«

Auf dem Flur sagte sie: »Damit ist wohl bewiesen, dass die Geschichte Ihrer Großmutter reine Erfindung ist. Und jetzt möchte ich Sie bitten zu gehen.«

Sascha schluckte. Dann entschied er sich. »Mein Vater hat 1990 über einen Rechtsanwalt eine Anfrage an das Ministerium für Innere Angelegenheiten gestellt. Im Antwortschreiben stand, dass man über den Verbleib der Geige nichts wisse und davon auszugehen sei, dass mein Großvater sie mit ins Ausland genommen habe. Diesen Bescheid hat Ihr Mann unterschrieben.«

Er sah sie blass werden.

»Das ist eine unverschämte Lüge.« Sie schnappte sichtbar nach Luft. »Raus! Machen Sie, dass Sie rauskommen!«

Der Bodyguard packte ihn am Arm, führte ihn unsanft zum Ausgang.

Erst als Kyrill das Tor bereits passiert hatte, bemerkte Sascha, dass er die Briefkopie auf dem Tisch hatte liegenlassen.

KAPITEL 34

Eine Woche verging, bis Edita sie endlich in einem Krankenhaus am Stadtrand ausfindig machte. Unbeweglich, mit gebrochener Hüfte, schwerer Gehirnerschütterung, Prellungen und diversen Abschürfungen lag sie da. Die Schmerzen waren unerträglich, die Schmerzmittel knapp.

Die ersten Besuche der Freundin nahm sie kaum wahr. Fast zwei Wochen verbrachte sie in einem fiebrigen Dämmerzustand, in dem Tage und Nächte sich nicht voneinander abgrenzten. Die Bilder ihrer jungen Jahre in Moskau vermischten sich mit ihrem Leben in der Verbannung, und immer wieder griff ein Milizionär nach ihrem Unterarm und schimpfte: »Was soll das, Galina Petrowna!«

Als das Fieber endlich vorüber war und sie ihre Umgebung wahrnahm, waren in ihrer Erinnerung zunächst nur Fragmente vorhanden. An den Mann in der Eingangshalle des Kotelnitscheskaja-Wolkenkratzers erinnerte sie sich, an die Kälte der Marmorwand und dass sie gelaufen war. Atemlos und ziellos.

Edita kam zweimal pro Woche. Sie war es, die ihr in der vierten Woche vorsichtig erklärte: »Galina, die Ärzte sagen, wahrscheinlich wirst du ... Es kann sein, dass du nicht mehr gehen kannst.«

Hatte sie geweint? Hatte sie sich aufgebäumt und geschrien? Sie wusste es nicht mehr. Der weiße Krankensaal, den sie mit zwölf anderen Frauen teilte, versank im Halbdunkel, und eine Art Taubheit fiel sie an. Tagelang kamen die Worte der Ärzte, Schwestern und auch Editas Stimme aus weiter Ferne, so als stünden sie in einem anderen Raum.

In den Nächten lag sie wach, atmete gegen die Schmerzen an und meinte, in allem, was geschehen war, eine zwingende Logik zu erkennen. Gott strafte nicht wahllos. Er hatte sie von ihren Kindern getrennt und nach Moskau zurückgeschickt. Hier, wo alles begonnen hatte, wo sie zum ersten Mal an Ilja gezweifelt und ihn damit verraten hatte, würde sie als Krüppel enden.

Nach und nach kam auch die Erinnerung an den Sturz zurück. Zunächst die Bilder. Der Milizionär hinter ihr. Seine Hand auf ihrem Arm.

Und zwei Nächte später auch die Geräusche. Die Geräusche und die Stimme. Das Quietschen der Bremsen, als die Metro einfuhr. Und unter diesem schrillen Lärmen die Stimme. Die Stimme an ihrem Ohr. »Lassen Sie los. Lassen Sie sofort den Handlauf los! Galina Petrowna?«

Ganz steif lag sie in ihrem Bett, versuchte ruhig zu atmen. Hatte er ihren Namen gekannt? Hatte er ihn wirklich gesagt, oder spielte die Erinnerung ihr einen Streich?

Am Mittwoch der fünften Woche kam Edita nicht alleine. Der Mann stand am Fußende ihres Bettes und nickte ihr stumm zu.

»Sie hätten nicht herkommen sollen, Galina Petrowna«, sagte er ruhig.

Die Stimme erkannte sie sofort. Edita hatte ihn also gefunden. Domorow.

»Meschenow«, fragte sie. »Haben Sie ihn noch getroffen? Haben Sie ihn noch sprechen können?«

Domorow nickte. »Über die Geige wusste er nichts. Er hat geweint, als er von Ilja Wassiljewitschs Schicksal hörte.«

»Kopejew«, sagte Galina. »Sonjas Mann. Er arbeitet bei der Staatssicherheit.« Sie schluckte angestrengt. »Er hat schon damals bei der Staatssicherheit ...«

Und dann erzählte sie flüsternd von ihrem Besuch im Kotelnitscheskaja-Wolkenkratzer und dem Sturz auf der Rolltreppe. Verlegen gestand sie ein: »Ob der Milizionär wirklich meinen Namen gesagt hat ... ich bin mir nicht sicher.«

Domorow schwieg lange. Dann nahm er ihre Hand. »Galina Petrowna, Sie sollten gesund werden und nach Hause zu Ihren Söhnen fahren. Ilja hätte sicher nicht gewollt, dass Sie sich in Gefahr bringen.«

Sie sah Domorow nie wieder, aber ihre Lage verbesserte sich nach seinem Besuch merklich. Die Schmerzmittel wurden ihr nicht mehr mit der Begründung, es gäbe keine, verweigert, und eine Frau Sundukowa kam einmal am Tag aus der Stadt und machte sich an Galinas Becken und Beinen zu schaffen. Als Galina sie fragte, sagte sie nur: »Machen Sie sich keine Gedanken, ich werde bezahlt.«

Erste Stehversuche gelangen nach vierzehn Tagen und später die ersten Schritte, wenn Frau Sundukowa und Edita sie rechts und links stützten. Während Galina mühselig um jeden selbständigen Schritt kämpfte, trat die Suche nach der Geige in den Hintergrund. Sie schrieb an Lydia und ihre Söhne, und drei Wochen später kamen Pawel und Ossip in Moskau an. »Ein Unfall«, sagte sie ihnen, so wie sie es bereits geschrieben hatte, »ein unglückliches Ausrutschen auf der Rolltreppe.« Als Pawel nach der Geige fragte, hatte sie ihren Entschluss bereits gefasst. »Jetzt ist nicht die richtige Zeit«, sagte sie, »wir müssen geduldig sein.« Immer wieder fasste sie nach den Händen der beiden. Sie würde das Leben ihrer Söhne nicht aufs Spiel setzen. Nicht für diese Geige.

Nach ihrer Entlassung aus dem Krankenhaus wohnten sie noch einige Tage bei Edita. Galina konnte mit Hilfe zweier Krücken gehen und eine Hürde von ein oder zwei Stufen überwinden, ansonsten trug einer ihrer Söhne sie. Als sie nach vier Tagen auf der Abreise bestand, meinten alle, dass es verfrüht und sie den Strapazen nicht gewachsen sei. Aber sie setzte sich durch, wollte nur fort aus Moskau.

Die tagelange Bahnreise zurück nach Alma-Ata war eine Tortur für ihre verletzte Hüfte, trotzdem empfand sie Erleichterung, je weiter sie sich von Moskau entfernten. Zu Hause angekommen, nahm Lydia Galinas Genesung in die Hand. Sie bestand darauf, dass sie den restlichen Sommer und Herbst bei ihr auf der Datscha verbrachte, und Galina erholte sich tatsächlich zusehends. Bald war sie nur noch auf einen Gehstock angewiesen, und im November kehrte sie zurück in ihre

Wohnung und nahm die Arbeit in der Näherei wieder auf. Über die Geige sprach sie nicht mehr, und immer wenn einer ihrer Söhne davon anfing, wiederholte sie fast stoisch: »Jetzt ist nicht die Zeit.«

Im Sommer 1970 setzte sich Lydia, nachdem sie im Gemüsegarten gearbeitet hatte, auf die kleine Veranda der Datscha und schlief friedlich und für immer ein.

Galina verkaufte die Datscha.

Mitte der siebziger Jahre wurden am Fuß des Tian-Schan-Gebirges große Kupfervorkommen entdeckt. Wohnsiedlungen für die Minenarbeiter sollten entstehen, eine kleine Stadt, so hieß es, würde gebaut. Mit großzügigen Zuschlägen lockte man Arbeitskräfte, und Pawel und Ossip nahmen das Angebot an. Zunächst lebten sie in einem der eilig hochgezogenen Arbeiterblocks, aber Galinas Gesundheitszustand verschlechterte sich zusehends, und bald konnte sie die Wohnung im zweiten Stock nicht mehr ohne Hilfe erreichen. Sie fanden ein kleines Haus mit Garten in einem nahe gelegenen Dorf. Galina investierte das Geld aus dem Verkauf der Datscha, und ihre Söhne richteten das Häuschen her. Ihr großes Glück waren einige Jahre später die Enkelkinder Alexander und Viktoria, die sie liebevoll Saschenka und Vikuscha nannte. Sie konnte mittlerweile gar nicht mehr gehen, zu ihrem Hüftleiden kam die Gicht.

Und noch etwas geschah. Die politischen Verhältnisse änderten sich. Ossips Frau Maria war Wolgadeutsche, und nun gab es die Möglichkeit der Ausreise. Bundesrepublik Deutschland. Die geflüsterten Worte wehten voller Zuversicht durchs Haus. Ossip stellte Ausreiseanträge. Galina sprach jetzt wieder über die Geige, erzählte ihren Söhnen von Ilja, von der Zeit in Moskau, und holte die alten Bilder und Zeitungsausschnitte hervor. Sie legte Iljas Brief auf den Küchentisch, strich ihn vorsichtig glatt und las ihn vor. Jetzt sprach sie auch über ihren Treppensturz in der Moskauer Metrostation und sagte: »Ich meine, der Milizionär auf der Treppe hat meinen Namen gekannt.« Je öfter sie davon erzählte, desto deutlicher meinte sie sich zu erinnern, dass er ihn ausgesprochen hatte.

Als nach dem sechsten Antrag endlich die Ausreisegenehmigung für Ossip, Maria und die Kinder kam, weinte sie vor Glück.

Ossip schrieb aus Deutschland, dass es alles zu kaufen gäbe, schwärmte von den sauberen Straßen und den Vorgärten der Deutschen. »Noch wohnen wir im Übergangswohnheim, aber ich habe gute Aussichten auf eine Arbeit und auf eine eigene Wohnung.« Er schrieb, dass er die Rückforderung der Geige an einen Anwalt gegeben habe, der sich mit dem Ministerium für Innere Angelegenheiten in Moskau in Verbindung gesetzt hatte.

»Es wird nicht leicht werden, aber der Anwalt sieht gute Chancen«, schrieb er. »Man kann nachweisen, dass das Dosenetikett, auf dem Vater geschrieben hat, von 1946 bis 1950 in der Nähe von Workuta hergestellt wurde.« Und weiter: »Ihr werdet es nicht glauben, aber es gibt ein offizielles Verzeichnis aller bekannten Stradivari-Geigen, und in dieser Liste taucht auch Vaters Geige auf. Dort steht: *Letzter bekannter Eigentümer Ilja Wassiljewitsch Grenko, die Geige gilt als vermisst.*«

Weiter schrieb er: »Der Anwalt sagt, es wird viel Zeit in Anspruch nehmen, also müssen wir geduldig sein, aber wir haben jetzt so viele Jahre warten müssen, da kommt es auf ein oder zwei weitere auch nicht an.«

Ossip hatte dem Brief ein Foto beigelegt. Es zeigte die ganze Familie in einem Park, die Kinder mit einem Eis in der Hand. Maria hatte hinten auf das Bild geschrieben: Ossip füttert seine Spatzen.

Galina küsste und herzte ihren ältesten Sohn Pawel und ihre Schwiegertochter Alja. Die Dinge würden sich nach all den Jahren zurechtrücken. »Geduld«, sagte sie und tätschelte Alja die Wange, »Geduld zahlt sich aus.«

Als wenige Tage später Pawel vom Gerüst stürzte, haderte Galina mit ihrem Schicksal. Sie hatten eine Telefonnummer für Notfälle, unter der sie Ossip erreichen konnten, und Alja ging mehrmals zur Telefonzelle am Ortsausgang und versuchte, ihren Schwager zu erreichen. Ohne Erfolg.

An dem Tag, an dem sie Pawel beerdigt hatten, kam nachmittags der Brief aus Deutschland.

Er war nicht von Ossip, das sah Galina sofort. Er kam von einer Behörde. Sie konnten ihn nicht lesen. Galina wurde von einer nie gekannten Angst gepackt, die ihr den Atem nahm und sie schwindeln ließ. Marias Cousin konnte Deutsch. Er wohnte im Nachbardorf, und Alja fuhr mit dem Schreiben zu ihm. Während Galina wartete, konnte sie sich von den Nebeln in ihrem Kopf nicht befreien, war nicht in der Lage, klar zu denken. Als Alja nach zwei Stunden mit verweinten Augen und in Begleitung von Marias Cousin zurückkam, blieb sie ganz still sitzen. Es war Marias Cousin, der es aussprach. »Ein Unfall«, sagte er. »Ossip und Maria ... beide tot.«

Galina hielt sich mit ihren verkrüppelten Händen die Ohren zu, schlug den Oberkörper vor und zurück und schrie. Tagelang sprach sie kein Wort. Das Erste, was sie nach einer Woche sagte, war: »Meine Schuld. Das ist alles meine Schuld.«

KAPITEL 35

S ie hatten bereits einige Kilometer hinter sich gebracht, als Sascha in die Stille hinein sagte: »Ich
habe sie gefunden.« Kyrill sah ihn herablassend an.
»Ach ja? Das dachte ich mir. Sie wohnt da.«
Sascha starrte zum Fenster hinaus und schwieg. Die
Landschaft zog unbeachtet an ihm vorbei.
Nur das Glas der Vitrine hatte ihn von der Geige
getrennt, und er hatte das Haus ohne sie verlassen.
Das Gefühl, versagt zu haben, machte sich breit, ob-
wohl er nicht wusste, was er hätte anders machen kön-
nen. Er dachte an die Zeile im Brief seines Großvaters:
Es quält mich, dass ich es bin, der sie verloren geben
soll.
Leise sagte er: »Ich meine nicht Sonja Kopejewa. Die
Geige. Ich habe die Geige gesehen.«
Kyrill ging vom Gas. »Kopejew hat sie in seinem Haus?
Sie meinen, er hat sie in seinem Haus und hat sie *Ihnen*
gezeigt?«
Sascha schüttelte den Kopf. »Nein, Kopejew war nicht
da. Seine Frau. Seine Frau hat sie mir gezeigt.«

Kyrill fuhr rechts heran, nahm sein Handy und stieg aus. Sascha sah zu, wie Kyrill telefonierend vor dem Wagen auf und ab ging. In Gedanken war er bei Sonja Kopejewa, ordnete ein, was er von ihr gehört hatte. Professor Meschenow! Welche Rolle hatte Meschenow wirklich gespielt?

Kyrill stieg wieder in den Wagen und sagte: »Wir holen sie.«

Sascha war für einen Moment sprachlos. Zuversicht machte sich in ihm breit, aber dann dachte er an seinen Rauswurf und sagte: »Ich glaube nicht, dass die uns noch einmal reinlassen. Ich habe wohl vergessen zu erwähnen, dass Sonja Kopejewa mich rausgeschmissen hat.«

»Wir fahren bis Podolsk und warten«, überging Kyrill seinen Einwand.

»Worauf?«

»Freunde.«

»Sie meinen, wir stehlen sie?«

Kyrill schnalzte tadelnd mit der Zunge. »Wir holen sie zurück.«

Sascha spürte neuen Lebensmut. Kyrill hatte recht. Die Geige gehörte seiner Familie.

Während sie nach Podolsk fuhren, holte Sascha seinen Laptop hervor. Für Reger, der sich seine Informationen nicht immer legal besorgte, hatte er im letzten Jahr ein Siemensüberwachungssystem abgeschaltet. Kameras und Monitore waren im Haus der Kopejews über WLAN verbunden. Die Programmsoftware, die er sich damals direkt bei Siemens nicht ganz legal beschafft hatte, musste noch auf dem Laptop sein. Um in das hausinterne Netzwerk zu gelangen, würde er vor Ort höchstens fünf Minuten brauchen.

»Die Kameras kann ich abschalten«, sagte er.

Kyrill sah kurz zu ihm hinüber. »Gut!«

»Aber da sind noch die Scheinwerfer.«

»Egal. Die gehen erst an, wenn wir schon auf dem Gelände sind.«

Sie fuhren schweigend weiter. Sascha dachte an Irina, die inzwischen sicher ziemlich sauer war. Er rief sie an, erreichte aber nur die Mailbox und beschloss im Stillen, bei der Briefübergabe mit Domorow über ihre Rückkehr nach Moskau zu sprechen. Nicht als Bedingung, das wäre maßlos nach allem, was Domorow für die Beschaffung der Geige zu tun bereit war.

Es war früher Abend, als sie Podolsk erreichten und auf den Parkplatz eines Lokals fuhren. Das Restaurant wirkte von außen klein und unscheinbar, innen bot es aber mindestens fünfzig Gästen Platz. Dunkle Holzstühle mit hohen, reichverzierten Lehnen an weiß eingedeckten Tischen. Die Lampen an den unverputzten Wänden warfen gelbliches Licht an die Decke. Eine junge Frau in einem olivfarbenen Kostüm kam mit zwei Speisekarten auf sie zu. Kyrill redete kurz mit ihr. Das Lokal war gut besucht, und die Tische standen dicht beieinander. Sie führte sie in den hinteren Teil des Gastraumes und stellte Reservierungsschilder auf die beiden Nebentische. Ein Kellner brachte eine Karaffe Wasser und eine Flasche Wodka und schenkte ein.

Sie aßen Gemüsesuppe mit Brot und anschließend Tschebureki, mit scharf gewürztem Lammfleisch gefüllte Teigtaschen. Während des Essens tranken sie Wasser und zwischen der Vor- und Hauptspeise einen Wodka. Kyrill stellte sein Glas anschließend auf den

Kopf, und als der Kellner kam und Sascha einen neuen Wodka einschenken wollte, drehte er sein Glas ebenfalls um. Anschließend gab es Mocca, der samtig und leicht bitter auf der Zunge lag. Sascha fertigte aus dem Gedächtnis eine Skizze des Hauses an. Er zeichnete ein, in welchem Raum die Geige aufbewahrt wurde.

Kyrill sah ihm wohlwollend zu, wie einem Kind, das sich selbständig beschäftigt. Als Sascha fertig war, nickte Kyrill und sagte knapp: »Da wird sie nicht mehr sein.« Er nahm einen Schluck von seinem Mocca und klopfte Sascha auf die Schulter. »Keine Sorge, Grenko. Die werden uns die Geige schon geben.«

Es war nach neun, als zwei Männer das Lokal betraten und zielstrebig auf ihren Tisch zukamen. Sie wirkten in ihren gutsitzenden Anzügen über Marken-T-Shirts wie Geschäftsleute am Feierabend. Kyrill begrüßte sie mit Handschlag, orderte vier Mocca und zwei Wodkagläser und stellte die Männer als Igor und Wadim vor. Wadim mochte Ende dreißig sein, aber Igor, so schätzte Sascha, war höchstens zwanzig.

Mit den Worten »Er wird die Kameras abschalten« zeigte Kyrill auf Sascha. Auch die restlichen Informationen kamen kurz und wenig präzise. »Wahrscheinlich zwei Wachmänner. Ein Bodyguard drinnen, vielleicht zwei. Wir brauchen nur die Geige.« Den Männern schien das zu reichen.

Kyrill zahlte. Auf dem Parkplatz öffnete er die Wagentür, beugte sich in den Volvo, hob die Mittelkonsole an und schob seine Hand darunter. Am Fahrersitz klappte die Polsterung der Rückenlehne aus der Kunststoffschale. Kyrill griff in die Öffnung und zog seine Waffe hervor.

Dann stiegen sie alle vier in einen schwarzen Range Rover. Sascha saß auf dem Beifahrersitz. Die Sonnenblende war noch heruntergeklappt, und er sah im Spiegel, dass auch Wadim, der im Fond des Wagens neben Kyrill saß, eine Waffe unter dem offenen Jackett trug. Ganz selbstverständlich nahm er das zur Kenntnis. Ganz ruhig betrachtete er die Männer und dachte: Drei Tage. Vikas Anruf ist erst drei Tage her. Nur ein Anruf, und wieder ist mein Leben ein anderes.

Das letzte Tageslicht schimmerte blass am Horizont, als der Wagen gut hundert Meter vor der Einfahrt zum Kopejew-Grundstück anhielt.

»Dann zeigen Sie mal, was Sie können, Grenko«, sagte Kyrill in Saschas Rücken.

Er brauchte vier Minuten, bis er Teil des hausinternen Netzwerks war. Während sein Programm nach den Zugangsdaten zum Überwachungssystem suchte, drehte er sich um und sagte: »Kyrill, wir wollen nur die Geige.«

Er wusste nicht, warum er das sagte. Vielleicht war es diese stille Entschlossenheit der drei Männer.

Kyrill schob die Lippen vor und nickte. »Sie bleiben am besten im Wagen.«

Das Programm fand eine Zahlen- und Buchstabenkombination, und Sascha schaltete die Kameras ab.

Igor fuhr ohne Licht im Schritttempo auf das Tor zu und brachte den Wagen kurz davor zum Stehen. Das Haus lag im Dunkeln. Nur zwei Fenster im Erdgeschoss waren erleuchtet. Sie gehörten zum grünen Salon.

Kyrill und Wadim stiegen aus und kletterten erstaunlich behende über die Mauer. Wenige Sekunden später lagen Haus und Garten in weißer Scheinwerferhellig-keit. Trotzdem blieb alles ruhig.

Kyrill tauchte am Tor auf, öffnete es, und Igor fuhr auf das Gelände. Es war kein Schuss gefallen, aber Sascha sah einen Wachmann unmittelbar hinter der Mauer lie-gen, den Kopf seltsam verdreht. Von einem zweiten sah er nur die Beine aus dem Eingang des Wachhäuschens ragen.

Sie hielten vor dem Haus neben einem Mercedes, der am Nachmittag noch nicht dort gestanden hatte. Igor sprang aus dem Auto, und auch Kyrill trat auf die Trep-pe zum Eingang. Sie pressten sich an die Hauswand, und für einen Moment schienen sie innezuhalten. Sascha öff-nete die Beifahrertür. Aus den Augenwinkeln sah er ei-nen Mann um das Haus herumkommen. Es war der Bo-dyguard vom Nachmittag. Wie aus dem Nichts tauchte neben dem Mercedes Wadim auf. Ein kurzes »Plopp«, das ihn an den Schuss auf Vika erinnerte, und der Body-guard sackte zusammen. Dann lag lauernde Stille unter dem grellen Licht der Scheinwerfer.

Sascha stand bewegungslos im Schutz des Range Ro-vers, registrierte jede noch so kleine Bewegung.

Nicht denken!

Nicht darüber nachdenken, was hier gerade geschah.

Wadim schlug eines der unteren Fenster ein, und das Splittern des Glases zerschnitt die Stille und seine krei-senden Gedanken. Es war wie ein Erwachen.

Er rannte zur Treppe, als Wadim die Eingangstür von innen öffnete, lief, zwei Stufen auf einmal nehmend, hinauf. Kyrill wollte ihn zurückhalten, aber er riss sich los, rannte durch die Eingangshalle und den Flur ent-lang.

»Sie werden sie alle töten«, hämmerte es in seinem Kopf. Er erreichte den grünen Salon, in dem er mit Sonja Kopejewa Tee getrunken hatte. Die Tür stand offen.

Sie saß auf dem Sofa und blickte ihm entgegen, als habe sie auf ihn gewartet. In einem Sessel links von ihr saß Nikita Iwanowitsch Kopejew, ein alter, korpulenter Mann mit dürftigem Haarkranz, der Sascha abschätzig betrachtete. Auf dem Tisch lag immer noch die Kopie des Briefes, die Sascha am Nachmittag zurückgelassen hatte.

Kyrill stand jetzt mit der Waffe in der Hand in der Tür, auf dem Flur hörte er Wadim und Igor andere Zimmertüren öffnen.

Sonja Kopejewa beugte sich vor und nahm die Briefkopie zur Hand. »Ich habe das nicht gewusst«, sagte sie wie zu sich selbst. »Das alles hab ich nicht gewusst.«

Sascha blickte zu Nikita Kopejew, der kerzengerade dasaß und ihn nicht aus den Augen ließ.

Die alte Stimme krächzte vor Ärger, als er lospolterte: »Nehmen Sie die Geige und verlassen Sie auf der Stelle mein Haus.«

Kyrill ging zum Kamin, legte seine Waffe auf den Sims und zog sein Handy heraus. Er sagte: »Wir sind drin«, hörte einen Moment zu und steckte das Telefon zurück in die Tasche.

Sascha trat an den Tisch und setzte sich Kopejew gegenüber. »Ich gehe erst, wenn ich Antworten habe.«

Kopejew rührte sich nicht, nur seine Augen wanderten zwischen Sascha und Kyrill hin und her.

»Eine Konzertreise nach Wien«, begann Sonja Kopejewa mit leiser Stimme. »Mein Vater … mein Mann hatte meinem Vater von Iljas Antrag erzählt, seine Frau und die Kinder mitzunehmen.«

Sie spielte mit dem Papier in ihrer Hand, ihre Stimme gewann an Festigkeit.

»Vater ... er ... Ilja war doch sein bester Schüler, er war ihm doch wie ein Sohn. Er besuchte ihn noch am gleichen Tag und sagte ihm, er solle nicht nach Wien fahren, aber Ilja wollte davon nichts wissen. Mein Vater hat meinem Mann gesagt, dass er eine Flucht für möglich hält.«

Sie hatte den Brief, während sie sprach, halbiert, geviertelt und geachtelt und warf das Papierpäckchen jetzt auf den Tisch zurück.

»Vater rief meinen Mann an und bat ihn, Iljas Reise zu verhindern.«

Sie hob den Kopf und blickte Sascha an. »Er hat das bestimmt nicht gewollt. Nicht so. Er hatte Angst, ihn zu verlieren, verstehen Sie. Er schlug vor, Ilja mitzuteilen, dass er nur ohne die Geige reisen dürfe. Er war sich sicher, dass Ilja in dem Fall zu Hause bleiben würde.«

Sie blickte sich wie suchend um, vermied es aber, ihren Mann anzusehen.

»Nikita hat geglaubt, es ginge meinem Vater um die Geige, und hat die Reise ... auf seine Weise verhindert.«

Sie schlug die Hände vors Gesicht.

Nikita Kopejew schaltete sich ein. Zu seiner Frau sagte er spöttisch: »Der gute Professor Meschenow. So hättest du es wohl gerne. Aber ganz so war es nicht. Er hat meine Hilfe gewollt, hat erklärt, dass er eine Flucht für denkbar hält. Wenn er das nicht getan hätte, wäre der Antrag, Frau und Kinder mitzunehmen, abgelehnt worden, aber Grenko hätte reisen können. Deinem Vater ging es um die Geige.«

Er beugte sich vor, schien entschlossen, seine Version der Geschichte zu erzählen.

»Zwei oder drei Tage lang hat er rumgejammert, dass er das so nicht gemeint habe. Aber als er verstanden hatte, dass sich die Sache nicht einfach rückgängig machen ließ, da hat er gebettelt: ›Die Geige, Nikita, kannst du die Geige besorgen. Sie darf nicht verlorengehen.‹«

Sascha betrachtete das gefaltete Papier, das Sonja Kopejewa achtlos auf den Tisch geworfen hatte. Er dachte daran, dass sein Großvater noch in Workuta an die Loyalität seines Professors geglaubt hatte und Galina wohl bis an ihr Lebensende.

Er wandte sich wieder an Sonja Kopejewa. »Meine Großmutter war Anfang der sechziger Jahre noch einmal in Moskau.«

Ihre Hände kämpften in ihrem Schoß miteinander. »Ich habe von diesem Besuch erst heute erfahren.«

Sie betrachtete ihren Mann, wartete einen Moment darauf, dass er etwas dazu sagen würde. Als er schwieg, sagte sie mit einem Nicken in seine Richtung: »Er hat gesagt, Galina …«

Kopejew schnitt ihr das Wort ab. »Sie war da, ja. Nach all den Jahren tauchte sie plötzlich auf. Ich habe ihr ausrichten lassen, sie möge warten, aber als ich unten ankam, war sie weg. Mit ihrem Unfall habe ich nichts zu tun, ich habe erst Tage später davon gehört.«

Sascha schluckte, hörte, dass es die Wahrheit war.

Kopejew klopfte mit den Knöcheln auf den Tisch, fühlte jetzt sichereres Terrain.

»Begreifen Sie denn nicht, dass alles, was später geschehen ist, die Schuld Ihres Großvaters war? Wenn er diesen Brief nicht geschrieben hätte ...« Er schnappte nach Luft. »Die offizielle Akte ›Grenko‹ endet mit seiner Reise nach Wien. Es hat nie einen Haftbefehl gegen ihn gegeben, und es hat nie ein Prozess stattgefunden. ALSO WAR ER AUCH NIE IN WORKUTA!«

Den letzten Satz brüllte Kopejew, und Sascha starrte ihn ungläubig an. Der Alte lehnte sich in den Sessel zurück, presste die Lippen aufeinander und signalisierte, dass alles gesagt sei.

»Meine Eltern? Meine Schwester? ... Gestern Abend, die Schüsse auf mich?«

Kopejew schmatzte verächtlich: »O nein. Ich habe mit dem Tod Ihrer Eltern und Ihrer Schwester nichts zu tun. Gestern Abend ... ja. Als ich erfuhr, dass Sie in Moskau sind ... Aber Sie leben doch. Was also wollen Sie noch? Nehmen Sie die verdammte Geige und ...«

Sascha unterbrach ihn. »O nein, nicht erst gestern. Kalugin ist seit meiner Abreise aus Deutschland hinter mir her.«

Kopejew schüttelte entschieden den Kopf. »Reden Sie keinen Unsinn. Ich weiß erst seit gestern Nachmittag, dass es Sie überhaupt gibt.«

Sascha war für einen Moment verunsichert. Aus den Augenwinkeln sah er Sonja Kopejewa, die ihren Mann mit zunehmendem Widerwillen betrachtete.

Draußen fuhr ein Wagen vor. Sascha blickte fragend zu Kyrill, der unbeeindruckt mit verschränkten Armen am Kaminsims lehnte.

Sascha stand auf und ging zum Fenster. Ein Lincoln Navigator hielt neben dem Mercedes, und drei Männer stiegen aus.

»Domorow!«, sagte er und konnte sein Erstaunen nicht verbergen. Er blieb am Fenster stehen und drehte sich um, sah Kopejew leichenblass werden. Trotzdem setzte der Alte sich auf, saß mit geradem Rücken da, als Domorow den Raum betrat. Etwas schien hier vorzugehen, das Sascha nicht einordnen konnte.

Domorow wechselte einen kurzen Blick mit Kyrill, und der schüttelte den Kopf. Dann wandte Domorow sich an Sonja Kopejewa und bat sie ausgesucht höflich, den Raum zu verlassen. Sie machte keine Anstalten, ihren Platz zu räumen, schien ihn gar nicht gehört zu haben.

»Sascha Ossipowitsch«, sagte Domorow freundlich, »ich habe meinen Teil der Abmachung erfüllt. Geben Sie mir den Brief. Ich weiß, dass Sie ihn bei sich haben. Kyrill wird Sie und die Geige zum Flughafen fahren.«

Saschas Blick wanderte zwischen Kopejew und Domorow hin und her. Etwas spielte sich zwischen diesen beiden Männern ab.

Ohne darüber nachzudenken, sagte Sascha: »Meine Familie. Ich kann nicht gehen, ohne zu wissen ...« Noch während er sprach, wusste er plötzlich, dass es in seinem Leben immer nur darum gegangen war. Ein Unfall, hatten alle gesagt, aber er hatte die näher kommenden Lichter in der Heckscheibe, die Stöße, als der fremde Wagen immer wieder auf ihr Auto auffuhr, das Krachen von Metall auf Metall und die Schreie im Wageninneren nie vergessen. Dieser Tag, an dem er den

Boden unter den Füßen verloren hatte und Planet Sascha geworden war.

Für einen Moment schien alles in der Schwebe, dann nickte Domorow. »Erzählen Sie, Kopejew«, sagte er ruhig und ohne den Mann anzusehen.

Als der schwieg, begann Domorow.

»Als der Rechtsanwalt Ihres Vaters sich an das Ministerium wandte und die Kopie des Briefes auf seinem Schreibtisch landete«, dabei deutete er mit dem Kinn auf Kopejew, »hat er den eigentlichen Wert, nämlich den Hinweis auf Schermenko, erkannt. Kopejew konnte den Brief nicht benutzen, ohne selber in Schwierigkeiten zu geraten, aber er fand eine andere Lösung.« Domorow schwieg einen Moment und sah Kopejew abwartend an. Dann sprach er weiter. »Er beauftragte jemanden in Deutschland, und ich erhielt eine Briefkopie mit der freundlichen Aufforderung, eine Million Dollar für das Original zu zahlen. Unterschrieben war sie mit Ossip Iljitsch Grenko, und ich dachte, so sicher fühlt er sich also im fernen Deutschland.«

Sascha spürte, wie sich sein Magen zusammenzog. Kopejew saß erhobenen Hauptes da, schien völlig unbeeindruckt.

Domorow sah Sascha direkt an. »Es ging mir nicht um das Geld. Mein Vater stand in der Schuld Ihres Großvaters, aber er hatte sie beglichen, hatte alles getan, um Ihren Großeltern zu helfen. Er hatte dafür gesorgt, dass Ihre Großmutter diese letzten Zeilen ihres Mannes überhaupt erreichten, und in den Jahren danach suchte er nicht nur weiter nach der Geige, er sorgte auch dafür, dass Ihre Großmutter nach dem Unfall die beste medizinische Versorgung bekam. Es ging um seine und meine Ehre.«

Sascha schnappte nach Luft, starrte Domorow ungläubig an. Der wich seinem Blick aus, sah zu Kopejew. »Sie hatten gleich zwei Probleme gelöst, nicht wahr. Zum einen konnten Sie sicher sein, dass niemand mehr nach dem Verbleib der Geige forschen würde und Sie sie irgendwann zu Geld machen könnten. Und außerdem konnten Sie davon ausgehen, dass ich den Originalbrief vernichten würde. Der einzige Beweis dafür, dass Ilja Wassiljewitsch Grenko in Workuta war.«

Kopejew verzog keine Miene, und doch ging eine Art Zufriedenheit von seiner Haltung aus.

Sascha fühlte, dass er zitterte. Er kannte das. Planet Sascha verlor die Umlaufbahn. Mit heiserer Stimme fragte er: »Vika?«

Domorow sprach leise. »Fragen Sie Kopejew.«

Als der weiter schwieg, sagte Domorow: »Fünf Millionen Dollar. Der Brief kam vor einer Woche. Auch der trug die Unterschrift Ihrer Schwester.« Er zögerte. Dann fügte er hinzu: »Es tut mir leid.«

Sonja Kopejewa stöhnte auf, ihr Mann warf ihr einen kurzen zurechtweisenden Blick zu.

Sascha war wie betäubt. Das also war die Wahrheit. Die Wahrheit war eine Lüge. Eine perfekt plazierte Lüge, eine gefälschte Unterschrift, hatte seine Familie ausgelöscht.

Domorow ging auf Sascha zu. Sascha hob die Hand, hielt ihn auf Abstand.

»Hören Sie, Grenko«, begann Domorow. »Erst als Sie hier in Moskau auftauchten und dann auch noch in mein Haus kamen, bekam die ganze Geschichte etwas Absurdes. Während unseres Gespräches, als Sie sagten, dass Ihre Eltern und Ihre Schwester sich an das Ministerium gewandt hatten, und als sich zeigte, dass Sie keine Ahnung von den Geldforderungen in der Vergangenheit hatten, wusste ich, dass etwas ganz anderes vorgegangen war.«

Sascha dachte an die Begegnung mit Domorow. »Meine Hilfe«, hatte der gefragt, »in welcher Höhe denn?«

KAPITEL 36

Eine wattige Stille lag im Raum, eine Stille, in der Sascha nur seinen Herzschlag wie aus weiter Ferne wahrnahm. Er versuchte, Ordnung in all das zu bringen, was er in den letzten Minuten gehört hatte. Kopejew hatte seinen Großvater verhaften lassen, hatte ihn ins Arbeitslager verschleppt und die Lüge von seiner Flucht verbreitet. Und dann folgten all die anderen Lügen, die nötig gewesen waren, um diese erste zu schützen. Jene Lügen, die den Anschein erweckt hatten, dass sein Vater und später seine Schwester Domorow erpressen wollten.

Sonja Kopejewa saß zusammengesunken da, starrte vor sich hin, und ihr Flüstern holte ihn zurück. »Sag, dass das nicht wahr ist, Nikita. Nikita! Bitte sag, dass das nicht stimmt.«

Kopejew warf ihr einen verächtlichen Blick zu und schwieg.

Die Frau, die noch am Nachmittag so vital und stolz vor Sascha gestanden hatte und ihn des Hauses verwiesen hatte, erhob sich jetzt mühsam, ging einige Schritte und blieb dann, mit dem Rücken zu ihrem Mann, am Kamin stehen. Sascha sah das Zittern ihrer Schultern, die Anstrengung, mit der sie sich zu beherrschen versuchte.

Wadim erschien in der Tür. Er trug den Geigenkoffer in der linken Hand.

Was dann passierte, dauerte nur Sekunden.

Domorow gab Kyrill ein Zeichen, und der drehte sich zu Wadim, um die Geige zu übernehmen. Sonja Kopejewa griff sich Kyrills Waffe, die für einen Moment unbeobachtet auf dem Kaminsims lag. Drei Schüsse, so schnell hintereinander abgegeben, dass sie wie einer klangen. Kyrill schlug ihr die Waffe aus der Hand. Kopejew starrte sie einen zähen Augenblick lang ungläubig an, dann fiel er in seinen Sessel zurück.

Die Stille danach war allumfassend. Selbst die Zeiger der Kaminuhr schienen innezuhalten.

Sascha stand immer noch am Fenster, betrachtete den toten Kopejew und nahm mit Erstaunen zur Kenntnis, dass der Anblick ihn ruhig werden ließ. »Vorbei«, dachte er, »endlich vorbei.« Er meinte, noch einmal die Schüsse zu hören, die wie einer geklungen hatten, die die Zeit zerrissen hatten in ein Davor und ein Danach. Vorbei!

Domorow fasste sich zuerst. Er trat auf Sonja Kopejewa zu. »Ihr Mann ist bei diesem Überfall ums Leben gekommen. Niemand wird das anzweifeln.«

Sonja Kopejewa schien ihn nicht zu hören.

Dann sah er zu Sascha hinüber. »Kommen Sie, Grenko.«

Draußen stiegen Wadim, Igor und die beiden Männer, die Domorow begleitet hatten, in den Range Rover.

Kyrill übernahm das Steuer des Lincoln, und Domorow und Sascha setzten sich auf die Rückbank. Neben ihnen lagen Saschas kleiner Metallkoffer und der Geigenkasten. Domorow öffnete ihn, und sie betrachteten für einen Moment schweigend die Stradivari. Dann schloss Domorow den Kasten und reichte ihn Sascha. »Mehr kann ich nicht tun«, sagte er.

Er blickte Sascha an. Wartete.

Sascha hielt dem Blick stand.

Domorow hatte seine Eltern, den Onkel und seine Schwester töten lassen, und doch war er nicht der Schuldige.

Sascha legte die Geige zur Seite, zog seinen Schuh aus und übergab den Brief. Domorow faltete ihn nicht einmal auseinander. Er hielt ihn über Saschas Metallkoffer, zog ein Feuerzeug aus der Tasche und zündete ihn an.

»Er hat die Regeln verletzt«, sagte er, während er den kleinen Flammen zusah, die das alte Papier auffraßen. Als er das Unverständnis in Saschas Blick sah, lächelte er freudlos. »Wenn man eine Nachricht überbringt, vernichtet man sie, sobald der Empfänger sie gelesen hat. Das ist eine der Grundregeln.« Er schüttelte den Kopf. »Ihre Großmutter hat ihm leidgetan, und er hat es nicht übers Herz gebracht, ihr den Brief wieder abzunehmen und zu verbrennen. Dieser kleine Moment der Schwäche!«

Als das Feuer erloschen war, öffnete er ein Fenster, und die Asche wirbelte hinaus in die Nacht.

Er holte ein Flugticket aus der Tasche und reichte es Sascha. »Ihr Flugzeug geht um 6.20 Uhr. Kyrill fährt Sie zum Flughafen und sorgt dafür, dass Sie die Geige mitnehmen können.«

Sascha betrachtete das Ticket. Der Flug ging nach Deutschland.

»Das geht nicht«, protestierte er. »Wir müssen erst Irina abholen. Sie braucht einen Flug zurück nach Almaty.«

»Irina Bukaskina …« Domorow sah auf seine Uhr. Es war kurz nach zwei. »… ist bereits in Almaty gelandet.«

Sascha schluckte, spürte Enttäuschung darüber, dass er sie nicht wiedersehen würde und dass sie sich nicht von ihm verabschiedet hatte.

»Ich habe noch Fragen«, sagte er, »Fragen und eine Bitte.«

Er setzte sich so, dass er Domorows Gesicht sehen konnte, und der Alte erwiderte seinen Blick.

»Der Mann, der mein Hotelzimmer in Deutschland durchsucht hat, war einer Ihrer Leute?«

Domorow nickte.

»Hat er meine Schwester erschossen?«

Ein kurzes Zucken, dann wieder ein Nicken.

»War er es, den die deutsche Polizei tot aufgefunden hat?«

Kein Nicken.

Sascha schluckte. Dann fragte er weiter.

»Dmitri Kalugin, ist das auch einer von Ihnen?«

Domorow schüttelte den Kopf. »Nein.«

Sascha glaubte ihm. Vielleicht hatte Kopejew doch gelogen, als er behauptete, erst in Moskau von Saschas Existenz erfahren zu haben.

»Irina Bukaskina«, begann er nun, »was wissen Sie über sie?«

Domorow erzählte eine kurze Variante dessen, was Irina ihm am Abend zuvor erzählt hatte.

»Sie würde gerne nach Moskau zurückkehren«, sagte Sascha. »Könnten Sie …«

Domorow unterbrach ihn. »Ich habe ihr zugesagt, dass ich mich darum kümmern werde.«

Kyrill fuhr in Podolsk wieder auf den Parkplatz des Lokals, in dem sie am frühen Abend gegessen hatten.

Das Restaurant war jetzt ohne Licht, und neben dem Volvo, den sie zurückgelassen hatten, standen die beiden Männer, die Domorow begleitet hatten. Igor, Wadim und der Range Rover waren fort.

Domorow reichte ihm eine Visitenkarte. Auf der Rückseite hatte er seine Handynummer notiert.

»Ich bin in Ihrer Schuld«, sagte er.

Auf dem Flughafen bat Kyrill Sascha um die Geige und verschwand. Als er über eine Stunde später zurückkam, war der Geigenkoffer verklebt und mit einer Zollbanderole versehen.

Vom Terminal aus rief Sascha Reger an, erreichte aber nur die Mailbox und teilte mit, dass er um kurz vor acht deutscher Zeit in Köln/Bonn landen würde. Den Flug verschlief er mit dem Geigenkasten zwischen seinen Beinen.

Reger erwartete ihn am Ausgang, und Sascha blieb einen Moment wie angewurzelt stehen. Neben Reger stand Dmitri Kalugin.

»Das war mir nicht geheuer, Sie so ganz alleine«, brummte Reger und verschränkte die Arme vor seiner breiten Brust. »Und meine Vorsicht hat sich ausgezahlt. Immerhin hat Kalugin Ihnen vor dem Moskauer Hotel das Leben gerettet.« Und mit Blick auf Kalugin sagte er vorwurfsvoll: »Auch wenn er Sie danach aus den Augen verloren hat.«

Sascha erfuhr außerdem, dass Reger den Hinweis auf Vikas Nachricht im Handschuhfach an die Polizei weitergegeben hatte und dass man die Notiz tatsächlich im Mülleimer des Leihwagenunternehmens gefunden hatte.

Reger klopfte auf den Deckel des Geigenkoffers. »Wenn ich das richtig sehe, sind Sie jetzt ein reicher Mann, Grenko.« Er betrachtete Sascha misstrauisch und fuhr sich über den kahlen Kopf.

»Sie wollen sich doch wohl nicht zur Ruhe setzen und jetzt das Fiedeln anfangen?«

Sascha lachte, und zum ersten Mal, seit die Geige in seinem Besitz war, wurde ihm klar, dass er den Wunsch des Großvaters hatte erfüllen können, aber die Wahrheit über dessen Schicksal wohl niemals richtiggestellt würde.

EPILOG

Sommer 2011

Im Verzeichnis der Stradivaris findet man heute neben der Bezeichnung Grenko Stradivarius in der Rubrik Besitzer den Namen Alexander Grenko. Unter Bemerkungen steht: Leihgabe an das Tschaikowsky-Konservatorium.

In der Eingangshalle des Konservatoriums findet sich in der Galerie seit einem Jahr ein Bildnis von Ilja Wassiljewitsch Grenko. Darunter ist nur sein Name vermerkt, kein Geburtstag und kein Todestag. Er hat diesen Platz nicht inne, weil man sein Schicksal offiziell anerkannt oder ihn gar rehabilitiert hätte. Er hat diesen Platz inne, weil es die Bedingung für die Leihgabe war.

Nach den Ereignissen im Juli 2008 war in russischen Zeitungen zu lesen, dass der hochverdiente Nikita Iwanowitsch Kopejew bei einem missglückten Raubüberfall auf seinem Landsitz ums Leben gekommen sei. Seine Frau Sonja Michajlowna Kopejewa habe überlebt und sei in tiefer Trauer.

Manchmal telefoniert Sascha mit Irina, die inzwischen in Moskau für eine große Zeitung arbeitet.

Domorows Visitenkarte trägt er in seinem Portemonnaie immer mit sich. Benutzt hat er sie noch nie.

PERSONENVERZEICHNIS

Ilja Wassiljewitsch Grenko – Geiger aus Moskau

Galina Petrowna Grenko – seine Frau, Schauspielerin am Moskauer Mchat-Theater

Pawel Iljitsch Grenko und *Ossip Iljitsch Grenko* – Söhne von Ilja und Galina

Alja Grenko (Tjotja Alja) – Pawels Frau, Sascha Grenkos Tante in Almaty

Sascha (Alexander Ossipowitsch) Grenko – Enkel des Ilja Grenko

Viktoria (Vika) Freimann – Saschas Schwester

Professor Michail Michajlowitsch Meschenow – Ilja Grenkos Lehrer am Konservatorium

Sonja Michajlowna Kopejewa – Tochter von Meschenow

Nikita Iwanowitsch Kopejew – hochrangiger Offizier im Ministerium für Staatssicherheit

Antip Petrowitsch Kurasch – Offizier des Innenministeriums

Wassili Iwanowitsch Jarosch – Pförtner am Moskauer Konservatorium

Edita – Galina Grenkos Moskauer Freundin

Alexei Alexejewitsch Rybaltschenko – Pianist aus Moskau

Fjodor Jewgenjewitsch Gerschow – Dozent für Literatur und Mithäftling Ilja Grenkos

Sergei Sergejewitsch Domorow – Lagerinsasse in Workuta, Wor w sakone

Witali Sergejewitsch Domorow – Sergei Domorows Sohn, Unternehmer und Bankier in Moskau

Kyrill, Igor und *Wadim* – Handlanger Witali Domorows

Juri Schermenko – Brigadier im Lager Workuta, ehemaliger Offizier der Roten Armee

Kolja (Barackenältester), *Stas* und *Lew* – Insassen im Lager Workuta

Lydia – Ukrainerin in der Verbannung in Karaganda

Aivars Vanags – lettischer Verbannter in Karaganda

Jürgen Reger – Sascha Grenkos Chef in Köln

Irina Bukaskina – Journalistin aus Almaty

Dmitri Kalugin – offiziell Übersetzer aus Köln

GLOSSAR
RUSSISCHER BEGRIFFE

Dochodjaga – Bezeichnung aus der russischen Lagersprache für einen bereits an der Schwelle des Todes stehenden Gefangenen

Druschba – Freundschaft

FSB (Federalnaja sluschba besopasnosti) – Inlandsgeheimdienst der Russischen Föderation

Machorka – billiger Tabak, wichtige Währung innerhalb des Lagers

MWD (Ministerstwo wnutrennich del) – Innenministerium

Seki – Gulag-Häftlinge

Urki – kriminelle Häftlinge, die ihr eigenes System im Lager aufrechterhalten und innerhalb der Lagerhierarchie eine Sonderstellung genießen

Wory w sakone – »Diebe im Gesetz«, kriminelle Vereinigung mit eigenem Ehrenkodex

KATE ATKINSON

DAS VERGESSENE KIND

Roman

»Plötzlich verspürte sie einen Stich Angst. Sie hatte gerade ein Kind gekauft.«
Tracy Waterhouse, ehemalige Polizistin und absolut gesetzestreue Bürgerin, kauft ein Kind. Niemand ist davon mehr überrascht als sie selbst. Zwar handelt es sich dabei eigentlich um eine Rettungsaktion, dennoch ist das Ganze keineswegs legal, und Tracy ist von Stund an auf der Flucht.
Da kommt es ihr höchst ungelegen, dass ein gewisser Jackson Brodie, Privatdetektiv, sie unbedingt wegen eines dreißig Jahre alten Falles sprechen möchte ...

»Bis jetzt Atkinsons bestes Buch. Genau genommen ist es eines der besten englischen Bücher der letzten Jahre überhaupt.«   The Mirror

JUDITH MERCHANT

LORELEY SINGT NICHT MEHR

Kriminalroman

An einem nebligen Morgen hat ein Angler am Rheinufer einen außerordentlich schweren Fang am Haken – einen toten Mann. Doch die Identität der Wasserleiche ist schnell geklärt. Kommissar Jan Seidel aus Königswinter und seine Kollegen kommen einer komplizierten und hasserfüllten Dreierbeziehung auf die Spur. Doch während die Polizei noch Beweise sammelt, ist Edith Herzberger, Jan Seidels agile Großmutter, schon mit ihren eigenwilligen, aber hocheffizienten Ermittlungsmethoden à la Miss Marple ihrem Enkel einen großen Schritt voraus …